JN272475

明治大学リバティブックス

カナダ文化万華鏡

『赤毛のアン』からシルク・ドゥ・ソレイユへ

小畑精和 著

明治大学出版会

まえがき

このたび明治大学出版会が設立され、学術的教養叢書「リバティブックス」が刊行されることになりました。文化＝教養を考察する本書がその叢書に相応しいものとなることを願っています。

この本は「カナダの文化」についての本です。『赤毛のアン』やシルク・ドゥ・ソレイユやメイプル・シロップは日本でも多くの人が知っているでしょう。しかし、それをカナダの文化として考えたことがある人はどれだけいるでしょうか。問題は二つあります。一つは文化とは何なのか、もう一つはカナダとは何かです。

広い意味で、芸術から、各種のショーなどの娯楽、さらに日常の衣食住まで文化には含まれます。確かに、何を美しいと感じるのか、何を楽しみにしているのかは、わたしたちが何を食べ、どういう服装をしているのかと関係があるでしょう。

しかし、そもそも文化とは何なのでしょうか。「人間が自然に手を加えて形成してきた物心両面の成果」と広辞苑にはあります。ここで「自然に手を加えて」いるところに注目してみましょう。

そもそも日本語の「文化」はヨーロッパ語の「culture」の訳語であり、「自然 nature」の対概念なのです。「あるがまま」の状態の土地を耕して、「作物を栽培する cultivate」ことが「文化」の原義です。そのために、学習を積んで様々な知識を肥料のように取り入れ、新たな創造を実らせる状態にいたることを「culture」は比喩的に意味します。それが「教養 culture」です。「教養」とは「自然状態の人間の頭を耕す」ことなのです。

わたしたちが当然だと思っていることで、実は「文化」のフィルターを通されているものが数多くあります。例えば、英語で「牛」はなんと言うでしょうか。cow でしょうか。cow はメスです。オスは ox です。それに対して日本語の「牛」はオスにもメスにも用いられます。英語ではオスでもメスでもない「牛」とは普通の場合言わないのです。

こうした区別は、元来、その土地や気候に根ざしています。どんな動植物を育てることが食生活に適切なのかを考えて、無秩序な自然を「人間にとって価値のある」世界に整理する、それが文化なのです。「牛」が主食である社会にとって、「牝牛」か「牡牛」かは非常に重要な区別です。しかし、日本文化や英語文化といっても、文化は永久不変のものではありません。むしろ絶えず変化しているのが文化なのだとさえ言えるでしょう。わが国で江戸時代まで肉食はタブーでした。しかし、文明開化とともに、肉食は広まり、すき焼きや照り焼きは今や日本を代表する料理になっています。

文化は無秩序な自然を「人間がなじみやすい世界」に整理してくれる一方で、物の見方、価値観を画一的にしてしまう傾向もあります。私たちを取り巻く環境は絶えず変化していますし、わたしたちの価値観も変わります。時々フィルターを換えてやる必要があるわけです。

具体的には、肉食の例のように、他文化との接触から新しいものをわたしたちは学びます。また、日常から離れて、「あるがままの自然」を見直すことも必要です。後者が芸術の持つ役割です。

花や山の美しさも日常に埋没してしまうと気づかなくなってしまうものです。それに目を向けさせるのが優れた芸術作品なのです。『赤毛のアン』において、プリンス・エドワード島の景色は、マリラやマシューにとっては当たり前であっても、アンの目を通すと、たちまち素晴らしいものに変わります。

困るのは、学習して身につけたことを忘れて、それが当たり前だと考えるようになることです。その典型が「国」の概念です。民族的多様性に乏しいわたしたちはごく自然に日本人だと思っているかもしれません。しかし、生まれながらに自分が日本人だと思っていたわけはないでしょう。

それに対して、カナダでは、英語とフランス語の二言語が公用語です。しかも、イタリア系、ウクライナ系、中国系、インド系、カリブ海系など様々な文化的バックボーンを担った人々がいます。

これらの人々は皆カナダ人なのですが、カナダの文化と呼べる共通の文化を育んでいるのでしょうか。カナダ連邦政府は、一つの文化に統合するのではなく、多文化主義を掲げています。

カナダは多文化主義の国です。しかし、単純に様々な民族が互いに異なる文化を認め合って平和に暮らしていると考えてはなりません。そこでも故なき格差は存在しますし、文化摩擦もあります。しかし、それを乗り越えようとする努力を一番の国是としているわけです。その実現において必要なのは他者への好奇心と想像力でしょう。それがなければ多文化主義も机上の空論にすぎません。その両方を持ち合わせているのが『赤毛のアン』の主人公です。

カナダの例に限らず、一つの国に一つの文化が対応していることはむしろ稀です。日本に文化は一つしかないのでしょうか。もともと文化の区切りと国家の区切りは別の次元のものです。文化はもっとダイナミックに境界を越えていきます。

ポップ・カルチャーがその好例でしょう。ビートルズの音楽やハリウッド映画がやすやすと日本に入ってくるかと思えば、逆に日本生まれのアニメやゲームが世界中に広がっています。「マンガ」はいまや「スシ」と並んで国際語になっています。

文化は固定した枠なのではなく、それを絶えず「ずらし」、揺さぶることによって活性化される装置なのです。わたしたちが「当たり前」のように考えている「国」の枠も自然なものではなく、固定されたものでもないのです。

この本では、カナダにおける様々な文化事象を通して、私たちが世界をどうとらえようとしているのか再考してみたいと思います。現実を異なった視点からみつめる重要性は誰もが認めるところでしょうが、それは必ずしも簡単なことではありません。習慣から脱することはそれなりに困難が伴います。禁酒や禁煙だけでなく、癖を直すのは難しいものです。しかし、慣れ親しんだ世界に安住しているばかりでなく、フィルターをはずして好奇心と想像力を持ってちょっと冒険にでてみると、世界は新たなわくわくする姿を現わしてくれます。

なお、本書では現地語主義の原則から、フランス語使用地域の地名や人名はフランス語発音に沿うことにしています。したがって「モンレアル Montréal」や「サン・ローラン河 Fleuve Saint-Laurent」となります。これらの地名は、日本では一般に「モントリオール」、「セント・ローレンス河」と英語発音に近い表記が用いられています。

しかし、国連地名標準化会議（UNCSGN）第五回会議（一九八七年）でも「国は教育機関、運輸業者、メディアのような公共機関・私的機関が、出版物において、現地で使われていない地名を使うことを減らし、少なくとも、今後は、標準化された現地で使われる地名を用いるよう、説得するために集中的に努力するべきだ」という第一三決議を発しています。モンレアルに住む多数の人（統計によって数値は異なりますが、少なくとも七〇％の人はフランス語話者）は「モントリオール」ではなく、フランス語で「モンレアル」に近い発音をしています。「現地で使われていない地名を使うことを減らす」努力を日本でもすべきでしょう。

ビルマをミャンマー、ボンベイはムンバイと、現地語に近い表記を採用するのが最近の傾向でしょう。カエサルもかつてはシーザーと呼ばれていました。「エヴェレスト山」のほうが、「チョモランマ」（チベット語）や「サガルマータ」（ネパール語）よりも一般に流布しているからといって、この呼称を用い続ける根拠とはならないでしょう。

なお、英語使用地域ではもちろん、英語の発音に近い表記を採用します。つまり、Vancouver

は「ヴァンクヴァール」ではなく「ヴァンクーヴァー」、New Brunswick は「ヌーヴォー・ブランズヴィック」ではなく「ニューブランズウィック」となります。

小畑 精和

目次

グリーンランド
ユーコン準州
ホワイトホース
ノースウェスト準州
ヌナブト準州
イカルイト
イエローナイフ
ブリティッシュコロンビア州
カ ナ ダ
アルバータ州
ニューファンドランド・ラブラドール州
エドモントン
マニトバ州
ヴァンクーヴァー
サスカチュワン州
セント・ジョーンズ
ヴィクトリア
ケベック州
シアトル
カルガリー
プリンスエドワードアイランド州
レジャイナ
オンタリオ州
ウィニペグ
シャーロットタウン
ケベック・シティ
モンレアル
ノバスコシア州
ハリファックス
アメリカ合州国
オタワ
ニューブランズウィック州
トロント
フレデリクトン
ニューヨーク
◎首都
○州都または準州都
●その他の大都市

序論

第一章　文化を語る際の留意点

オタワ空港にある「人間の姿をしたイヌイットの道標」、イヌクシュク。カナダの象徴になっている。

1　文化研究とは何か

まえがきでも述べたように、「文化」culture は「自然」nature の対概念です。自然状態の土地を耕して、作物を育てる「栽培」culture が元の意味です。自然状態のものに人間は様々に手を加えて、世界を自分たちが住みやすいように変えてきました。

どんな動植物が手に入りやすいのか、どんな社会を構成すれば幸福な暮らしができるのかを考えて、「人間が自然に手を加えて」工夫してきた集大成が文化なのです。そして、その営為を反映した体系が言語です。

人間は無限に多様な現実世界を自分たちの関心にあわせて理解しようとします。もちろん一番の関心事は生きていく上にかかせない食べることでしょう。何が食べられるのか、それはどうすれば手に入るのか、そうした価値観にそって、動植物を区別するようになります。

例えば、家畜のオスとメスの区別が重要かどうかは文化の違いによります。牧畜民族にとってそれは死活問題でしょう。他方、農耕民にとってその重要度はずっと下がるでしょう。動物の雌雄の区別に日本語は無頓着です。ミルクを飲まない民族にとって、牡牛か牝牛かは大した問題ではないのです。だから、日本人にとっては、cow でも ox でもどちらでも大差ないのです。

「牛」ばかりでなく、「鶏」についても日本では通常オスとメスの区別をつけません。ところが英語ではそうはいきません。庭を走り回っているトリを見れば、cock なのか hen なのかを区別しなければなりません。ヨーロッパ語で広く見られる男性名詞と女性名詞の区別は、家畜の雌雄の分類が極度に習慣化したものだとも考えられます。ともかく、牧場で角があり、ミルクを出してくれる家畜を見ると、日本人はオスとメスの区別なく「牛」だと思いますが、欧米人は「メスの牛」だと思う。わたしたちの物の見方はある意味で「洗脳」されているわけです。もうちょっと穏やかな表現をするなら、フィルターがかかっている、チャンネル化されているといってもいいでしょう。

年齢差もよい例でしょう。英語で「兄」は brother で、「姉」は sister です。しかし、この語は「弟」や「妹」も示します。つまり、英語で年齢差は考慮されないのです。older とか、younger をつけて、年齢差を表現することは、どうしても必要な時を除いて、通常行われません。このことは英語に限らず、ヨーロッパ語では一般的にみられます。

他方、日本語や中国語でこうした区別は重要です。それは礼節を重んじる儒教精神と無関係ではないでしょう。一つ年が違うだけでなぜ敬わなければならないのか理由はさておき、礼儀を重視する伝統は今でも健在です。先輩・後輩の区別が厳しいのは体育会に限ったことではなく、会社や様々な組織の中でも生きています。年功序列という制度もあります。先輩に「タメ口」をきいて怒られたなんてことは英語文化ではありえません。

「わたしたちがもっとも自然で日常的でいるとき、わたしたちは同時にもっとも文化的なのである。」つまり、わたしたちがはじめから定められたように見える明白な役割を演じている時、まさに実際にはわたしたちは構築され、学習され、必然的とはほど遠い役割の中にいる」[1]とポール・ウィリスは述べています。私たちの日常生活は自然なものではなく、「学習」され、「構築」されているのです。

したがって、文化研究とは、芸術や文学など何か私たちが高尚だと思っているものばかりでなく、マンガやショーなどのいわゆる大衆文化、スポーツやレジャー、衣食住の日常生活まで、人間のあらゆる知的営みがその対象なのです。近年盛んな「カルチュラル・スタディーズ」ではむしろ「高級文化」は扱われない傾向にあります。

本論では、カナダの文化として、小説や映画を多く取り上げていますが、いわゆる「文学的」観点からではなく、そうした作品を通して、登場人物たちがどのように世界をとらえようとしているのか、彼らはどのように「学習」して、日常生活を「構築」しているのかを探りたいと思います。また、アニメ化されたり、映画化されると、原作とどう違うようになるのかも考察したいと考えています。

いわゆる純文学的な作品も、『赤毛のアン』などの少女小説も、セリーヌ・ディオンらのポピュラー・ソングやメイプル・シロップも、どのような社会的・文化的文脈をもっているのかを考慮して見ると、当たり前に知られた面ばかりでなく、新たな顔を私たちに見せてくれます。

カナダでは、その葉が国旗になっているくらい、カエデの木が多く自生しています。だからその樹液からとれるシロップをカナダ人が好きなのは当たり前なのでしょうか。『赤毛のアン』の舞台はカナダのはずれの小さな島、プリンス・エドワード島です。それがどうしてカナダを代表するストーリーになったのでしょうか。こうした問いに答えるためには文化的背景を知る必要があります。

2　世界はありのままではない

ここまで見てきたように、わたしたちは「自然に」現実世界を見ているのではなく、「学習」した「文化」に従っていることが多いのです。「オス」か「メス」か、「年上」か「年下」かは、もともと非連続なものの区別ですが、人間は無限に連続しているものも有限化して区別します。しかもその区別は恣意的[2]なものです。どこで分類をやめるのかは「勝手」なのです。普通の動物と違って脳が異常に発達してしまったのか、人間の知的好奇心はレヴィ＝ストロースがいうように[3]留まるところを知らず、無限に分類を続けていきます。わたしたちの好奇心は過剰に働きます。この過剰な好奇心はミシェル・フーコーが「近代」の特徴として指摘した「知への意志[4]」に通ずるものでもありましょう。しかし、それが慣習化して文化になるとわたしたちは本来恣意的な分類を「自然な」区別だと思いがちになってしまいます。

確かに、何が重要なのかは民族によって、個人によって、価値観によって異なります。現実の事物を前にするとき、人間は必要に応じて分類の度合いを深めます。英語でriceの一語で表わされる対象を、日本語は、稲、米、ごはんと分類を深めます。こうした分類は必要に応じているかのように思えます。

しかし、人間は必要に応じてばかりでなく、関心に応じても分類します。たとえば籠の中に鳥がいるとします。関心の強さによって、それは鳥で終わるでしょうし、小鳥とされるかもしれません。「種」にまで深められればインコとなるでしょう。さらに、鳥に詳しい人ならルリコンゴウインコと呼ぶこともあるかもしれません。さらに個体として認識されれば、「ピー子」という固有名にいたることもあるでしょう。

テレビの映像も、人間、少女、アイドル歌手を経て、その芸名にまでいたります。関心のない人にとってはテレビに映っているアイドル・グループの名前などどうでもよく、女の子の集まりに過ぎないはずですが、自分の好きなメンバーの名前を知らないファンなどありえないでしょう。

同様に、熱帯魚に関心のない人にとって、水槽の中の魚は「鑑賞魚」にすぎなくても、飼い主にとってそれは貴重なアロワナかもしれないし、さらには個体として「アロちゃん」という名前をつけられているかもしれません。

この関心は、先に挙げた家畜の雌雄の区別のように、もともと生存競争に関わる重要なものだったのでしょう。また、気候風土に根差したものであったとも考えられます。日本の気候は雨が多いので、五月雨、時雨、梅雨など雨に関する表現が豊富にあります。砂漠の民ベドウィンは、風にいくつもの名前をつけています。雪とかかわりの深い極北の民イヌイットは当然雪に関する語彙が豊かになるでしょう。

しかし、そこから始まって、重要なものと不要なもの、意味のあるものと無意味なものと、人間の知的行為は恣意的に分類を進めていきます。繰り返しになりますが、重要かどうか、意味があるかどうかは、人間の価値観によっているだけで、本来自然の側にそうした区別はありません。文化はあるがままの自然をフィルターにかけてより分け、人間にとって慣れ親しんだ世界に秩序だてていくのです。

よく引かれる例は虹の色です。日本人は七色だといいますが、それは民族によって異なります。「明と暗」の二色にしか分類しないところもあるそうです。日本でも古くは五色だったと言われています。虹に限らず、色は連続しています。赤から黄色までは何色あるのでしょうか。それは無限にあるはずです。しかし、人間は橙色だとか、オレンジ色だとか、黄橙だとか、いくつかの有限の色に分けます。その分類は民族によって異なり、勝手で、恣意的なものです。虹の色が何色であるかは死活問題にはならないのに、関心があればさらに分類したくなるのが人間なのです。

人間の知的操作の代表である分類において力を発揮するのがアナロジー（類推）です。色の名称を見れば、茶色、柿色、橙色、灰色、象牙色等いかに比喩表現が多いかはすぐに分かります。比喩を用いなければ、色の名称はいくつあっても足りないでしょう。恣意的で無限に広げることができる分類に、有限個の形容詞では対応できません。そこで比喩が用いられるのです。それが言語の柔軟さでしょう。

類推は自由に二つの物を接近させることができます。特に未知のものを既知のものに喩えることは、無限の世界に有限の力で立ち向かうときに、有効な方法となるでしょう。読みにくいもの、既存の体系に組み込まれていないものを、類推によって処理することができるのです。

類推にも、ある特定の文化内では、絶対的で安定しているものがあります。それは、もはや類推であるとは感じられないかもしれません。色でいえば、茶色です。「茶色」と聞いても、「お茶のような色」だとはほとんどの人は思わないでしょう。「茶色」の例のように、喩えであることを明示しない表現を隠喩または暗喩（メタファー）といいます。例えば、「ワイン・カラー」という表現がそれにあたります。それに対して、「リンゴのように赤い」と喩えであることを明示した表現を直喩または明喩といいます。ここでも、重要な点は分類のときと同様に、最初は喩えに用いられるものは自由であったという点です。「茶色」という表現も、もとは直喩であったはずです。ただ、それが慣習化されて、「土色」であるとか「木肌色」よりも好んで用いられたために、比喩表現であることが忘れられてしまうのです。

類推等を用いて、わたしたちは言葉によって世界を再構築していきます。そうして再構築された世界はいかに自然であるように思えても、本来恣意的なものなのです。

3　カナダの文化とは？

多文化主義を標榜するカナダに住む人々を、十把一絡げにカナダ人として語ることはできるでしょうか。また、国土が広く、東は大西洋から西は太平洋まで、南はアメリカ合州国[5]との国境から北は北極圏まで、気候風土も変化に富んでいるので、カナダを一つの国として語るのには別の困難もあります。彼らが「学習」して、「構築」している日常をひとまとめにしてカナダ文化と名付けることは可能でしょうか。

本書では、そうした疑問を意識して、「カナダ文化」とはせずに、「カナダの文化」としました。つまり、カナダで見られる文化といった意味合いをこめています。共通点を探りながらも、それにこだわりすぎずに、個々の対象が持つ文化的意味合いを最大限尊重して見ていきたいと思います。

さて、カナダと聞いて、日本人が連想するものは何でしょうか。ロッキー山脈でしょうか、ナイアガラの滝でしょうか。どちらもカナダを代表する風景だと思われていますが、カナダ東部にはロッキーに行ったことがない人も多くいます。また、ロッキーもナイアガラもアメリカ合州国と共有する景色です。そこでクローズアップされるのが、「カナダ楯状地」と呼ばれるハドソン湾を取り巻き、ケベック州やオンタリオ州に広がるなだらかな山地です。そこに点在する湖に映えるカエデの紅葉はまさにカナダを代表するものでしょう。

ここで注意しておきたいのは、合州国に対する意識です。個人のアイデンティティと他者との関係のように、国のアイデンティティも他国との関係性の中で問題になります。カナダらしさを示すためには合州国との差異[6]を強調する必要があるのです。

一九九三年が国際先住民年であったことに象徴されるように、一九九〇年代に入って国際的に先住民族の権利が認識される中、カナダで脚光を浴びたのはイヌイット[7]でした。北米インディアンと呼ばれる先住民は合州国にも住んでいるからです。それに対して、イヌイットはアラスカを除けば合州国にはいません。こうしてイヌイットが「カナダ的」なものとなり、今では、オタワ（本章扉の写真を参照）やモンレアルやバンクーバーの空港でさえもイヌイットの彫り物がお土産として売られています。もちろんこれらの都市にイヌイットは居住していません。

また、少し前にモルソン・ビール「Canadian」のテレビ・コマーシャルで「I am Canadian」というのが話題になりました。そこで皮肉を交えて強調されていたのも合州国との相違でした。「僕たちは大統領ではなく首相を持ち、アメリカンではなく、イングリッシュとフレンチを話し、about をアブートではなくアバウトと発音する……」などなど。「カナダ文化」というものが実体としてあるのではなく、合州国との差異において浮かびあがるものなのだということをこのコマーシャルはよく表しています。

重要なのは「実体としてあるのでない」ことを意識している点です。それを意識しなければ、「幻想」にとらわれた狂信的なナショナリズムに陥ってしまうでしょう。このコマーシャルはユーモアとアイロニーによってその危険性を回避しています。

4　多様性をいかに担保するか

カナダ連邦政府は「多文化主義」（マルチカルチャリズム）を掲げ、多様性を国是としています。例えば、継承語教育を推進することによって、先住民の言語、移民の言語を守ろうとしています。言語と文化は密接に結びついているからです。

そうした多数の言語文化の一つとして扱われるならば、少数派として最大のフランス語系の住民は満足できません。カナダはもともとフランスの植民地であり、彼らの祖先が開拓した土地であり、その後植民地戦争に敗れてイギリス領になったものの、フランス語は英語と並ぶカナダの公用語で、全人口の約四分の一が話しています。

市場原理によって安泰な英語に対して、カナダのフランス語は、広大な英語文化圏である北米大陸の中で、放置されれば消滅しかねない危うい状況にあります。そのため、人口のおよそ八〇％がフランス語を話すケベック州では、フランス語を擁護して、それを前提に各文化の相互交流を図る「間文化主義」（インターカルチャリズム）が重視されています。

多文化共生は現実には難しい問題を抱えているのです。その一例が、イスラム教徒の女性が被るスカーフです。多文化主義の下ではその着用は認められるべきです。しかし、公共の場で宗教色を強く示すことは問題になります。学校や、病院や、役所でスカーフ着用を認めるべきなのかどうか、

2007年9月30日〜10月7日「インターカルチャリズム週間」のポスター。「私はインターカルチャー化する」

フランスでも大論争になりました。(8) ケベックでは、シク教徒の男性が帯刀するキルパンの着用が学校で認められるかどうかを発端として、ブシャール・テイラー委員会が設けられ、報告書が提出されています。(9)

ところで、日本人という概念もわたしたちが考えるほど当たり前ではありません。カナダ人同様、日本人意識も他国との関係で想像されるものなのです。(10) 縄文時代や弥生時代まで遡らなくても、江戸時代でもどれだけの人が自分は日本人だと考えていたのか疑問です。人口の大半を占めていた農民はどこそこ村のものだと思い、武士にしたってせいぜいが武蔵の国のものだ、上州の人間だ、土佐の何某だという程度だったのではないでしょうか。だからこそ明治政府は天皇を中心に「日本人」意識の形成に熱心だったのだと考えられます。

さて、文化の話に戻って、文化 culture は語源としてはその土地に適した作物を育てることです。この場合の「土地」が国家や国土と同一でないことはあきらかでしょう。カナダのような広大な国土を持つ国だけでなく、日本でも、北は北海道から南は沖縄まで気候風土は様々です。

日本よりもっと小さな国も世界に多数あります。そうした国の文化は一様でしょうか。また、都道府県にしても、程度の差こそあれ人為的な単位であり、いくつかの「地域」に細分化することが可能でしょう。「大阪人は……」とか、「福岡県民は……」といったお国自慢はおもしろいけれど、「イギリス人は……」や「中国人は……」というのと同様、単純に一般化できない面も多々あるはずです。大阪人が皆ユーモラスなわけはないし、イギリス人が皆紳士で、フランス人が皆おしゃれであるわけもないでしょう。それぞれの土地柄に応じた共通点はあるでしょうが、同じ土地に育っても違いは生じるものです。

昨今の世界では、グローバリゼーションの名のもとに、価値観が均一化され、競争原理至上主義がはびこっています。しかし、本来文化は多様性をその特色としています。地産地消などはこの発想上にあるといえるでしょう。

しかし、多様性は現地に留まって固定されるものではありません。カレー、クレープ、ピザ、ハンバーガー、餃子、寿司など、食べ物だけをとってみても、食文化は容易に国境を越えています。そして、それぞれの地で、カレーうどんや明太子ピザだとか、照り焼きバーガーやカリフォルニア・ロールだとか、様々なヴァリエーションを作りだしていきます。

一つの価値観だけが支配する世界はすぐに閉塞してしまいます。競争原理による弱肉強食、自然淘汰による「進化」は一つの価値観に過ぎません。隣にいいものがあれば、奪うのではなく、真似して、自分たちの土地でも育たないか工夫するのが文化なのです。文化の本質は「棲み分け」にあるのです。それが固定することなく、交流することによって文化は豊かになっていくものなのです。多様性を国是とするカナダはこうした観点から注目されているのです。

【注】

（1）グレアム・ターナー『カルチュラル・スタディーズ入門』溝上由紀他訳、作品社、一九九九年、一一頁。

（2）近代言語学の父と言われるフェルディナン・ド・ソシュール Ferdinand de Saussure は、言語の恣意性を説いた。恣意性とは、「勝手だ」ということである。つまり、「イヌ」という音は、動物のイヌと必然的な関係がない。さらに、「イヌ」という概念自体も、動物のイヌと無関係ではないが、必然的に結びついていると は限らない。

（3）クロード・レヴィ＝ストロース『野生の思考』大橋保夫訳、みすず書房、一九七六年。Claude Lévis-Strausse, *La Pensée sauvage.*

（4）ミシェル・フーコー『知への意志―性の歴史Ⅰ』渡辺守章訳、新潮社、一九八六年。Michel Foucault, *La volonté de savoir, Histoire de la sexualité, vol.1*, Gallimard, Paris, 1976.

（5）一般には「合衆国」と訳されているが、本書では英語 United States、フランス語 les États-Unis の原義を重視して、「合州国」と表記する。

（6）マイケル・アダムスはカナダ人が単に「銃を持たずに、社会保障をもったアメリカ人」ではないことを指摘している。第二部第一章参照。Michael Adams, *Fire and Ice, The United States, Canada and the Myth of converging values*, Penguin Canada, 2005.

（7）イヌイットはかつて「エスキモー」と呼ばれていた。しかし、この語はモンタニェ族の言葉で「生肉を食べる人」を意味し、カナダでは差別用語だと考えられ、現在では使用しないように勧められている。イヌイットは、彼らの言葉で「人間」を意味している。また、「北米インディアン」という呼称も、コロンブスが新大陸をインドと間違えたことから発しているので、近年カナダでは「ファースト・ネイションズ」first nations、合州国では「ネイティヴ・アメリカン」Native American と呼ばれている。

　第一部第六章でとりあげる『アガグック物語』がジャック・ドルフマン監督によって映画化されたのが一九九二年であることも、イヌイットをカナダ全体の象徴にしていく過程に位置づけることができるだろう。なお、アガグックの父親役を三船敏郎が演じている。

（8）スタジ委員会報告。二〇〇三年一一月。

（9）*Rapport final de la Commission de consultation sur les pratiques d'accommodement reliées aux différences culturelles*, 2007. 2. 抄訳『多文化社会ケベックの挑戦―文化的差異に関する調和の実践 ブシャール＝テイラー報告』竹中豊編集、明石書店、二〇一一年。そこで、繰り返し強調されたのが、間文化主義に基づく、「合理的配慮」accomodements raisonables である。

（10）こうした国民意識に関しては、ベネディクト・アンダーソンの『想像の共同体』（白石隆、白石さや訳、書籍工房早山、二〇〇七年）を参照。

第二章 リアリズムとキッチュ

クールベ『オルナンの埋葬』

1　現実認識のパターン化

「事実は小説より奇なり」といいますが、この表現は、逆に、小説が事実よりも奇であるという一般的認識の上に成り立っています。実際、小説は、現実が昇華、変形、誇張されたものであり、現実以上に、人を感動させ、共感あるいは反感をいっそう強めるように作られています。その結果、小説は事実よりも奇になるわけですが、またそれは事実より理解しやすくもなります。そこでは、言語を用いて表現されることによって、多様なものが単純化されます。

たとえば、人間の性格は、単純に、「陽気」だとか「陰気」だとかわりきれるものではないでしょう。そして、時と場合によって、どちらか一方の傾向が強まるのですが、現実では、対象となる人とかなり長時間付き合わなければわからないはずです。陰気に見える人が愉快な人物だったり、逆に、一見陽気そうな人が、実はそう装っていただけだということもよくあります。また、その判断は、観察する側の主観に、かなり左右されもします。さらに、ある人が、「あいつは陽気だ」と言ったとしても、対象となっている人物が実際にそうだという保証にはなりません。

ところが、小説においては、作者がある登場人物に関して陽気だと書けば、その登場人物は絶対的に陽気になりえます。現実においては、短時間ではわからないこと、一生かかっても断言できないかもしれないことを、小説においては、一瞬の内に作者が教えてくれるのです。

現実を前にするとき、われわれは自分自身でそれを「読ま」ねばなりませんが、小説に書かれてあることは、作者が「読んだ」結果なのです。小説においては、作者が「読んだ」ことをわれわれは読んでいるのです。たとえば、現実においては、因果関係をわれわれは自分で見いださねばなりませんが、小説では作者がそれをやってくれます。だから、小説の方が事実よりもわれわれに理解しやすく、慣れ親しみやすいものとなるのです。かくして、生々しい事実の方が小説よりも奇だということになります。

さて、陽気か陰気かという問題のように、実際は白黒つけがたい事柄に関して、割り切って断定することをわれわれは日常的に行っています。白と灰色の境界は明確ではありませんが、「この犬は白い」、「この犬は灰色だ」というように断定して言う方が、「この犬は白とも灰色とも言い難い」と言うよりも普通でしょう。

大きさに関しても同様です。「この犬は白くて小さい」と言っても、実在のその犬の色や大きさを的確に表わしているのではありませんが、その表現で日常的には何ら不便を感じないでしょう。また、必要がなければ、どちらだと言わずにおくこともできます。白だとも灰色だとも、大きいとも小さいとも言わずに、ただあるがままに受け入れて判断中止することも可能なのです。

ただ、言語を用いて表現しようとする限り、決断が必要となります。この決断によって、われわれを取り巻く世界は単純化され、なじみやすいものになっていくのです。

体長一・二メートル、体高〇・八メートル、体重二〇キログラムというように表わせば、犬の寸法は無限に表現可能です。しかし、また、そういった数字をいくら並べたところで（耳の長さ一〇センチメートル、足長五〇センチメートル、尾長三〇センチメートル等々）、最終的に現実の犬そのものを言葉で表現することは厳密には不可能です。日常的には、「大きい」、「小さい」で充分であり、そのほうがむしろわかりやすく、流通しやすい表現でもあります。

このような単純化は、人間の知的操作の一つの特色だと言えるでしょう。

ものと対峙する仕方は知的操作を加えて受け入れるか、ありのまま知覚するだけにとどめるかの二つに分かれます。後者の場合はわれわれの脳裡を通過するだけです。前者の場合は、われわれの記憶として残ります。記憶に残る対象、蓄積され経験となる対象はありのままではなく知的操作を受けているのです。対象物は、変形され、切り詰められることなくしてわれわれの知的対象とはなりえません。

複雑多様なものをこのように単純化し関連づける行為を積み重ねて、人間は世界を読んでいきます。ここで、簡単に「単純化」「関連づけ」と書きましたが、それは非常に柔軟な構造を持っています。人類学が教えてくれるように、こうした操作の基本的なものの一つに分類があります。(1) 分類するとは連続物を非連続化する作業でもあります。これは無限なものを有限化する作業とも言えるでしょう。そして、その特徴は、でたらめだとは言いすぎとしても、厳密ではなくて、かなり恣意的だということです。その点、生物学等の分類とは異なります。いわば数学における座標のようなものであり、原点をどこに定めるか、すなわち何を基準にするかは自由なのです。

ところで、われわれはしばしばありのままの世界と人間によって再構築された世界を混同してしまいます。何かを伝えようとするとき、実際は再構築された世界しか伝達されえないはずですが、そのことは忘れられがちになります。

例えば、新聞記事です。そこでは、既に取捨選択が為されており、事件は整理されています。ありのままの世界では事件の重要性に順序はないはずです。ところが新聞では、どの事件が一面トップに来るのか、どの事件を没にするのかが絶えず問題になります。

テレビや映画の映像も現実そのままではありません。焦点を合わせているのは、われわれ自身の目ではなく、カメラです。映画監督吉田喜重は「キャメラというメカニズムが、忠実に現実の光景を切り取っているかというとそうではなくて、映像の記号化がすでに行われてしまっている。それを私たちは見ているわけですね。たとえば国会の論議をテレビが中継している。全く同時進行の現実に私たちは立ち会っているのですから、これ以上確実な現実もないように思えるでしょうが、実際はテレビキャメラが写しだすクローズ・アップやロング・ショットによって現実と見えながら、テレビを送り出す側の記号化されたディスクールとなってしまっている。映像はすべてあらかじめ制度化されていると言ってもよいのかもしれません(2)」と述べています。

再構築されたものが、ありのままの現実のふりをすることすらあります。マスコミ操作あるいは歴史の歪曲といった悪意のあるものでなくても、ありのままの現実を装うものがわれわれの周りには溢れています。

2 芸術の役割

さて、ここで、日常性と芸術性の問題に触れてみましょう。

日常性とは、習慣性を特徴としています。芸術性とはそれに対して、特異性を特徴とし、日常的なものを活性化させます。そこに注目したのがフォルマリズムと呼ばれる批評です。シクロフスキーは、「もしわれわれが知覚の一般的法則を解明しようとするならば、動作というものは、習慣化するにしたがって自動的なものになることがわかるであろう。たとえば、われわれの習慣的反応というものはすべて、無意識的、反射的なものの領域へとさっていくものである」と言っています。また、彼によれば、「芸術の目的は認知、すなわち、それと認め知ることとしてではなく、明視することとしてものを感じさせることである。また芸術の手法は、ものを自動化の状態から引き出す異化の手法であり、知覚をむずかしくし、長びかせる難渋な形式の手法である(3)」のです。

先述したように、分類、類推などによってわれわれは世界を図式化し、再構築しています。しかし、それが習慣化し、一般化すると「現実」として通用するようになります。正当な根拠があるかどうかが問題なのではなく、いかに当然だと見なされているのかが問題なのです。いったん当然だと見なされるとその「現実」には目が向けられなくなります。

朝起きてトイレに行きます。そこに便器があるのは「当然」です。「当然」あるべき便器に注意を払う人はいないでしょう。毎朝お世話になる便器をしみじみと眺めた人がどれだけいるでしょうか。ところが美術展に展示されていれば別です。そこにあるべきはずがない便器があれば、人は注目するでしょう。それを行なったのがフランス人の芸術家、マルセル・デュシャン(4)です。彼はある展覧会に、男子用小便器にR. Muttと署名をし、『泉』とタイトルをつけて出品しました。日常的な便器には見向きもしない来客も、この便器をさぞかしじっくりと眺めたことでしょう。

このような効果をフォルマリストは「異化」と呼んだのです。芸術家は日常的なものを「異化」することによって、世界を把握しなおそうとします。こうして、芸術はわれわれの知を活性化させてくれるのです。

犬と初めて出くわした子どもは、それが大人にとってはごく普通の犬であっても、この動物がおとなしいのか、襲いかかって来ないのか、じっと観察することでしょう。芸術家が子どもに喩えられることが多いのにはこうした理由があるのです。

われわれは「学習」することによって、世界を「当たり前」のものだと見るようになってきます。それが文化の効能なのです。言葉はそのすぐれた反映です。そのおかげで、われわれは出会うものごとにこれは何なのか問う必要がなくなり、日常生活を円滑に過ごすことができます。その反面、習慣化することによって、われわれの物の見方はワンパターン化してしまいます。引っ越したばかりのとき、われわれは新居から駅まで何があるのかよく見て歩くことでしょう。しかし、一ヶ月もすれば、ここにコンビニがあって、あそこにラーメン屋があってと、必要な情報しか頭に残らなくなります。そして、そのうちに駅までの通り道に何があるのか気にかけなくなるでしょう。

新入生が初めて登校してきたときも同じでしょう。どこに何があるか、注意しながら、また、好奇心たっぷりに、キャンパスを探検したことでしょう。しかし、夏休み前にもなると、家から教室まで何があったかほとんど記憶に留まることはなくなるでしょう。

文化も同じことが言えます。何か刺激がなければ、慣習化した文化は、やがて形骸化し、衰退していくばかりでしょう。だから異文化との接触が重要になるわけです。多くの農民が土地にしばりつけられていた封建社会でも、移動する民がいました。芸人や行商人たちです。洋の東西を問わず、身分が固定されていた時代に彼らが果たした役割は計り知れません。

既得権を守ろうとする為政者たちはこうした変化を恐れ、迫害することもありました。移動する民はしばしば差別の対象になってきました。芸術家や科学者・知識人もしかりです。彼らは庇護されることもありましたが、それは恐れの裏返しで、権力者たちは支配下に置くことによって彼らを管理しようとしたわけです。

自分たちに都合のよいイメージを現実に纏《まと》わせてきた者たちにとって、それを見直させる「異化」は危険性を帯びています。既成の世界観に疑義を挟むのですから、為政者の地位も安泰ではなくなります。しかし、文化を支えるそうした人々を弾圧しても、それは自分たちの社会の基盤である文化を死滅させるだけです。文化は本質的に固定されたものではなく、流動的なものだからです。

3　リアリズム(5)の物語

ものを見るときばかりでなく、われわれは話を構成するときも特定のパターンに従う傾向があります。そのパターンを物語と呼ぶことができるでしょう。物語は既存の構造に従って作られています。試練を乗り越えて、若者が大人になっていく物語は古今東西共通して見られる典型的なパターンでしょう。『ドラゴン・クエスト』や『スター・ウォーズ』も、「桃太郎」や「一寸法師」と共通する物語性を持っています。

もちろん、物語と独立して、時代により、社会により、背景や因果関係を説明するパターンは無限に多様でありえます。そうした説明・解釈のパターンも恣意的なのですが、一般に受け入れられると、自然なものと見なされ、当然だと考えられるようになります。

たとえば、われわれは因果関係に合理的な説明を求めます。それは、科学の発達により、人間が神から「解放」され、自立した（と錯覚した）思考を開始したときに始まると考えられます。近代小説における時間が典型的な例でしょう。そこで、時間経過を担うストーリーは原因と結果の束となります。恋愛小説であれば、出会いに始まり愛し合うようになるまでの心理的な要因を合理的に説明することが不可欠となるでしょう。推理小説ならば犯行にいたるまでの動機が重要となるでしょう。青春小説ならば主人公の置かれた環境と彼の成長とがどういう関係にあるのかが問題となります。こうした小説では結果を導きだせる原因が読者に納得できるように説明されねばなりません。

近代社会では科学精神が支配的であり、因果関係も科学的に説明がなされねばならなくなったのです。自然主義はありのままを描くことと誤解されることがありますが、本来自然主義とは自然科学者の精神で描くことを目指すものでした。作家は「ありのままの現実」を観察するだけでなく、合理的な説明を求めていたのです。神のお告げや、運命のいたずらのせいにすることはもはやできなくなったのです。

たとえば、バルザック(6)は『人間喜劇』において、登場人物を様々なタイプに分類しましたが、彼はただありのままを観察するだけではなく、博物学者(7)のように、環境と人物の関係を結びつけて考えようとしました。『ゴリオ爺さん』における、ヴォーケー夫人の下宿は、そこに住む住人の卑しさや打算を現わしています。ゾラはバルザックの考えをさらに発展させて、「実験小説」と呼ばれる作品を著しました。

今では「実験的」というと「前衛的」な何か突拍子もないことを試みることの意味で用いられますが、ゾラは、ある遺伝的資質を持った人物がある環境に置かれると、どういう結果になるのかを、実験室における自然科学者のように観察することを目指しました。そのようにして、彼は社会の病理の原因を探り、「治療」する役に立てようと思ったのです。それが本来の自然主義だったのです。

バルザックもゾラも一九世紀の人間ですが、彼らの考え方は現代でも通用しています。実際、小説やドラマのストーリーでは今でもバルザック的なリアリズムが幅を利かせています。しかし、リアリズムは昔からあったものではありません。科学が発達する以前は、神の創造した理想的な世界があり、現実は理想が崩れたものとして認識されていました。たとえば、お姫様は上品で美しくなければなりません。騎士は勇敢で忠誠心がなければいけませんでした。ところが、現実には醜く下品なお姫様もいたでしょうし、臆病で裏切り者の騎士も少なからずいたはずです。

芸術は理想を描くべきだとしていたのが古典主義の世界観です。それは理想主義だともいえます。絵画を例にとってみましょう。先にデュシャンの『泉』をとりあげましたが、新古典主義の画家ジャン＝オーギュスト＝ドミニック・アングルにも『泉』という有名な作品があります。美しい立ち姿の裸婦が左肩に甕を抱え、そこから水がこんこんと湧き出ている絵です。「泉」は「源」であり、生命の源泉を表しています。デュシャンの絵はアングルのパロディーでもあったのです。

同じ題材を表しても、リアリズム画家のギュスターヴ・クールベの手にかかると、

アングル『泉』

ベッドの上で足を開いた女性の股間のクローズアップになります。それが『世界の起源』*L'Origine du Monde* です。この絵は、エドゥアール・マネの『草上の昼食』などともに、卑猥だとして物議をかもしました。クールベは「写実的」に描いたからリアリストなのではありません。それまで描かれなかった「現実」を題材にしたからこそ彼はリアリストなのです。クールベが狙ったのは、「美しい裸体」という伝統的価値観の拒否だったのです。そこに潜む偽善を彼は暴きたかったのでしょう。

クールベには『オルナンの埋葬』（本章扉の写真参照）という作品もあります。これは田舎町オルナン(8)における埋葬を描いた大きな絵です。黒服の大勢の人が墓穴の側に集まっている暗い絵です。古典主義の時代では聖書や神話の一場面、あるいは貴族の肖像など格調高い（とされた）題材が描かれました。日常の生活の光景、まして市民の埋葬場面などはとても受け入れられることはなかったでしょう。もちろん、当初この絵の評判はさんざんでしたが、今ではリアリズムを代表する大作として、オルセー美術館の壁を飾っています。

ところで、リアリズムも一つの見方です。バルザックがいくら描写を詳しくしてもゴリオ爺さんが住む下宿屋の女主人の姿はいっこうに鮮明になりません。そもそもバルザックは女主人ヴォーケー夫人をありのままに描こうとはしていないのです。バルザックの目論見は、ヴォーケー夫人と彼女が営む下宿屋を描くことによって、環境と人物の関係を読者に示すことなのです。つまり、女主人の風貌が汚らしくおぞましい下宿屋に一致し、登場人物となる下宿人たちの欲望と醜さを予告しているのです。

バルザックが活躍した一九世紀は科学の発達により、主知的、実証的な動向が主流になっていく時代です。同じ文脈に、マルクス主義や精神分析も位置づけられるでしょう。それらはいずれも、表面には現れない関係性を探り出そうとするものです。リアリズムは理想の影に追いやられていた様々な現実を暴きだし、そこに潜む法則を見出そうとしました。リアリズム作家によれば、人間を動かしている法則とは、「忠義」や「正義」といったきれいごとではなく、「欲望」、とくに「金銭欲」でした。

それはマルクス主義にも繋がっています。芸術やイデオロギーなどの上部構造を決定するのは、経済的要素からなる下部構造だとマルクス主義者は考えました。人間の経済活動を重視する点では資本主義もマルクス主義も同じ土俵にいます。「金で動く」人間をリアリズム小説はしばしば描いています。それが、権力への抵抗へと向かえば、マルクス主義小説になります。

それに対して、フロイトに始まる精神分析は人間の心の奥に眠っている「無意識」に光をあてようとしました。例えば、幼年期の心の傷が青年期になって様々な精神的な障害を引き起こすと精神分析では考えられています。犯人の生い立ちが重視されて語られるストーリーは精神分析的だということができるでしょう。

リアリズム、マルクス主義、精神分析は、対立するものではなく、共存しうるものです。いずれも一九世紀ブルジョワ上昇期に登場し、古典主義的な「神の摂理」に代わって、世界の新たな読み方として大きな影響力を持ってきました。現代社会はその時代から大いに変化しました。特に一九八〇年代以後、ポストモダニズムが既存の参照体系をすべて相対化して、「脱構築」[9]していきました。

しかし、この三者があいかわらず幅を利かしていることも事実でしょう。登場人物の幼少期に現在に繋がる謎を求める物語は今でも少なくありません。きれいごとではなく、欲望に衝き動かされる人間を小説は好んで描いています。マルクス主義を積極的に掲げる者は少なくなったかもしれませんが、経済的格差の問題が解決されたわけではなく、呼称はどうあれ、マルクス主義的な傾向もまだまだ息づいています。

一方、古典主義も死に絶えたわけではありません。先人たちの営みを発展させることよりも、そこに模範を求める傾向はいつの時代にも見られます。それに対して、コントロールできない衝動を古典主義の抑圧から解放したのがロマン主義です。合理的な説明を重視するリアリズムに対して、ロマン主義は多分に感情的です。理想美よりも現実に目を向けた点でロマン主義もリアリズムも同じですが、科学的精神に基づいて客観的な解釈を求めるか、主観的な自由を重んじるかで両者は異なってきます。

ある時代にはある傾向が強まります。たとえば、革命の熱狂のあとには、ロマン主義的風潮がしばしば見られるといわれています。しかし、支配的に見える傾向の背後には必ずいくつもの別の世界観が蠢《うごめ》いているものなのです。市場原理が優先される社会では当然資本主義的な観点が目立ちますが、その裏返しにマルクス主義的な世界観も育ちます。人間の行動に精神分析的な根拠を求めることもできるし、それよりも、人間の主体性を重視して感情の爆発を描くこともできます。

ところで、現実を見直し新たな意味を探ろうとするとき、物語性はわれわれの目をくもらせることもあります。それはむしろ邪魔になることさえあるのです。そして、刻々と変化する現実に対応しきれなくなると、物語性は自然なものとは感じられなくなります。現代が現実先行の時代であることは多くの人が認めるところでしょう。先行する現実をとらえ、物語性を再構築することはもはや不可能にさえ思えるほどです。

昨今のテレビ・ドラマや映画、小説などのストーリーはいずれも「現実」的ではなくなってきています。そのせいか、ゲームが映画になったり、少なからずの小説やマンガがドラマ化されたり、その逆もあり、メディア・ミックスが多く見られるようになってきています。それは現実そのものがヴァーチャル化していることの現れであるかもしれません。

「現実的」でない作品が増えているのは、「金で動く人間」も、「トラウマに囚われた異常者」もデジャヴであり、あえて作品として提示される価値がなくなってきているからなのでしょうか。人間はたえず既成の世界観を破壊してきましたが、それは新しいイメージを築く第一歩でもありました。メディア・ミックスによって生み出されたイメージがそのうちに「自然」なものと考えられるようになるかもしれません。

こうした知的営為が文化の本質なのです。文化は「自然」を飼いならして、それを「自然な」ように感じさせてしまう。そして、それが文化の産物だと意識されなくなってしまうと、惰性と化して、衰退していくしかありません。それを再活性化させるのが、文学や芸術の役割であることは前項で述べたとおりです。

4 キッチュ

ここまでみてきたように、われわれの現実認識はパターン化しやすいものです。そのパターンこそが文化の産物だといえるでしょう。しかし、これもここまでに述べてきたことですが、文化は固定されたものではありません。そして、そのパターンを揺さぶるのが異文化交流であり、芸術の役割です。逆にいえば、異文化や芸術に関心を向ける好奇心がなければ、既存の文化は活性化されません。

ところで、習慣や惰性の力も強いものです。われわれは新たな現実を目の前にして、既存の価値観に基づいて行動・判断してしまうものでもあります。また、価値判断の絶対的基準がなくなった現代社会においては、一般受けしている価値観に迎合する傾向もあります。それが極端に目立って滑稽な場合、キッチュと呼ばれます。キッチュは「悪趣味」や「偽物」を含意しますが、それだけではありません。目立つのを通り越して、物議を醸すほどになれば、異化効果を発揮することもありえます。サルバドール・ダリの作品が好例でしょう。また、「悪趣味」としてではなく、積極的な価値を認知されることもありえます。こうした観点からすれば、ブランド商品や、アイドル、カリスマなどの分析にもキッチュは有効なように思えます。

さて、キッチュの定義は簡単ではありません。というよりも、様々な対象に対して、多様な方法で説明がなされうるのです。それは、キッチュが一定の芸術様式ではなく、対象と人間のあり方に関わるものであり、ある効果、ある現象の類型を指すからでしょう。アブラアム・モルは「キッチュとは、人と物との間の関係の新しい一つの型だ[10]」と述べています。マテイ・カリネスクは「キッチュは単一の定点からは定義できない…われわれは、キッチュ効果ということを、それ自体としてはなんらキッチュ的でない事物の組み合わせについても語れる[11]」と論じています。エヴァ・ルグランは、「キッチュという概念は単に特定のものや、文体や、趣味に結びつけられるものではない。キッチュを「悪趣味」の同義語とするのはその意味の広がり、深さを極端に制限してしまう。キッチュとはまず哲学的、存在論的な範疇であり、それは人類の根本的な欲求の表現なのである[12]」といっています。

しかし、いずれの場合もキッチュとは「偽物」、「借り物」、「複製」といったことを含意し、「虚偽の美学」あるいは「美的な嘘」の諸形態の産物といえるでしょう。カリネスクの言葉を借りれば「美的不適合」さがそこにはたえずつきまとっています。つまり現実をより良い世界の夢（失われた楽園とか輝かしい未来とか）に置き換えようとする欲求の表現なのです。虚飾の鏡に映った自己の姿に感動したり、出来合いの思想の愚かさを美しい言葉で言い換えたりしてキッチュはわれわれに自己満足を与えるのです。キッチュが結びつくのは感情やエクスタシーなのです。

さらに、キッチュは現実を直接対象とするのではなく、現実のイメージを対象とします。認識は生の感動ではなく、感動の模倣に依存することとなります。例えば、クンデラは『存在の耐えられない軽さ[13]』で、「キッチュは次々と二つの涙を生じさせる。第一の涙は言う。なんて美しいんだ、芝生の上を走る子どもたちはと。第二の涙は言う。なんて美しいんだ、芝生の上を走る子どもたちを見て世界中の人々と感動することはと。この第二の涙だけがキッチュをキッチュたらしめる」(p.361)とされています。

また、クンデラはキッチュを次のように定義しています。キッチュとは「存在との断定的な合意」(accord catégorique avec l'être)であると。その合意は、政治でも宗教でも、あらゆる「信仰」の背後にある合意です。つまり、十字架のキリストも鈎十字も、最大多数の合意、大部隊との連帯の呼びかけを一様に表しています。クンデラが左翼の大規模なデモを皮肉に描くのはそのためなのです。現実に愛情の(欲望の)対象を見いだせず、出来合いのイメージにモデルを見いだし、問答無用に合意することによって感動を得るのがキッチュなのです。そうした感動を裏付けているのは、理屈ではなく、多くの者との連帯感です。ルグランのクンデラ論を発展させて、われわれは次のようにいうこともできるでしょう。キッチュの与える感動は、一人でテレビを見ている時に画面から流れてくる笑い声に同調して笑うときの快楽に似ていると。可笑しかろうがなかろうが、多くの人と笑っているという感覚が重要なのです。こうした連帯感は孤独から人間を救うかもしれませんが、それが現実のものではないところに滑稽な悲しさが潜んでいます。キッチュに欠くべからざる要素がこうした感情的熱狂なのです。

ここでは、キッチュを単に悪趣味としてではなく、対象と「価値観を喪失した近代人」の関係としてとらえてみたいと思います。現実の対象に価値をみいだせず、出来合いのイメージにモデルを見いだし、そこに迎合することによって快感を得るのがキッチュなのです。そのときに熱狂や連帯感が不可欠となることは、ブランド商品やアイドルを思い起こせば、容易に理解されるでしょう。

ここまで、「リアリズム」と「キッチュ」について説明してきました。この二つの概念は現代社会の様々な文化現象を読み解く上で非常に有効でしょう。本論では、これらのキーワードに第一部第一章でとりあげる「サバイバル」を加えて、カナダの文化を具体的に読んでいきたいと思います。

【注】

（1）レヴィ＝ストロース、前章注（3）参照。
（2）シンポジウム「仮構と反転」『現代思想』一九八一年八月号。
（3）『ロシア・フォルマリズム論集』現代思潮社、一九七一年。
（4）Marcel Duchamp. フランス生まれで、アメリカで活躍したダダの芸術家。一八八七―一九六八年。代表作に、『彼女の独身者たちによって裸にされた花嫁、さえも』*La Mariée mise à nu par ses célibataires, même*, 通称「大ガラス」など。

（5）フランス語では réalisme「レアリスム」。英語では realism「リアリズム」。写実主義とも訳されている。

（6）リアリズム小説を代表するフランスの作家。一七九九—一八五〇年。長編・短編あわせて九〇編からなる『人間喜劇』を著した。『ゴリオ爺さん』（平岡篤頼訳、新潮文庫、一九七二年など）はその第一作に据えられている。
Le Père Goriot, Honoré de Balzac, 1835.

（7）バルザックは『ゴリオ爺さん』を博物学者のジョフロワ・サンティレール Geoffroy Saint-Hilaire に捧げている。

（8）オルナン Ornans はクールベが生まれ育ったスイスに近い山中の村である。

（9）ジャック・デリダが用いた概念。対象を解体して、新たな何かを再構築すること。つまり、あらゆる対象は、固定的な意味を持つわけではなく、そこには相互に矛盾する関係性が潜んでいる。こうして、既成の観念はたえず、揺すぶられ、覆されることになる。

（10）Abraham Moles, *Psychologie du kitsch*, Denoël/Gauthier, 1977. p.27.

（11）Matei Calinescu, *Five Faces of Modernity*, Duke University Press, 1987.

（12）Eva LeGrand, *Kundera ou la mémoire du désir*, édition XYZ, 1995.

（13）Milan Kundera, *L'Insoutenable Légèreté de l'être*, Gallimard, 1984.

第一部　サバイバル

本書はカナダの文化を通して、文化の読み方を学び、人間の知的営為の素晴らしさに触れることを目的としています。序論で述べた「リアリズム」と並んで、カナダの文化を読み解く際のキーワードになるのが「サバイバル」です。第一部では、第一章で、M・アトウッドのサバイバル論を概観して、その後にこうした概念を用いて、伝統的イギリス系カナダを代表する『赤毛のアン』や伝統的フランス系カナダを代表する『マリア・シャプドレーヌ』などの作品について考察を加えてみましょう。

第一章

M・アトウッドのサバイバル論
——犠牲者の四つの態度

厳しいカナダの冬。モンレアル大学サミュエル・ブロンフマン館前の通り。

いったい「カナダ文学」は存在するのでしょうか。あるとして、その特性は何なのか。英語で書かれた作品と、フランス語で書かれた作品をひとまとめにして「カナダ文学」として語ることができるのか。こうした問題に対して、マーガレット・アトウッドは評論『サバイバル』[1]において一つの答えを示しています。

一九六〇年代にカナダではアイデンティティをめぐる問題が活発に議論され始めます。[2]アトウッドによると、アメリカ合州国を象徴するのはフロンティアです。そこは古い秩序が覆される新しい場所です。初期のプロテスタントによる植民や、西部開拓における先住民との戦いを思い浮かべればそのことはよく理解されるでしょう。アメリカのフロンティアは、未踏の地を征服しながら、絶えず拡張されていきます。それは地理的空間やさらには宇宙空間にとどまらず、貧困からの脱出といった経済面でも、あるいは想像力の領域でも現れます。満たされることのない希望を求め続け、ユートピアを夢見るのがアメリカ人なのです。

アトウッドによれば、イギリスのシンボルは「島」です。ここで「島」とは、一つの完結した有機体としての「島＝身体」です。自己充足したヒエラルキーがそこにはあり、王が頭で、政治家たちが手で、農民・労働者が足なのです。イギリス人の「ホーム」意識はこの「島意識」の家庭版なのです。一個の独立した生命体のイメージがイギリス人の社会観の縮図なのです。

アメリカの「フロンティア精神」、イギリスの「島意識」は多くの者によって指摘されてきたところです。確かに、アメリカン・ドリームを追求するチャレンジ精神がアメリカ文化には満ち、秩序を重視する保守的な傾向がイギリス文化には広く見られます。それらに比してカナダを象徴するのは間違いなく「サバイバル」だとアトウッドは言います。「サバイバル」という観念はイギリス系カナダ、フランス系カナダの両方に当てはまるし、また、様々なヴァリエーションをもってカナダ文学に現れています。初期の探検家や植民者にとっては、先住民やその他の敵対するものからの「生き残り」が問題でした。それにとどまらず、台風や難破など各種の危険や災難からの生存もいたるところで見られます。初期の移住者によって作られた多くの詩がこうした「外的な」脅威をテーマとしています。他方、フランス系カナダ人にとっては、植民地戦争でイギリスに負けて以来、宗教（カトリック）と言語（フランス語）を守って、「文化的」な生き残りを図らねばなりませんでした。イギリス系カナダ人にとっても、強大なアメリカ合州国の圧力に耐えて、自分たちの文化を守ることは容易なことではありませんでした。外的な自然からだけでなく、内面的な、あるいは文化的な「生き残り」もカナダ文学の重要な要素です。

「フロンティア精神」は熱狂、冒険心を生み、「島意識」は充足感、安心感をもたらしますが、カナダ的な「サバイバル精神」は耐え難い苦悩を生み出してきました。苦難を乗り切った成功者よりも、カナダ文学には極寒の地の恐ろしい冒険や猛吹雪、難破からの生存者が多く現れます。彼らは勝利感を味わうことはなく、ただ生き延びたことを再認識しているだけだとアトウッドは言います。

　厳しい自然・社会環境の中で、孤独に生き延びているイメージが確かにカナダ文学には溢れています。実際、凍てつく冬に代表される自然に対してばかりでなく、歴史にもカナダ人は耐えてきました。フランス系の祖先は植民地戦争に敗れ、本国に見捨てられ、イギリスの支配下に入りながら、かろうじて自分たちの文化・言語を守ってきました。イギリス系の祖先はアメリカ独立戦争に敗れてカナダに逃げて来た王党派の人々に代表され、合州国に吸収される脅威に絶えずさらされてきました。

このようにカナダ人が自然の脅威の、また運命の集団的犠牲者になっているとして、その典型的な態度をアトウッドは四つのタイプに分類しています。

第一の態度　犠牲者であることを否定する

これは犠牲者集団の内部で比較的特権を持つ者がとる態度であるとされます。自分は成功しているから犠牲者ではなく、他の者たちは怠けているから成功できないのだと考えるのです。こうした態度は現実を正視することなく、成功するか失敗するかの原因を単なる努力の多寡に置き換えてしまいます。それは差別意識にも繋がります。こうした態度は後の章で取り上げる『赤毛のアン』のマリラや、『マリア・シャプドレーヌ』の父サミュエル・シャプドレーヌに典型的に見られます。

彼らの一番の問題点は、自分と同様に他者を考えてしまうことにあります。そこに欠如しているのは他者に対する好奇心です。プロテスタントとして、禁欲的に生きていることに誇りを持っているマリラが、ただ単にアンを感化していくだけの話であったら『赤毛のアン』はつまらない教訓話に終わっていたでしょう。マリラとマシューがアンをグリーンゲイブルズに引き取ったのはアンに好奇心を持ったからでしょう。アンに接することによって、日常生活に埋もれていたマシューがプリンスエドワード島の美しさを再発見し、プロテスタントの禁欲精神に染まっていたマリラが「生きる喜び」を見出していきます。アンがただ成長するサクセス・ストーリーに終わっていないところに、『赤毛のアン』が長年にわたって世界各地で読まれつづけている理由があるのでしょう。

マリラは第一の態度の典型で終わってはいないのです。

第二の態度　犠牲者であることは認めるが、それを運命のせいにする

この態度をとる者は、神の意志、生物学的法則、歴史的・経済的必然など何か巨大な原則によって自分が犠牲者になっているのだと説明するとされます。彼らは運命に甘んじ、変化を期待したりはしません。「運命の定めだから」とか、「女だから」、「貧しいから」仕方がないと考えるのです。この態度の典型はグリーンゲイブルズにやって来る前のアンや第七章でとりあげる『束の間の幸福』の母ロザンナに見ることができます。

第三の態度　犠牲者であることを認めるが、その役割を演じることを拒否する

この態度をとる者は、自らの意志の力で現実を変えることができないか知ろうとします。ここから、第四の態度へ進むことができますが、怒りの段階から脱せずに、ダイナミックな爆発に終われ

ば、第二の態度に逆戻りしてしまいます。ともかく、ここにきて、初めて抑圧の真の原因が問われます。つまり、雪が降るのを止めることはできないが、すべてを雪のせいにするのを止めることはできます。この態度の典型は一九六〇年代に書かれた多くの作品の中に見出すことができます。『石の天使』のヘイガーや、『やぁ、ガラルノー』のフランソワをそうした例として挙げることができるでしょう。

第四の態度　創造的な非犠牲者

この段階ではすべての創造的活動が可能となります。これは犠牲者でない者の態度です。

カナダ文学の特徴として犠牲者を取り上げたのは、それが豊富に現れるからなのだとアトウッドは述べています。彼女は八つの作品とそのレジュメを示しています。その中の最初と最後の二つを以下に挙げてみましょう。

＊エドウィン・J・プラット『タイタニック号』：氷山に客船がぶつかる。大部分の乗客は溺死します。

＊エドウィン・J・プラット『ブレブフとその同胞』：宣教師たちが厳しい試練を生き延びるが、やがてインディアン(3)に虐殺されます。

＊アーネスト・バックラー『山と谷』：筆の進まない作家が書ける可能性をかいま見るが、成功する前に死んでしまいます。
＊グレアム・ギブソン『コミュニオン』：人間関係を築けない男が病気の犬を助けようとします。彼は失敗し、焼け死にます。

プラットの二作品に代表されるように初期のカナダ文学においては、外的な要素（氷山、インディアン）が障害となります。しかし、もう少し最近の作家においては、内的、精神的な要素が障害となるだけに、より状況は複雑になります。つまり、障害に対する恐れそのものが障害となりうるのであり、その障害が外的な物であれ、内的な物であれ、登場人物はその恐れ自体に麻痺してしまうことさえあります。

『サバイバル』の第一章でこうしたモデルを提示したあと、アトウッドは第二章から第一二章まで具体的な作品分析を展開しています。第二、三、四章では、白人たちがカナダの地にやって来たときに見いだしたものから、カナダ文学が発展させたテーマを扱っています。つまり、自然、動物、先住民です。それは、開拓者たちの行く手を阻む原始林、沼地、そして厳しい気候など、人間に敵対するものとして表されることが指摘されています。カナダ文学において春が描かれるときも、それは、長い冬から次の冬までの一時の小康状態、あるいは冬を隠すための幻想としてなのです。本書ではこうした事例として次章で『赤毛のアン』を考察してみます。

もっとも、アトウッド自身は『赤毛のアン』におけるサバイバル精神に気付いていないようです。サバイバルの暗い話が嫌ならば、「読者はシリアスをもって任じるほとんどのカナダ人作家がノイローゼか病的であると決めて、ゆったりとした気持ちで『赤毛のアン』を読むのがよいだろう(4)」と述べています。アトウッドにさえ『赤毛のアン』の明るい面ばかりが目立ってしまうほど、カナダでは厳しい環境で耐えしのぶ話が多いのです。

ともかく、アトウッドによれば、カナダ人の作家は自然に対して脅威を感じ、恐れ、警戒しているわけです。そこにはイギリス文学の影響も反映されているといいます。イギリス文学における自然は、カナダがイギリス領になった一八世紀後半、人間にとって偉大で脅威の対象でした。自然に対するそのイメージは、イギリス系カナダ人が多数移民してきた一九世紀初頭、ワーズワース流のロマン主義の流行のもと、「母なる自然」へと変わっていきました。カナダではこの二つのイメージが混在して、「豊かな母なる大地」が「厳しい父なる天」と結びついていました。

アトウッドは、スザンナ・ムーディーの詩を例にひいて、一九世紀前半に用いられた形容詞の辞書を読んでいるようだと表現しています。確かに、「驚くべき」stupendous、「崇高な」sublime、「力強い」mighty、「栄光ある」glorious、「心を打つ」striking、「最も高貴な」noblest、「魅力的な」enchanting など「偉大さ」を表現する形容詞がこの詩には目白押しです。さらに、「美」beauty、「驚異」wonder、「喜び」delight といった自然を賛美する名詞も目につきます。

しかし、自然の「偉大さ」を認めようとする一方で、カナダにおける自然の厳しさは無視できません。ムーディーは自然に対してこうした矛盾を感じつつ、自然賛美に走っているのです。それを考慮するならば、ムーディーの態度はアトウッドが提示した第一の犠牲者に当たります。すなわち、自然の人間に敵対的な面に目をつぶり、イギリスの伝統を引き継ぎ、そこにアイデンティティを見いだしているのです。こうした態度が長続きしないだろうことは想像に難くありません。

この第一の態度よりも、第二の態度、すなわち、「犠牲者であることは認めるが、それが運命である、神の定めであるとして、そこに甘んじる態度」のほうが、少なくとも自分の状況を把握しているのだからましだとされます。従って、カナダの地の過酷さ、そこで遭遇する困難を描くことは、肯定的な第一歩であるとアトウッドは言います。「裸の王様」の少年のように、寒ければ寒いとはっきり言わなければならないのです。初期のカナダ詩には、初めて出会った事物を名付ける困難が溢れています。カナダ詩の歴史をたどると、そうした新たな現実に言葉を与えていく過程を読みとることができる、例えば、A・J・M・スミスの『孤独な土地』はとげとげしい峰の厳しさを描きながらも、作品として立派に成立しているとアトウッドは言います。

しかし、カナダではこの第二の態度が第三、第四の態度へ発展していくことが困難でした。カナダの地は期待されていたような恵まれた地ではありませんでした。「偉大な」自然に対して、そのぶん人間は卑小で無力な存在と感じられます。その結果、負け犬根性が生じるのです。人間に対して圧倒的な力を持つ自然を前にして、「そうなんだから、しかたない」と、敗北を前もって認めざるを得なくなるわけです。

アトウッドによれば、自然を母なる神や、恐ろしい怪物とするのは人間のイメージにすぎません。実際のところ、自然は、生と死、優しさと厳しさといった対立物が同居する生きたシステムとして存在します。人間は敵対的な自然の前で「善良で弱い」ものでもなければ、また、無力で受け身な自然に対して無闇に「攻撃的で、悪しき」ものとしても定義できない。自然を排除して、要塞に立てこもることによってしか生命を維持できないと考えるのではなく、人間は性も含めて自分自身の身体を自然というシステムの一部として受け入れ、このシステムが要求する柔軟さを受け入れることによって、この世界で自由に動けるのです。

また、アトウッドは、動物物語もカナダ人の心理を表す重要なジャンルの一つであるとみています。先にみた「敵対する自然」から、クマにむさぼり食われたり、ヘラ鹿の角に串刺しにされたり、ヤマアラシの棘に穴だらけにされたりする人が連想されるかもしれません。しかし、E・T・シートン(5)やG・T・ロバーツらの小説は一般に動物の死で終わる失敗談、あるいは悲劇なのです。

イギリス文学では、『狼少年モーグリ』や『不思議の国のアリス』などに見られるように、動物は擬人化され、人間の社会階層を反映しています。アメリカ文学で、メルヴィルの『白鯨』やフォークナーの『クマ』などで描かれるのは、象徴的な力を備えた動物たちです。それは大自然の驚異、境界の彼方への挑戦を表しているのです。主人公はそれらの動物を狩り、その神秘的な力、野生のエネルギーをわがものとします。アメリカにおける動物物語は自然に対する人間の勝利であり、動物の視点ではなくて、人間の視点から描かれた成功物語なのです。例えばジャック・ロンドンの『荒野の呼び声』では、狼犬が幼いときに虐待され、人間を恨みますが、やがては人間を愛するようになり、救助し、カリフォルニアまでエスコートするのです。

アトウッドのモデルは個人的なものであり、必ずしも万能の道具ではないし、一九七二年に『サバイバル』初版は出版されており、今日でも有効だとはいえないかもしれません。また、一九六〇年代に差別的移民制限が撤廃され、一九七〇年代以降有色人種の移民が増えたカナダ社会の多文化状況は「サバイバル」論では説明しきれないかもしれません。さらに、この本はオンタリオ州というカナダの「中心」で書かれており、東部カナダの伝統的カナダ人気質はとらえているかもしれませんが、西部カナダの新しいカナダ人の想像力は十分視野に入っているのか疑問視することもできます。

しかし、彼女の提示するモデルがカナダの特徴を初めて論じた画期的なものであることは間違いありません。カナダの新しい想像力も「サバイバル」を基調とした伝統と無縁ではないでしょう。英系、仏系以外の移民や先住民も、この二大建国民族との関わりの中で、自分たちのアイデンティティを築いてきたはずです。第一部では、カナダの様々な文化の考察を深めるために、アトウッドのモデルを重要な参照体系の一つとして用いていきたいと思います。

【注】

（1）Margaret Atwood, *Survival*, McClelland & Stewart Inc. 1996. 初版は一九七二年。邦訳、マーガレット・

アトウッド『サバイバル』加藤裕佳子訳、御茶の水書房、一九九五年。
（2）『カナダ文学の諸相』渡辺昇、開文社出版、一九九一年。
（3）『サバイバル』が書かれた一九七〇年前後ではまだ「インディアン」という言葉が先住民を指すのに用いられていた。現在、この呼称は相応しくないとして、カナダにおいて、英語では first nations, フランス語では autochtone という表現が用いられている。
（4）*Survival*, 前掲書、p.35.
（5）『シートン動物記』の作者シートン Ernest Thompson Seton はアメリカ人と見なされることが多いが、イギリス生まれで、五歳のときにカナダへ移住後、幼少年期と青年期をこの地で過ごし、三〇歳を過ぎてから合州国に定住している。

第二章

『タイタニック』——サバイバルの代名詞

ジェイムズ・キャメロン『タイタニック』DVD、20世紀フォックス・ホーム・エンターテイメント・ジャパン

1　映画『タイタニック』

タイタニック号の沈没事件は、アトウッドの『サバイバル』でもとりあげられているプラットの長編詩をはじめ、文学作品や映画の題材にしばしばなってきました。

タイタニック号は当時世界最大で豪華な設備を有する客船でした。一年前に竣工した姉妹船オリンピック号に、スイートルームが増設され、いくつかの改良が加えられ、大英帝国の技術と富の結晶でありました。タイタニックはギリシャ神話の豪壮な神の名にふさわしい不沈船として喧伝されました。しかし、その名が歴史に残ったのは、皮肉なことに、豪華さとは対照的な沈没の悲劇のためでした。

一九一二年四月一〇日に、タイタニックはイギリスのサウサンプトン港からニューヨークへ初航海に出ます。四月一四日深夜にニューファンドランド沖に達したときに氷山と衝突、わずか三時間たらずで、一五日未明に沈没してしまいました。このため、乗員乗客約二二〇〇名中、一五〇〇名以上が死亡しました。四月の北大西洋の水は冷たく、海中に投げだされた人々の大多数は救助を待つまもなく、短時間で死亡してしまったといいます。タイタニックの悲劇はカナダのサバイバル精神にとって、格好の題材を提供しています。

この悲劇は、『歴史は夜作られる』（一九三七年）や『レイズ・ザ・タイタニック』（一九八〇年）

など、アメリカ合州国やイギリスやドイツなどで、数多く映画化されています。中でもジェイムズ・キャメロン監督、[1]レオナルド・ディカプリオ主演の『タイタニック』（一九九七年）はコンピューターグラフィックスを駆使した大作で、最優秀作品賞をはじめ多くのアカデミー賞を受賞し、[2]全世界で一八億三五〇〇万ドルの興行収入をあげて、二〇〇九年同監督による『アバター』に抜かれるまで、映画史上最高の記録をうちたてていました。[3]

この映画の制作はアメリカ合州国（パラマウント映画）でありますが、監督キャメロンと主題歌を歌ったセリーヌ・ディオンがカナダ人であり、この項ではこの映画を通してサバイバルを見てみたいと思います。

数あるタイタニック映画の中で、この作品は一〇〇歳を越えた老女の追憶となっている点がユニークです。若さと老い、裕福な娘と貧しい青年、客船内での豪華な生活と凍てつく海での漂流、そうした対照がこの映画においてサバイバルを際立たせています。

ここでストーリーを簡単に紹介しておきましょう。

タイタニック号とともに沈んだ宝石「碧洋のハート」を発見しようとしたラベットが海底の金庫から見つけたのは一枚の絵でした。その若い女性は裸の胸に「碧洋のハート」を身につけていました。この模様をテレビで見た一〇一歳の女性ローズが孫娘のリジーとともにラベットに会いに来ます。彼女はタイタニック号事故の生存者で、問題の絵のモデルだといいます。悲劇の航海の模様が、ローズの口から語られていきます。

一九一二年。イギリスのサウサンプトン港から初航海に出ようとするタイタニック号に、賭けで勝ってチケットを手に入れて三等に乗り込んだ画家志望の青年ジャック（レオナルド・ディカプリオ）がいました。一七歳のローズ（ケイト・ウィンスレット）は、アメリカ人で大資産家の婚約者、ローズの結婚を強引に決めた母親ルース、コロラドの富豪夫人と一緒に一等船室に乗ります。

ローズが婚約に疑問を感じて、船の舳先から飛び降りようとしたのを助けたのがジャックでした。ジャックはローズの家族から食事の招待を受け、上流階級の生活をかいま見ます。同時に二人は激しい恋に落ちました。四月一四日、ローズは家族から逃れてジャックと二人だけで過ごし、ジャックはローズをモデルにデッサン画を描きます。その後追手から逃れながら船の中で二人は結ばれます。

ローズの心が自分から離れたのを知った婚約者は、ジャックに「碧洋のハート」を盗んだと濡れ衣を着せ、彼に手錠をかけて船室に閉じこめます。深夜、船は氷山に船体を傷つけられ、停止します。浸水が始まり、沈没が確実となり、救命ボートが下ろされます。しかし、全乗客分のボートはありません。女と子供が優先してボートに乗せられますが、ローズは船底のジャック救出を優先し、ジャックや多くの乗客、乗員とともに最後まで船に取り残されます。結局二人は船の残骸の木切れにつかまったまま漂い、冷たい海の中、救出を待つことになります。ローズはジャックの力添えで救出されますが、ついにジャックは力尽きます。船長のＥ・Ｊ・スミス、設計者トーマス・アンドリュースらも海に消えてしまいます。

一方で、ローズの母や富豪夫人や婚約者、タイタニック号を建造したホワイト・スター・ライン社の社長J・ブルース・イスメイは助かっていました。老いたローズはすべてを語ると、ラベットに隠して持っていた「碧洋のハート」を海に沈めます。彼女の心の中にいつまでもジャックの姿は残り、彼との結婚式の様子が胸に浮かんでいました。

この映画はまさにカナダ的なサバイバルで貫かれています。つまり、アトウッドの第二の態度にあてはまります。氷山にタイタニックが衝突するのも、三文絵描きと上流階級のお嬢様の恋が成就しないことも仕方のないことなのです。そして、かろうじて生き残った者は、その事実を大切に胸に秘めて生きるのが務めなのです。大惨事を見事に切り抜けたり、そこから立ち直って成功したりするのはカナダ的ではありません。

アトウッド自身が強調しているように、四つの態度はそれが現れる作品を評価するためのものではありません。逆境にめげない第一の態度を描く作品が単純すぎて退屈なこともしばしばあるし、暗い第二の態度が現実を深く見つめた優れた作品を生み出すこともあります。第三の態度から問題の根源を探ろうにも状況を把握することさえ困難で、結局は第二の態度に甘んじなければならないことも少なくないでしょう。

こうした「犠牲者の態度」は時代遅れなものなのでしょうか。タイタニックの沈没が一〇〇年たった今でも人口に膾炙するのは、技術がいくら進歩しようが、所詮人間の力には限界があることを如実に示しているからでしょう。そのことを無視して過信すると大惨事を招きます。福島の原発事故もそうであろうし、歴史上こうした事例は枚挙にいとまがありません。現実の危険に目をむけず、安全だと言い続けるのは典型的な第一の態度でしょう。電気が必要だから原発は再稼働させざるを得ないという態度もここに属します。危険にどう対処してよいかわからず、結局お上の決定に翻弄されるのは第二の態度でしょう。反対のデモをするのは第三の態度にあたるでしょう。

ここで注意しておきたいのは、作品に表される犠牲者の態度は作品そのものの評価と別物だということです。登場人物がどの態度をとるのかと、それを描く作品とは次元が異なります。作品の評価とは、どの態度であれ、どれだけ掘り下げて表現されているのかなどによって決まるものでしょう。

2 「マイ・ハート・ウィル・ゴー・オン」My Heart Will Go On(4)

映画『タイタニック』の主題歌だったのが「マイ・ハート・ウィル・ゴー・オン」です。ここでは、この歌の和訳を例にとって、文化を読む際に、関係性をとらえること、文脈を考慮することがいかに重要であるかを考察してみたいと思います。

「マイ・ハート・ウィル・ゴー・オン」はアカデミー賞歌曲賞を受賞しましたが、アカデミー賞最優秀作品賞を獲得した映画の主題歌がこの賞を受賞するのは稀で、この曲で三度目でした。

歌ったのは、一九六八年モンレアル近郊で生まれたケベック人のセリーヌ・ディオンです。一二歳のときに音楽マネージャーのルネ・アンジェリルに才能を見いだされ、最初はフランス語で歌っていました。一九八二年には「第一三回ヤマハ世界歌謡音楽祭」に参加のために来日し、金賞に輝いています。一九九一年に英語アルバム『ユニゾン』を発売し、英語圏にマーケットを広げ、ディズニー映画『美女と野獣』の主題歌「ビューティー・アンド・ザ・ビースト〜美女と野獣〜」(一九九二年)(ピーボ・ブライソンとのデュエット)、「パワー・オブ・ラブ」(一九九三年)などの大ヒットをとばし、世界の歌姫として、日本でも多くのファンを獲得しています。

一九九九年には、夫となったルネの看病と子作りに専念するために休業し、話題を呼びました。出産後復帰して、ラスベガスのシーザーズ・パレス・ホテルで長期公演を行なったり、二〇〇八年にはワールド・ツアーの一環として来日し、現在でも活発な活動を展開しています。

一九九六年のアトランタ・オリンピックの開会式で「パワー・オブ・ザ・ドリーム」を歌ったのでアメリカ人と思っている人も多いかもしれませんが、フランス語の曲もリリースし続けており、カナダ連邦政府からも、ケベック州政府からも叙勲されています。(5) 一四人兄弟姉妹の末っ子であるセリーヌの成功は、シルク・ドゥ・ソレイユとともにケベック人の誇りとなっています。

さて、「マイ・ハート・ウィル・ゴー・オン」に戻りましょう。このタイトル(*My Heart Will*

Go On）は直訳すれば、「私の心は続く」となります。何が続くのか、英語で言うと「go on」は何を意味しているのでしょうか。ここで、原詞と「ビジネス日本語協会[6]」による対訳を検討してみましょう。

〈第一連〉

Every night in my dreams I see you, I feel you,
That is how I know you go on,
Far across the distance and spaces between us
You have come to show you go on.

（ビジネス日本語協会対訳）

毎夜見る夢の中であなたを見る、あなたを感じる
だからあなたの気持がわかる
はるかかなたにいるのに　二人は遠く離れているのに
あなたは姿を見せてくれた

まず二行目に「go on」が出てきます。直訳すれば、「そのようにして、私はあなたがgo onして

いるのがわかる」となります。そして四行目。これを直訳すると「あなたは go on していることを見せにやってきた」となります。この第一連まででは、まだ、「go on」の意味は不明です。歌詞だけを見ていたのでは、「あなたが続いている you go on」の意味は不明です。

ここでこの歌が映画『タイタニック』の主題歌であることをよく考えれば、「あなたが続いている you go on」の意味は想像できるのではないでしょうか。夢の中であなたが続いているとは、何を意味しているのでしょうか。それを問わずに意訳しているために、ビジネス日本語協会訳は微妙にずれを生じ始めています。

第二連になると徐々に「go on」の意味は明らかになってきます。

〈第二連〉

Near, far, wherever you are,
I believe that the heart does go on,
Once more, you open the door
And you're here in my heart,
And my heart will go on and on.

（ビジネス日本語協会対訳）

遠くにいても、近くでも、あなたがどこにいようと
信じている、あなたの心が近づいたとき
もう一度あなたは扉を開き
私の心の中に入ってきた
そして私の思いは深まるばかり

この第二連でも、二行目に「go on」が出てきます。しかし、ここでは、夢ではなく、四行目で「私の心の中にあなたがいる」とされ、五行目でそれを受けて、未来形で力強く、「私の心は続いていく will go on and on」と歌われます。対訳はこの第二連でも「go on」の意味を「意訳」して「近づいたとき」と「深まるばかり」としていますが、ますますずれが広がってしまっているようです。

第二連の未来形に対して、第三連では過去形が現れ、そこから未来形へと歌にストーリー性ができます。

〈第三連〉

Love can touch us one time and last for a lifetime,
And never let go till we're gone.
Love was when I loved you, one true time I hold to,

In my life we'll always go on.

（ビジネス日本語協会対訳）
愛は私たちを訪れる　永遠に私たちとともに
私たちが一つになるまで、決して離れさせはしない
愛は私があなたを愛した時に生まれた　忘れられない
たった一つの真実の時　生きている限り、この愛を育てよう

この第三連では、「あなた」を愛した時が「わたし」にとって真実のときだったと過去形で歌われ、「私たち」は「いつも続くだろう go on」と未来形でしめくくられています。ここにいたって、「私が愛したあなたは、私の夢や心の中にいて、〝続いている〟go on」ことが明確になります。『タイタニック』のストーリーと考えあわせるならば、それが意味するところを想像することはもはや容易いでしょう。ところが、対訳は「go on」をこのように想像していくことができなかったために、ここにいたっても「この愛を育てよう」と曖昧な表現に終わっています。ここで仮訳するならば、次のようになるでしょう。

（仮訳）

愛は一度私たちに触れると、一生続くことができる、
私たちが行ってしまうまで、決して行かせないでおくことができる
愛は、あなたを愛した時、忘れられない本当のひとときだった
私の人生で、私たちはいつも続いていく

第四連は第三連の繰り返しです。そして、クライマックスの第五連。

〈第五連〉

You're here, there's nothing I fear,
And I know that my heart will go on.
We'll stay forever this way,
You are safe in my heart,
And my heart will go on and on.

（ビジネス日本語協会対訳）
あなたがここにいるから、もう恐れるものはない
心弾むばかり

これからもずっと、こうしていたい
あなたは私の心の中に、しっかりと座を占めた
私の心は弾むばかり

この第五連で、「あなたは私の心の中で無事」であり、「私の心は続いていくだろう」と高らかに歌い上げられて終わります。セリーヌ・ディオンの力強く、説得力ある声に相応しいエンディングでしょう。

ここまで歌詞を検討してきた結果、映画『タイタニック』の主題歌であることも考え併せて、「go on」は「生き続ける」と訳して問題ないことは明らかでしょう。対訳は「go on」の意味を深く問うことなく、「近づく」「深まる」「愛を育てる」「弾むばかり」と意訳し続けて、結局、この主題歌のテーマを摑めないままに終わっています。

ここでは、対訳の誤訳を指摘することが目的ではありませんが、音楽CDなどについている対訳は歌をよく理解せずに訳しているのではないかと思われる場合がしばしばあります。第二部第二章で触れる、ザ・バンドの「アカディアの流木」もしかりです。書かれたテクストであれ、映像であれ、文脈を考慮しなければ意味は読み取れません。「マイ・ハート・ウィル・ゴー・オン」についていえば、この歌が映画『タイタニック』の主題歌であることを考慮すれば、「go on」の意味を解釈するのはそれほど困難でないはずでしょう。

本章の最後に仮訳ではない、試訳を示しておきましょう。

毎晩夢の中で、あなたを見る、あなたを感じる、
そうして、あなたが生きているのがわかる。
二人の間の距離をはるばる越えて
あなたは生きているのを見せに来てくれる。

遠くでも、近くでも、あなたがどこにいても、
心は生きていると信じているわ。
もう一度、あなたは扉を開ける、
そして、あなたは私の心の中にいる、
そして、私の心は生き続ける。

愛は一度私たちに触れると、一生続くことができる、
私たちが死んでしまうまで、決して離さないでいることができる。
愛は、あなたを愛した時、忘れられない本当のひとときだった、
一生、私たちはずっと生き続けるの。

遠くでも、近くでも、あなたがどこにいても、
心は生きていると信じているわ。
もう一度、あなたは扉を開ける、
そして、あなたは私の心の中にいる、
そして、私の心は生き続ける。

あなたがここにいるから、何も怖くない、
私の心が生き続けるのがわかる。
わたしたちは永久にこうしているの、
あなたは私の心の中では無事なのよ、
そして、私の心は生き続ける。

【注】

（1）ジェイムズ・キャメロン James Francis Cameron。一九五四年オンタリオ州カプスケイシング生まれ。余談だが、先住民劇作家のトムソン・ハイウェーに『ドライリップスなんてカプスケイシングに追っ払っちまえ』*Dry Lips Oughta Move to Kapuskasing* という戯曲がある。邦訳は、佐藤アヤ子訳で、二〇〇一年に而立書房から出版されている。

（2）監督賞、撮影賞、音響効果賞、視覚効果賞、音楽賞など一一部門で獲得した。

（3）キネマ旬報映画データベース参照。http://www.kinejun.jp/cinema/id/30239

（4）Music: James Horner, Lyrics: Will Jennings.

（5）カナダ勲章 Order of Canada. ケベック州勲章 Ordre national du Québec.

（6）CDアルバム『タイタニック』（二〇〇〇年、ソニーレコード）の歌詞カードより。

MY HEART WILL GO ON
Words & Music by James Horner & Will Jennings
Copyright © 1997 by TCF MUSIC PUBLISHING INC., FOX FILM MUSIC CORPORATION/BLUE SKY RIDER SONGS, RONDOR MUSIC INTERNATIONAL, INC.
All Rights Reserved. Used By Permission.
Print rights for Japan controlled by Shinko Music Entertainment Co., Ltd.

第三章

『赤毛のアン』——イギリス系のサバイバル

L.M. モンゴメリー『赤毛のアン』
Penguin Canada

『赤毛のアン』(1)は、ロッキー山脈やナイアガラの滝と並んで、カナダに関して日本でもっとも知られているものの一つでしょう。

ところで、この作品はもっぱら児童文学として語られてきました。日本でも村岡花子の訳で少女小説として長年親しまれています。しかし、カナダで、カナダ人作家によって書かれたものであることはあまり意識されていないようです。

本書では、『赤毛のアン』を文化論的にとらえなおしてみます。文化はそれを生み出す社会を反映しています。『赤毛のアン』からいかにカナダ的なものが浮き上がって来るか、その読み取りを通して、文化論の面白さを味わうことができるでしょう。

1　作品の背景とあらすじ

『赤毛のアン』は孤児のアンがカスバート家に引き取られて、失敗を繰り返しながらも、持ち前の明るさで跳ね返して、成長していく物語です。

作者は、一八七四年にプリンス・エドワード島で生まれたルーシー・モード・モンゴメリー。幼くして母をなくして、祖父母によって同島の田舎町キャベンディッシュで育てられました。この作品は自伝ではないけれど、どこかアンの境遇に似た幼少期を作者はおくっているといえるでしょう。モンゴメリーはハリファックスの大学を卒業し、いくつかの学校で教員として、またしばらく新聞社で働き、その後祖母の面倒をみるために一九〇二年にキャベンディッシュに戻ります。そのころに執筆活動を始めたといいます。一九〇六年に長老派の牧師と婚約し、一九〇八年に『赤毛のアン』を出版し、成功を収めます。一九一一年に結婚後、彼女はオンタリオ州に移り住み、三人の男子を儲けました。しかし、彼女の結婚生活は必ずしも幸せではなかったようです。夫が精神を病み、彼女自身、晩年はうつ病に悩まされていたといいます。一九四二年にトロントで病死。自殺説もあります。

少しストーリーを詳しく説明しておくと、孤児のアン・シャーリーは、読書好きで、想像力が豊かで、おしゃべりな女の子です。本で読んだ物語が彼女の夢の源泉です。グリーンゲイブルズ（緑の切妻屋根の家）に住むマシュー・カスバートとその妹のマリラは、結婚できないまま年老いてしまい、畑仕事の助けにもなるだろうと子供代わりに男の子を養子で迎えようとしていました。

しかし、何かの間違いで、やってきたのは女の子のアンでした。マシューはおしゃべりだが、どこか憎めないアンを一目で気に入ってしまいます。マリラは最初孤児院に送り返そうとしますが、いっしょに住めるかどうか、試験的においてみることになります。

隣人のレイチェル夫人にやせっぽちで赤毛であることを揶揄されたアンは癇癪を爆発させてしまいますが、マシューに諭されて謝りに行き、なんとか許されます。初めて学校に行ったときも、ギルバートに赤毛を「にんじん」とからかわれて、怒って石板[2]で頭を叩いてしまいます。

赤毛を嫌うアンは染粉を買って試しますが、緑色の髪になってしまいます。失敗ばかり繰り返すアンですが、マリラはアンのことが次第に可愛く思えてきて、正式にひきとることにします。

アンは隣に住むバーリー家の娘ダイアナとすぐに「心の友」[3]になりました。ある日、マリラの留守中に、アンはダイアナをアフタヌーン・ティーに招きます。そこで、アンはイチゴ水[4]と間違えてダイアナにワインを飲ませてしまいます。怒ったダイアナのお母さんは二人の交際を禁止します。「心の友」を失ったアンは悲しい日々を過ごすことになります。

冬のある日、首相がやって来るというので大人たちが集会に出かけている間に、ダイアナの妹のミニー・メイが発作を起こしてしまいます。どうしていいか分からないダイアナはアンに助けを求めにやってきます。以前に引き取られていた家で同じ発作を起こした子を看病した経験のあったアンはミニー・メイをみごとに救います。喜んだダイアナの両親はアンをダンスパーティーに招待することにします。快楽を嫌うマリラは反対しますが、マシューは「俺たちは楽しみを知らずに生きてきた。喜びも大切なのではないか」と言って、ダンスパーティーに行かせてやることにします。マシューはアンが欲しがっていた流行りのパフスリーブのドレスを買ってやります。

おっちょこちょいのアンですが、成績はギルバートと並んで優秀でした。新任のステイシー先生がシャーロットタウンのカレッジにアンを進学させることを勧めにグリーンゲイブルズにやってきます。食後に出すプディングのソースはアンが作ったものでした。しかし、先生が口にしようとした瞬間、アンが「ダメ！」と叫びます。実は空想に耽っていたアンはソースに蓋をするのを忘れていて、そこにネズミが飛び込んでしまっていたのでした。そっとネズミの死体を捨てて黙っていたところへ、先生がやってきて食事をいっしょにすることになったのでした。

カレッジを受験して村に戻ってきたつかの間の休みに、アンは友達とアーサー王物語のエレイン姫の劇の真似をしていました。ボートに乗せられ流されるエレイン姫の役をアンが演じていましたが、ボートに水が入り、沈没しかけたところをギルバートに助けられます。ギルバートはこれまでのことは水に流して仲直りしようと言いますが、アンは強情を張って断り、絶好の機会を逃してしまいます。

アンはカレッジを終えてアヴォンリー村に戻ってきました。マシューが心臓発作で亡くなってしまい、マリラは目も悪くなってきたし、一人でグリーンゲイブルズを維持できないので処分しようとします。アンは一番の成績で卒業したので、奨学金をもらって大学に行けることになっていましたが、グリーンゲイブルズを守るために、隣町で小学校の先生をしながらマリラを手伝うと申し出ます。ギルバートはアヴォンリー村の小学校の教員になるはずでしたが、それをアンに譲ってくれます。こうして二人はようやく仲直りができました。

2　「カナダ的」風景？

さて、ここでわたしたちは『赤毛のアン』を通して、カナダ的なものを浮き上がらせてみましょう。まず、カナダ的なものとは何でしょうか。

ある国の典型とされる風景は国民意識と密接な関係にあります。わが国では欧米列強と対抗するために、国民意識を高めなければならなかった明治時代に、富士山が日本を代表する山として選別されて行きます。各地の名山は「～富士」と名付けられ、富士山を頂点とする山のヒエラルキーが完成されます。白砂青松、サクラの花など「日本的」な風景がこうして作られていきました。

カナダでロッキーとカエデが富士山とサクラの役割を果たすようになるのは一九六〇年代に入ってからです。(5) 国民意識とは必ずしも自然発生的なものではないのです。(6)「国民意識」が先にあって、それが明確にされたり、強化されるのではありません。実際一九六〇年代まで、「カナダ人」としてのアイデンティティはあやふやなものでした。

カナダ人の特性を初めて問うたのはおそらく『批評の解剖』(7) で名高いノースロップ・フライでしょう。彼は、『叢林の庭』(8) で、カナダ人の伝統的心理特性を「駐屯地意識（the garrison mentality）」と呼びました。彼はカナダ人の孤独を、自然や先住民や自分を取り巻く脅威に慄いて、仲間から遠く離れて孤立して砦に立てこもる駐屯兵に喩えたのです。

フライに次いだのがマーガレット・アトウッドでした。彼女はフライの問題意識を発展させて、アメリカ人やイギリス人と比較して、カナダを象徴するのは「サバイバル（生き残り）」精神だと言ったのです。序論で述べたように、アトウッドは『赤毛のアン』にサバイバル精神を見出していないようですが、実はこの作品にもそれは溢れているのではないでしょうか。

『赤毛のアン』は世界中で最も多くの読者に親しまれてきた作品の一つでしょう。しかし、まず孤児が失敗を繰り返しながらも立派に成長して行くサクセスストーリーの少女文学としてであり、カナダ文学として読まれることはほとんどないでしょう。『動物記』のシートンや、『イギリス人の患者』のM・オンダーチェ同様カナダ人作家の作品であることは忘れられがちです。実際、『赤毛のアン』にはカナダ的要素は一見したところ少ないように見えます。

アトウッドが指摘するように『赤毛のアン』は伝統的なカナダ小説と比べれば確かに明るすぎます。まず、描写されるプリンス・エドワード島の牧歌的な風景が読者を魅了します。しかし、それはロッキー山脈や楓林と並ぶカナダの典型的な風景の一つだといえるでしょうか。作者に「カナダ」を象徴する風景を描き出そうとする意図があったかどうかはともかく、そもそもこの小説が書かれた二〇世紀初頭（一九〇八年）ではまだカナダを特徴付けるものが何か明確ではなかったはずです。「恋人たちの小径」や「お化けの森」や「輝く湖水」に囲まれたグリーンゲイブルズに、現代人なら失われた楽園を見いだすかもしれません。また、当初の読者であったイギリスやアメリカの「都会」の少女たちも似たような印象を持ったと推測できます。けれども、『赤毛のアン』に描かれるのどかな田園風景は実際は少しも「カナダ的」ではありません。先述のアトウッドの「サバイバル」論に見られるように、伝統的なカナダのイメージは、夢を阻む、最果ての地の厳しさだったのです。一九九九年に来日したジャック・ゴドブーはカナダ映画に関する講演で、ハリウッド映画でしばしばカナダは逃亡の地として現れていたと語り、追いつめられたギャングの「カナダにでも逃げるか」という台詞を引いています。(9)

『赤毛のアン』における風景描写はアンという特異な少女の目（アンの目を借りた作者の目）に映った景色なのです。時刻では光線が微妙な色調を醸し出す朝と夕がアンの好みのようです（朝：四八、一四三、二一〇、二七四、夕：三〇、一一一、一二五、一八九、二一三、二二二、二三四、二三七、二五九、二六二、三〇六、三二九、三七八、三八九、四〇八、四一一、四一二頁）。季節では、野原でさんざしが咲き始め（二三四頁）、マリラのような年老いた者の胸もときめく（三〇六頁）春。「歓喜の白路」に林檎の花が咲き乱れ（三一頁）、アンの部屋の窓辺の桜が「雪の女王」のように満開になる（五五頁）初夏。大自然のすべてがまどろみ（一三〇頁）、夕方の柔らかい日ざしと、けだるい影が小径におちる（二五九頁）夏。アンとダイアナが学校へ通う「樺の道」に光線がエメラルドのように差し込み（一五四頁）、風の音楽が梢をわたる（三二九頁）初秋。楓は深い真紅に染まり（一七四頁）、朝霧が様々な色に変化してたちこめる（二七四頁）一〇月。このように春から秋にかけての風景が、随所でアンの感情と重なって、多くの場合快く、美しく描かれています。その例を一つ挙げてみましょう。次の一節はアンがグリーンゲイブルズで迎える初めての朝の場面です。

日が高く上がったころに目をさましたアンは、起きあがると窓からさんさんとさしこむあかるい日光に目をしばたたいた。窓の外では何か白いふわふわしたものがそよいでおり、その間から青空がのぞいていた。

　一瞬間アンは自分がどこにいるのか思い出せなかった。最初何か愉快な気分がおとずれたが、すぐそのあとからさまざまざと記憶がよみがえってきた。ここはグリンゲイブルスなのだ。そしてあたしが男の子でないから、ここの人はあたしをいらないのだ。

　だが今は朝だ。そうだ、それに窓の外では桜の花が満開だ。アンはパッとベッドからとびだすと、窓をおしあげた。窓はながいことあけたことがなかったらしく、きしりながらあがり、何もおさえがなくても落ちてくる心配はなかった。

　アンは膝をついて六月の朝に見とれた。目は歓喜に輝いていた。なんて美しいんだろう。ここはなんてきれいなところだろう。ほんとうはここにいられないにしても、まあかりにいられるとしておこう。ここは想像の余地があるもの。

　すぐ外に立っている大きな桜の木は枝が家とすれすれになるくらい近かった。白い花がぎっしりと咲き、葉が見えないほどだった。家の両側は、一方はりんご、一方は桜の大きな果樹園になっており、これまた花ざかりだった。花の下の草の中にはたんぽぽが一面に咲いていた。紫色の花をつけたライラックのむせるような甘い匂いが朝風にのって、下の庭から窓べにただよってきた。（四八頁）

花が咲き乱れ、晴れわたった朝。アンの想像力を掻き立てる典型的な風景がここに表されています。話者はアンの視点と重なり、「なんて美しいんだろう、なんてきれいなところだろう」と叫びます。しかし、マシューとマリラは男の子が欲しかったのに間違えて女の子のアンが来てしまったのだから、アンは孤児院に帰されるかもしれません。本来ならここは悲しい場面となってもおかしくないのです。ところが、アンはこの風景にひたることによって、現実から目をそらして、想像力で幸せな気分になることができるのです。

ところで、実際のプリンス・エドワード島は変化の少ない平板な島です。海岸も赤土の崖の下に砂浜が広がり、出入りが少なく単調です。従って、この作品における描写をそのまま島の、さらにはカナダの風景だと取らないように用心しなければなりません。

そうした例として冬の景色を検討してみましょう。冬の場面は、全三八章のうち五章（一八、一九、二五、二六、三五の各章）と少ない上に、冬の風景描写となると、ごく短いものも含めてもわずか五ヶ所（二〇八、二一〇、二一三、二二二、二八八頁）と非常に限られています。冬の描写を『赤毛のアン』の話者は極力避けようとしているようです。

また、冬は徐々にその厳しさが緩和されていきます。『赤毛のアン』では五回冬が過ぎます。風景描写自体は最初の冬が四回、二度目の冬は一回であり、三度目以降は一度もありません。初めての冬（一八、一九章）こそ雪が深くて森の道は通れませんでした（二〇七頁）。しかし、この冬でも、厳しさが感じられるのは一度のみです。確かに、大人達が出払っていた間に隣人の親友ダイアナの妹が急病に陥りアンが駆け付ける時、凍てつく夜の「黒く立っているさきのとがった樅の枝」が不安を感じさせます（二〇八頁）。が、この時でさえ、アンは間違えてワインを飲ませたため交際を禁じられていたダイアナと久しぶりに手をつないで走れることを、「実にすてきだ」と感じています。この後ダイアナの妹を見事救ってアンが凱旋する朝は白い霜が降りていますが、「すばらしい冬の朝」なのです（二一〇頁）。さらにこの夕暮れ、アンがダイアナのお母さんに交際を再び許されて帰ってくる時には、雪景色の中を「真珠のように光る宵の明星がうすい黄金色とばら色の雲から」光を投げ掛けています（二一三頁）。

ここはアンが適切な看病によって名誉挽回する場面です。『赤毛のアン』においては、失敗はいつも許され、不安は必ず解消されるのです。アンの安堵と共に冬の荒涼たる景色もこうして馴致されてしまいます。その結果、ダイアナの誕生日に音楽会へ向かう途中のそりの鈴は笑い声と混じって「森の精のさざめきのように」響き（二二二頁）、冬景色の中アンは思う存分楽しむことができるのです。

二度目の冬（二五、二六章）は「珍しくあたたかな冬で雪もあまり降らなかった」ので、アンとダイアナはほとんど毎日「樺の道」を通って学校へ行けた（二九七頁）ほどです。もはや冬はアンの生活を脅かすことがなくなっています。この冬、アンの幸福はクリスマスにマシューからパフスリーブのドレスをプレゼントされ、絶頂に達します。その朝、グリーンゲイブルズのまわりは一夜にして銀世界になっており、樺や桜の木は真珠でふちどられています（二八九頁）。

三度目の冬についてはクイーン学院の受験勉強や日々の仕事がくり返されていたことがわずか数行で語られるのみで、気がつかないうちにもう春がグリーンゲイブルズに訪れて」（三五三頁）い

カナダの厳しい冬。凍てつくフロントナック城とサン・ローラン河。

ます。四度目もクイーン学院の受験勉強に打ち込みながら社会的にも成長するアンに言及されるだけで、「冬は愉快に、忙しく、楽しく、飛ぶようにすぎて行った」（三六二頁）と、たった一つの文でかたづけられています。このように徐々に冬に関する記述は減っていきます。実際、五度目の冬は三五章全体が当てられていますが、マシューやマリラを喜ばせたい孝行心と、ギルバートと争っている優等賞を取りたいというライバル意識からクイーン学院で勉学に打ち込んでいる間に、「だれも気がつかないうちに、春になって」（四〇四頁）います。ここに至って冬はその存在すら否定されるほどになっています。カナダ内陸部に比べればましだとしても、プリンス・エドワード島の冬も実際は相当長くて寒いのです。[10] しかし、『赤毛のアン』ではカナダの冬の過酷さがあたかも無視されているかのようであり、その存在は非常に軽視されています。

ここまで見てきたように、冬の風景描写は数も少ないし、厳しさ、孤独感が表現されることはありません。『赤毛のアン』における冬の描写は人を拒絶するような厳寒のイメージではなく、気持ちの良い幸福感と結びついています。カナダで暮らす者が耐えなければならない冬の辛さがこの作品では一度も描かれることがありません。最初の試練（ダイアナの妹を助けた）を乗り切ったアンにとって、もはや冬は恐れるべきものではなくなっています。

カナダの厳しい冬を『赤毛のアン』の話者とて知らないわけではないのです。[11] カナダの春は美しいが、気紛れで、「しぶしぶやってくる」（二三四頁）と形容されています。これは冬の厳しさと長さを暗示している表現でしょう。しかし、ここで留意しておきたいのはそれが直接言及されていない点です。『赤毛のアン』に描かれている自然は決して人間に対して敵対的ではないよう話者によって入念に準備されているのです。いわばアンは話者の描写によって厳しい冬の寒さを巧みに逃れ、ファンタジーの世界[12]に保護されているのです。

この作品の特徴は、現実が想像力によってアン好みのものに変形されている点にあります。厳しい冬でさえアンにかかれば、喜びの一シーンになりうるのです。ここにわれわれは一つのカナダ的要素を、裏返してではありますが、見出すことができるのではないでしょうか。それを次章で検討してみましょう。

3　キッチュな想像力

前項で冬の景色について触れたように、現代の読者が「カナダ的」だと見ているのはアンの想像の産物なのです。しかし、こうした想像力は当時のカナダには稀なものでした。アンを育てているマリラ・カスバートはアンとは対照的に想像を嫌います。「神様がわたしたちをある環境に入れてくださった以上、わたしらが想像でそこからぬけだすことはよくないんだろうね」（八二頁）と彼女は言います。余分なことは考えず、日常生活をまじめに送るマリラの視点こそが伝統的なカナダのものでしょう。[13]

『赤毛のアン』は孤児のアンがマシューとマリラの老兄妹に引き取られて、プリンス・エドワード島を舞台に、失敗を繰り返しながら、成長していく物語です。両親に幼い頃死なれ、見知らぬ土地で暮らさなければならないアンは、祖国を離れ、過去を捨てて新しい生活を営まなければならない移民を連想させます。アンがカスバート家の一員に育っていく過程は、移民がカナダ社会に同化していく過程に喩えることができるでしょう。想像力で現実から逃避するのではなく、現実を見つめ、現状を受け入れる、あるいは我慢することをアンは学んでいき、ロマンチックすぎたことを後悔し、「もうあたしもすっかり変わってしまうときが来たと思います」（三二八頁）と告げるまでになります。レイチェル夫人もアンの成長を認めているし（三五六頁）、マリラもアンの口数が少なくなったことに気づいています（三六四頁）。

移民と同様アンもこれ以上逃げ場がありませんでした。マリラの所に置いてもらえなければ「足りないものばっかり」の孤児院へ逆戻りだったでしょう。「わたしをもらってくれるんなら、なんでもいわれたとおりにするわ」（七一頁）というアンの決意は、新天地に着いた移民の心境と同様のものでしょう。そこには、追いつめられた者の不安と希望が複雑に入り交じって現れています。

カナダの地では、無慈悲な自然と過酷な運命を前にして、人間はあまりに無力に感じられます。そこでは、夢や想像力によって、現実に立ち向かい、変革しようとする意志はむしろ神に対する冒涜のように受け取られてきました。想像力豊かなアンもこの地で生きていこうとするならばそのことを学ばねばなりませんでした。レッドモンド大学に進学が決まっていたアンは結局グリーンゲイブルズを自分の居場所として最終的に選び、アヴォンリーに残ることにします。

アンの決心は次章で取り上げる『マリア・シャプドレーヌ』[14]のマリアの選択に似ています。マリアは、恋人を奪い、母を死に追いやったケベックの凍てつく開拓地を一度は捨ててアメリカへ移住しようとします。しかし、この地に残り伝統を守れという心の奥に響く先祖の声を聞き、結局マリアはそれに従って隣人のユートロップと結婚することを決意します。

より恵まれた環境へ移り住むのではなく、いくら厳しくとも、与えられた運命を堪え忍ぶことがカナダの美学だったのです。現代の読者はむしろアンの想像力の産物(牧歌的なプリンス・エドワード島の景色)にカナダらしさをみているようですが、『赤毛のアン』はこうした視点からみると、想像力が豊かで、カナダ的ではない少女が、カナダ的伝統を身につけていく物語だともいえるのではないでしょうか。

アンは当初想像の世界に浸ることによって忌まわしい現実から逃れていました。友達のいないアンはガラスに映る自分の姿や、こだまする自分の声を友達に見立てていました。

それに（最初に引き取られたトマス家にあった本箱のガラス扉に）うつる自分の姿を、ガラス戸の向こうに住んでいるほかの女の子だということに想像して、ケティ・モーリスという名をつけて、とても仲よくしていたの。（…）ケティ・モーリスはあたしの手をとって花や妖精がいっぱいいて陽が輝いているすばらしいところへ連れて行くの。そうして、いつまでも私たちは幸福にそこで暮らすの。（二番目に引き取られた）ハモンドの小母さんのところには本箱はなかったけれど、家からちょっとはなれた川上に、長い小さな緑の谷があって、なんともいえない美しいこだまが住んでいたの。（…）それであたし、それがヴィオレッタという女の子だということにして、とても仲よしになったの。（…）あたし、ヴィオレッタが忘れられないので、孤児院では腹心の友を作る気になれなかったの、たとえ、想像の余地があったとしてもね。（八七〜八八頁）

アンの想像の多くは幸せな自分自身の姿と結びついています。『赤毛のアン』第二章でマシューと馬車でグリーンゲイブルズに向かうアンは「あたし、きれいで、ぽちゃぽちゃふとって、肘のところにえくぼができている自分を想像するのが大好きなの」と言っています（二二頁）。そして、「そばかすや緑色の目や、やせっぽちのことなんかね。想像でなくしてしまえますもの。皮膚はばら色だし、目は美しい星のようなすみれ色だとも想像できるのよ」（二八頁）と言います。

アンの「美学」の源泉はどこにあるのでしょうか。それは、アンの読む本なのです。アンは学校にあまり行かなかったけれど、本は、特に詩はたくさん知っているとされています（六二頁）。そうした書物に出てくる話がアンにとって現実に代わって価値観を形成しているのです。「赤い髪だけは想像力をもってしてもどうしようもない」というときも、その「胸も張り裂けそうな生涯の悲しみ」は「小説で読んで」知ったものなのでした。アンの感動は本で読んだものの再現によってなされるのです。第二八章でテニスンの詩を題材にしてエレイン姫を劇にして遊ぶことをアンは友だちに提案します。少女たちはアンを死んだエレイン姫に見立てて小舟に乗せ小川に流します。そのときにアンが味わうロマンチックな気分はキッチュだと呼べます。

キッチュとは、目立って「悪趣味」なものや「偽物」に対して用いられることが多いのですが、「現実の対象に価値をみいだせず、出来合いのイメージにモデルを見いだし、そこに迎合することによって快感を得る」(15)態度としてとらえたほうが、この語のより豊かな意味を汲み取ることができるでしょう。アンがエレイン姫の真似をするとき、テニスンを読む他の多くの読者とともにその気分を味わっているのです。

書物が示す「美学」に迎合することによってアンは価値観を形成しているのです。そうした理想に適うものを現実に見いだすことは簡単ではありません。孤児院の中に、小公女ばりに「本当は伯爵の娘で、小さいときに、意地悪な乳母の手で、両親のところから盗み出されて、その乳母がいっさいを告白する前に死んでしまった」（二二一頁）子がいるわけもないでしょう。だから、彼女は借り物の美学に頼って想像の対象にナルシスティックな恍惚感を感じるしかないのです。こうした解釈はキッチュの概念にみごとにあてはまります。

また、『アン』で、現実は想像力によってアン好みのものに変形されています。先に見たようにカナダの厳しい冬でさえアンにかかれば、喜びの一シーンになりうるのです。その際の参照体系はイギリス詩の牧歌的風景です。ここにもわれわれはキッチュの一つの典型を見いだすことができるでしょう。

しかし､こうした想像力は当時のカナダには稀なものでした。アンを育てているマリラ・カスバートはアンとは対照的に想像を嫌います。想像力豊かなアンも現実から逃避するのではなく、現実を見つめ、あるいは我慢することを学ばねばなりません。『赤毛のアン』はアンのキッチュな想像力がカナダ的現実にひとまず回収されていく話だとも解すことができるでしょう。

4 マリラに見る第一の犠牲者の態度

『赤毛のアン』や『マリア・シャプドレーヌ』が書かれた二〇世紀初頭は、まだ、カナダ人の多くが農村生活を送っていました。彼らのアイデンティティは、「フランス系カナダ人」であり、「イギリス系カナダ人」であり、それぞれが旧宗主国の伝統を誇りとしていました。フランス革命によって政教分離を行った本国とは異なり、カナダのフランス系の人々はカトリック信仰を誠実に守り続け、教会を精神的拠り所としていました。独立に反対したロイヤリストたちは、イギリス本国への忠誠心により合州国と一線を画していました。新しい環境で家族を回復しようとするアンのように、いったんは失った過去を新天地で築き直そうとするのがカナダ的思考だったのでしょう。境界を越えて、絶えず新しいものを追求するアメリカの想像力との違いはここに明確になります。

田舎ではあるが、敬虔で躾のきちんとした生活を守っている村人、アフタヌーン・ティーなどの風習を受け継ぐ「大英帝国の忠誠な長女[16]」のイメージ[17]が『赤毛のアン』にはあふれています。ところで、マリラやレイチェルに代表されるアヴォンリーの村人のこうした特徴は、アトウッドが犠牲者の態度として第一に挙げているものにぴたりとあてはまります。それは「犠牲者であることを否定する態度」です。この態度をとる者は、犠牲者グループ内で比較的恵まれたものであり、自分が犠牲者であることを否定するために、グループ内の他者を軽蔑する傾向があります。「わたしたちは成功している。だから、犠牲者ではない」と言い、他の者を怠け者扱いするとされています。

マリラの「あの、まぬけの半人前のフランス人の小僧ども[18]」（一二頁）という表現がその好例でしょう。他の所でもフランス系の住民はマシューに雇われているジェリー・ブートのように農作業を手伝い、あるいは、アメリカに出稼ぎにいく（一〇九頁）季節労働者として蔑まれて描かれています。

親友ダイアナの妹ミニー・メイの看病をする場面にもフランス系に対する差別意識がかいま見られます。

バーリー夫人が留守の間、こどもたちといっしょにいてもらうために雇ったメアリー・

ジョーはクリークからきた丸ぽちゃの赤ら顔のフランス娘だったが[19]、ただ、まごまごするばかりで、どうしたらいいか考えることもできず、たとえ考えついたところで、それをするだけの気力さえないありさまだった。

　アンはてきぱきと、なれた態度で仕事にかかった。（二〇八頁、傍点小畑）

ここで、まごつくメアリー・ジョーとてきぱき働くアンとは対照的です。メアリー・ジョーの出自が明示されていることは注目に値します。それはフランス系に対する差別意識の現れだと考えられないでしょうか。直前の「クリーク」という語もアヴォンリー村の外を意味し、どこか「他者性」を強調しているようです。

イギリス系カナダ人にとって、軽蔑されるべき「グループ内の他者」とは、まずフランス系カナダ人なのであり、彼らこそが犠牲者なのです。

マリラの「まったくあの子（アン）は異教徒と紙一重なんですから」（七八頁）とか「あのイタリア人たちをけっして家の中に入れてはいけない」（三一二頁）という別の科白や、レイチェルの「（アンも）こうして文明人の中に入ってきたのだから」（一〇九頁）という言葉にも彼女らの選別意識と、その裏返しにある差別意識を端的に窺うことができるでしょう。

彼女らの住むアヴォンリー村は、出入りする者が「レイチェル夫人のぬけめのない監視をのがれることはできない」（六頁）閉鎖的な社会です。そこで、イギリス的伝統を守り、プロテスタントの規律正しい生活を送ることによって、「自分たちも犠牲者なのだ」という事実を村人たちは見事に否定しきって演じています。その滑稽さをただ一人指摘するのがアンなのです。アンは彼女たちが否定しているものを暴いてみせます。アンにとっての「喜び」は、大人たちには「快楽」であり「欲望」であり、抑えなければならないものなのです。アンは童話「裸の王様」で王様が裸であることを正直に言う子供のようです。アンは、当然のことを言っているだけなのです。アンがタブーに触れても村人から許容されるのは、「裸の王様」同様、社会の掟をまだ知らない子供だからです。さらにアンは二重に「社会」の外にいます。すなわち孤児であり、また、余所者（アンは島生まれではない）なのです。『赤毛のアン』は主人公が成長する物語です。それは精神的・肉体的な成長であり、また、グリーンゲイブルズの一員になることであり、社会（アヴォンリー村）の一員になることです。[20]アンは未熟さゆえに許されるのです。

アヴォンリー村が否定しているものこそがカナダ的なものだったのでしょう。すなわち、冬は長くて厳しく、変化に乏しく退屈で、これ以上逃げ場のない辺境の地のイメージです。『赤毛のアン』の明るさは、それを否定しようとするのではなく、想像力によって、そこにも喜びを見いだし、新たな世界を築こうとする点にあります。伝統の権化のようであるマリラですら、アンのそうした点に可能性を感じているからこそ、可愛がったのでしょう。彼女は「女の子はその必要が起ころうと起こるまいと一人立ちができるようにしておいたほうがいい」（三四八頁）といって、アンが町の学校に進学することに賛成します。伝統にしがみついてばかりいるのではないマリラのこうした面も『赤毛のアン』ではかいま見ることができます。それを新興国家（カナダ連邦が成立したのは一八六七年である）の希望の現れと見るのは結果を知る現代人の読み過ぎでしょうか。(21)

ともかく、アンの想像力はひとまず村社会に回収される形でこの物語は終わります。(22) カナダの伝統的な面がまだまだ根強かった時代では仕方のない結末かもしれません。この後、第一次世界大戦を通して、カナダは都市化・工業化が進み、一九三〇年代には都市人口が過半数を超えるようになります。また、ヨーロッパよりもアメリカ合州国との結びつきを強めていきます。さらに遅れて、序論で述べたように、カナダにおいて新たなアイデンティティの模索は一九六〇年代になってようやく本格化します。

5　現実とイメージ

第2項で、平凡な田舎の光景がアンの想像力によって「素敵な島」に変形されていることをわたしたちはみました。『赤毛のアン』の舞台であるアヴォンリー村のモデルとなったキャベンディッシュは、現在観光地化され、アンが育てられた架空のグリーンゲイブルズも実際に建てられ、ギルバートの頭を叩いた石板もアンの部屋に置かれています。お化けの森や輝く湖水もあります。

わたしたちはマシューーやマリラと同様にアンの魔法にかかって、アンというフィルターを通して、プリンス・エドワード島を見るようになっています。たとえば、CBC制作の実写版テレビ映画『赤毛のアン』(23)で、マシューがアンを初めてグリーンゲイブルズに連れていく場面で、アンは海岸を見ながら感嘆の声を上げます。のどかな音楽がバックに流れ、視聴者はアンとともに心地よさを味わうことになります。

しかし、よく見てみると、この海岸風景はそれほど美しいものでしょうか。出入りのない砂浜が広がり、それに小高い砂丘が続いています。それはごく普通の浜辺ではないでしょうか。アンがマシューと馬車で登っていくのも、平凡な坂道です。それがアンの感嘆を伴うと、さらにのどかなバックミュージックも加わると、たちまち素晴らしい光景へと変身してしまうのです。試しに、音を消してこの場面を見てみるとよいでしょう。特別な感動は起こらないはずです。わたしたちのイメージが、音や先入観に騙されやすい好例でしょう。

ロッキーもナイアガラも実際に見た人のほうが見ていない人よりもずっと少ないでしょう。見た人でも、すべてを見ているわけではありません。しかし、そういうことだけではなく、ここで強調しておきたいのは「ナイアガラ」というときに、壮大な滝の姿を現実に即してわたしたちが思い描いているのではないことです。わたしたちの脳裏にそのとき浮かんでいるのは紛れもなくイメージでしょう。

文化を読むとは、そうしたイメージを読む行為です。作者・発信者ばかりでなく、読者・受信者の視点を考慮することによって、イメージの持つ既成の意味が明確になり、さらに、新たな意味が見えてきます。第一部のキーワードである「サバイバル」もそれぞれの文脈においてみると、また、より豊かな面を露呈してきます。次章でとりあげる『マリア・シャプドレーヌ』ではそうした点を考慮していきましょう。

【注】

（1）Lucy Maud Montgomery, *Anne of Green Gables*, 1908. 邦訳の初版は、一九五二年、三笠書房、村岡花子訳。本書の引用文と頁数は二〇〇七年の新潮文庫一二七版のもの。『赤毛のアン』は近年他の訳者による新訳もでている。また、英語版は *Anne of Green Gables*, Penguin Books, 1994 を参照した。

（2）当時は紙のノートがまだ貴重だった。石板にチョークで書いては消して、字を学んだことがこのエピソードから窺える。

（3）アンは気にいったものに名前をつけるのが好きで、親友では物足りなくて、ダイアナのことを「心の友」と呼んでいる。

（4）原文では、raspberry cordial. 直訳すればラズベリー（キイチゴ）のコーディアル。「コーディアル」は強壮効果があるとされた飲料。

（5）カエデの葉（メイプル・リーフ）をデザインした現在の国旗が採用されたのは一九六五年のこと。

（6）ベネディクト・アンダーソン Benedict Richard O'Gorman Anderson『想像の共同体』（白石隆、白石あや訳、書籍工房早山、二〇〇七年。*Imagined Communities: Reflections on the Origin and Spread of Nationalism* 原書初版一九八三年）を参照。

（7）Herman Northrop Frye, *Anatomy of Criticism*, Princeton University Press, 1957.『批評の解剖』海老根宏、出淵博、山内久明、中村健二訳、法政大学出版局（叢書・ウニベルシタス）、一九八〇年。

（8）Herman Northrop Frye, *The Bush Garden: Essays on the Canadian Imagination*, House of Anansi, 1971.

（9）　ジャック・ゴドブー Jacques Godbout.「明治大学国際交流基金事業報告書」（一九九九年度）。
（10）　カナダ大使館HPの「カナダの概要」によると、プリンス・エドワード・アイランド州の州都シャーロットタウンでは一一月から四月まで最低気温の平均が零下である。それぞれの月別平均最低／最高気温（℃）は次のとおり。一一月マイナス一／七、一二月マイナス七／一、一月マイナス一三／マイナス三、二月マイナス一二／マイナス三、三月マイナス七／一、四月マイナス一／七。ちなみに東京で一番寒い一月の平均気温は最低気温二・五℃、最高気温九・九℃。
（11）　同様に島の退屈さも作者は知っている。アンの同級生のジョシー・パイに「つまらない古ぼけたアヴォンリーから出てきたら町はもったいないくらい愉快だわ」（三九八頁）と言わせている。
（12）　横川寿美子は『赤毛のアン』の世界をファンタジーランドと呼んでいる。そこには少女の好きなものが集められている。『赤毛のアン』における風景描写もアン好みのものだけが選ばれているのだ。しかし、今では、逆説的に、観光化によって島自体が「アンの島」としてファンタジーランド化していると横川は見事に分析している。『「赤毛のアン」の挑戦』宝島社、一九九四年。
（13）　マリラやマシューのきまじめさはプロテスタントの禁欲主義からきている。本稿では「異教徒と紙一重」（七八頁）のアンとの対照性に絞ってみることにする。
（14）　次章注（1）参照。
（15）　『赤毛のアン』のキッチュに関してより詳しくは、拙著『ケベック文学研究』（御茶ノ水書房、二〇〇三年）を参照。
（16）　*Elder Daughter of the Empire: A History of Canadian-British Relations, 1713–1982.* 邦訳『カナダの歴史——大英帝国の忠誠な長女』木村和男訳、刀水書房、一九九七年。
（17）　この物語が「島」を舞台にしていることは、イギリスの「島性」と適合している。

（18） 原文では“those stupid, half-grown little French boys”, *Anne of Green Gables*, p.7.

（19） 原文では“a buxom broad-faced French girl”. *Anne of Green Gables*, p.171.

（20） 第二巻の原題はまさに *Anne of Avonlea* 「アヴォンリーのアン」である。邦題は『アンの青春』。

（21） マリラは「内心、政治に興味を持っていて」（二〇二頁）、カナダ首相の演説を聞きに行っている。また、愛国心についての記述もある（二七八頁）。

（22） 『赤毛のアン』は好評だったため、このあと全一〇巻のシリーズとなる。

（23） 一九八五年、カナダ国営放送ＣＢＣ制作。一九九分。Kevin Sullivan 監督。

第四章

『マリア・シャプドレーヌ』
――フランス系のサバイバル

L. エモン『マリア・シャプドレーヌ』
（映画のタイトルは『白き処女地』）
DVD、ジュネス企画

前章で扱った『赤毛のアン』にイギリス系カナダの伝統的価値観がよく反映されているように、フランス系カナダの伝統をよく表しているのが『マリア・シャプドレーヌ』[1]です。この章ではこの作品に描かれているイメージを分析し、『赤毛のアン』や他の作品と比較しながら、サバイバルについて考察してみましょう。

1　作者と作品

作者のルイ・エモンは、一八八〇年ブレストで生まれたフランス人です。一九〇三年イギリスに渡り、事務員などの仕事をしながら、スポーツや文学に惹かれ、短編や小説を書き始めたといいます。一九一一年にリヴァプールを発ち、ケベック市に着きます[2]。モンレアルの保険会社でしばらく働いた後、一九一二年六月二九日、サン・ジャン湖畔のペリボンカで農業労働者として働き始めます。この経験が小説『マリア・シャプドレーヌ』のモデルになっています。この年の一二月二八日に、ペリボンカを去り、サン・ジェデオンのホテルでこの小説の原稿を書きあげます。この後ウィニペグへ行こうとして鉄道のレールの上を歩いていたエモンは、オンタリオ州のシャプロー付近で列車に轢かれて亡くなります。

作者の死後一九一四年一月二七日から二月一九日まで『マリア・シャプドレーヌ』は日刊紙『時』に連載され、一九一六年に単行本として出版されることになります[3]。

2　あらすじと風物詩

四月のある日曜日、ペリボンカの教会の前に、礼拝が終わった人々が集まっています。農作業のこと、天気のことなどを話しています。「湖（サン・ジャン湖）の氷はまだ大丈夫だが、川はもう危ない」とか、「今年の冬は、初雪の前に土が凍ったから、不作になる」などなど。この後、村人たちが、立派な娘に成長したマリア・シャプドレーヌを褒める場面が続きます。

帰途につこうとしたシャプドレーヌ父娘は青年フランソワ・パラディに出会います。彼は古くからの知り合いですが、会うのは七年ぶりでした。フランソワは、父の死後、土地を売って、先住民と毛皮の取引をしている「森を駆ける男」(4)です。まもなく、毛皮商人のベルギー人たちを案内して、また森に入るといいます。シャプドレーヌ家の近くを通るはずだから、その時には寄ると彼は約束します。

帰り道、川を渡る時、氷が解けていて、危険でしたが、馬橇は父娘を乗せてすんでの所で対岸に辿り着きます。彼らがこの冬最後の渡行者になりました。雪解けをケベックの人は待ち望んでいますが、それはまたこうした危険も孕んでいるのです。

人里離れたシャプドレーヌ家にやってくるのは隣人のユートロップ・ガニョン(5)くらいです。彼もマリアの父サミュエル・シャプドレーヌ同様土地を開墾しに森に入ってきた青年です。春が間近に

ブルーエ（ブルーベリー）は夏になると安価に手に入る季節の味

迫っているのを各自が感じています。長い冬のあいだはできなかった開墾の仕事がまた始まるのです。

　川の氷が完全に解け、滝の音がまた聞こえ始めます。川が交通路として使えるようになれば、訪問すると言っていたフランソワ・パラディが約束通りやって来ます。「安楽に土地を耕す生活に満足できない」ことを彼は語り、数週間で戻ることを伝えてまた森へ出発します。マリアは胸のときめきを感じます。

　六月になりようやく春の盛りになります。マリアの兄のエスドラスとダベも森の伐採作業場から帰ってきました。冬、雪と寒さのため農作業ができなくなると、ケベックの男たちは樵《きこり》として出稼ぎに行くのでした。この二人に三男のチベ、さらに雇い人のエドウィッジ・レガレを加え、サミュエル・シャプドレーヌは開墾作業を再開します。木を切り、切り株を片付けて、耕作地を築いていく、厳しい労働が描かれます。

　七月に入り、ブルーエ[6]の実が熟してきました。ブルーエ狩りに家族総出で行く前日、隣人のユートロップがやって来ます。そこに、珍しく、オンフルールの住民エフレムが甥のロレンゾ・スュルプルナンを連れて来ます。さらに、フランソワが森から帰ってきて加わります。こうして、マリアに言いよる三人の若者が一堂に会することになります。ロレンゾはアメリカの工場で数年前から働いており[7]、かなりの高額を稼いでいるので、土地を耕す気にはなれず、遺産で手にした土地を売るために帰って来ているのです。彼の話すアメリカとそこでの生活はマリアを含め皆の関心を引きます。

翌日、ブルーエ狩りにでかけると、マリアはフランソワから来年の春まで待っていてくれと告白されます。直接結婚を申し込むことはできないが、彼は森に再び働きにでて、春には貯金して戻って来ると言います。マリアは「ウィ」と答え、それだけで、二人は充分理解しあうことができました。

八月になり、まぐさを干す時期になりました。男たちは空模様を見ながら作業の開始日を選んでいます。マリアは週に一度、母とパンを焼きます。夜、パン焼きのかまどの火の番をしながら、マリアが思うのはフランソワのことでした。彼女は夢を見る相手がいるから、火の番ももう退屈ではありません。

九月になっても乾燥した日が続きました。まぐさを干す時期に雨は困りますが、収穫のためには雨が必要です。この年はまぐさには良かったのですが、穀物の収穫は平凡でした。トータルすれば、プラス・マイナス・ゼロなのですから、まあ、良しといったところなのですが、農民は「ああ、例年通りでありさえすればなあ」と嘆くのです。

一〇月のある朝、マリアは初雪を見ます。シャプドレーヌ家で、冬籠もりの支度が始まります。壁の穴を塞ぐことは勿論、隙間風が入らないように、外からは壁の基部に盛り土をし、中からは新聞紙で補強していきます。冬の薪を集めたり、ベーコンなど越冬用の食糧を作ることも大切です。

しかし、この時期はケベックでもっとも美しい季節でもあり、紅葉が森全体を燃え上がらせる時なのです。一一月になると、エスドラスとダベは森に出稼ぎに、雇い人のエドウィッジは村に帰って行きます。こうして、短く忙しい夏は過ぎ、いよいよ長い冬がやってきます。

街角で売られているチール

クリスマス・イヴにマリアは教会までミサに行きたかったのですが、吹雪と寒さに阻まれました。マリアは、そのため、ロザリオを繰って、アヴェ・マリアの祈りを繰り返しています。イヴに千回祈りを唱えれば、願いが叶えられると言われているからです。テレスフォールとアルマ・ローザの幼い弟・妹は父や母とクリスマスの歌を歌っています。祈りが終わって、願いごとを唱える段になりました。森の中での安全、約束を守ってけんかをせず、酒を飲まないこと、マリアの願いはすべてフランソワ・パラディについてのものです。マリアは、はっきりとそれを言葉にしなくても、聖母マリアは分かってくれるだろうと思い、結局「彼が春に戻って来てくれる」ことを願います。

新年に期待していたようには来客がありませんでした。人里離れた家では訪問者が何よりのプレゼントなのですが。母ローラは子供たちのために、チール[8]と呼ばれるメイプル・シロップのキャンディーを作ることにします。できあがった頃、隣人のユートロップ・ガニョンがやってきて、フランソワ・パラディが森で行方不明になったことを知らせます。この季節にたった一人で迷うことは、死を意味しています。ユートロップの話によれば、フランソワはクリスマスにシャプドレーヌ家を訪れようとして、森林の作業場を離れたのでした。ボスは天候から判断して反対しましたが、頑固で一徹なフランソワは森のことには精通しているといって、無理を承知で出発したといいます。

マリアの願いは叶えられませんでした。神は運命を前にして人間が無力であることを教えるだけなのでしょうか。マリアはそうした考えは冒瀆だと感じますが、彼女の哀しみは消えません。シャプドレーヌ家の人々はマリアの気持ちを悟り、皆一心に祈りを捧げ、父と母はフランソワのためにミサを挙げてもらうことを約束します。

二月のある日曜日、道が良くなったので、マリアは父と教会へ行くことになりました。一番近くの教会でも、馬車で二時間かかります。マリアが新年来、教会に来るのは四度目です。困難な雪道を辿ってミサに通う敬虔な親子の姿に感心したのか、今回は神父が親子を食事に誘ってくれ、マリアの相談に乗ってくれました。神父はいつまでも嘆くことを神は望んでいないと教えます。ミサを挙げ、フランソワの魂の平穏を祈り、苦しむのを止めなさいと神父は忠告します。

三月、オンフルールのエフレム・スュルプルナンの所でパーティーが開かれました。何かのおり、誰かの誕生日だとか、ちょっとした来客がある時とかに、人が集まることは、特に冬の間の何よりの楽しみなのです。マリアは両親と出掛けます。そこには、オンフルールの集落の人々に交じって、ロレンゾ、それに新しく土地を買って入植したフランス人の親子三人もいました。話題は自然と、開拓村と都会の生活の比較になりました。この翌日ロレンゾはマリアに会いに来て、都会とアメリカについて語り、その生活の素晴らしさを説き、結婚して都会で暮らそうと求婚します。マリアはすぐに答えることはできません。ロレンゾはいったんアメリカに帰りますが、また、必ず戻って来ることを誓い、その時までに考えてくれとマリアに告げ、去っていきます。

明らかに、マリアはロレンゾに惹かれ始めています。それは、愛するフランソワを奪った厳しい自然、無情な大地に対する抵抗からきているようにも思えます。しかし、それは反抗と呼ぶにはあまりに弱い、わずかな疑いにすぎないものなのです。一二章の末尾で「夜と雪が同時に降りてくるのを見ながら」（p.148）考えているのは「大きな憂鬱」なのです。それがケベックの地を代表する雪と長い夜とともにもたらされていることは意味深長でしょう。

ロレンゾがマリアに求婚したことを知ったユートロップ・ガニョンがやってきて、今度は彼がマリアに愛を告白します。マリアは答えを待つように頼みます。しかし、彼女はすでにロレンゾを選ぼうと決心しています。恋人フランソワを奪った北西の風がまた吹き[9]、マリアにこの地の悲しさと厳しさを実感させます。そして「冬の厳しさ、寒さ、雪に閉ざされた孤独、すべての木々が墓標のような無情な森」（p.156）に対してマリアは憎しみを覚え、都市にひかれるようになるのです。

四月、母ローラが病気で倒れ、遠くから来てもらった医者も整骨師も手の施しようがなく死んでしまいます。父サミュエルは、母ローラのことをマリアに語って聞かせます。サミュエルは開墾が終わり、人々が集まり、集落ができはじめるとその土地に魅力を感じなくなり始め、何度も新天地を求めて、移り住んできました。母はその度にようやく楽になりだした生活をあきらめねばならなかったのです。しかし、不平を言わず、勇敢に未開の地に赴き、頑強に耐え忍んできたのでした。マリアはその話を聞いて、心を動かされます。そして、この土地を去るべきかどうか自問し始めます。近づく春とともに、マリアはこの土地の素晴らしさを再発見し、決心を変えます。この北の土地を離れ、南へ、都会へ、アメリカへ行こうという願いは、世間知らずの娘がいだく底の浅い憧れにすぎなかったのです。

五月、春が本格的に訪れると、長男のエスドラスと次男のダべが伐採場から帰ってきました。ある晩、訪れたユートロップはマリアの決心が変わったことを感じとります。「まだ、出ていくつもりなのか」という彼の問いに、マリアはノンと答え、来春結婚することを約束するのでした。

このように、『マリア・シャプドレーヌ』には、ケベックの典型的な風物がよく描かれています。例として、冒頭の場面から見てみましょう。

「ここに、毛皮を買いにお金を持って来てる人が二人いるだよ。クマや、ミンクや、麝香ネズミや、キツネの皮を持ってる者がおったら、水曜までに店に会いに行くか、ミスタッシニのフランソワ・パラディが一緒に来とるから、奴に話すがいい。しこたまお金を持っとるから、上等な毛皮には現金で払うんだとよ」。

ニュースを終えると、彼（ナポレオン・ラリベルテ）は入り口の踏み段を降りた。（…）

この間に、女達が教会から出始める番になった。老いも若きも、美しい者も醜い者も、ほとんど皆毛皮つきのコートか厚いラシャのコートをちゃんと着ている。なぜなら、日曜の礼拝という、彼女たちにとって唯一の祭りのために、女たちは荒い布地の作業服と地元のウール[10]のペチコートを脱ぎ捨てて来たのだ。外国人なら、女たちが、この未開の土地の真ん中で、ほとんど優雅と言っていいくらいのなりをし、荒涼とした大森林と雪の中で、典型的にフランス的であり、この百姓女たちがフランスの地方のたいがいの若い町娘と同じくらいよい身なりをしているのに驚いたことだろう。（pp.24–26）

この一節から、まず、日曜の礼拝の持っていた意味が分かります。「驚いたことに女たちはフランス人に負けないくらい優雅で美しい」と作者は書いています。この表現の裏にはケベックがいかに田舎であるかが暗示されていますが、ここでは、むしろ、女たちがパーティーかコンサートから出てきたように着飾っていることに注目しておきましょう。楽しみの少ないこの村では、女たちが人前にでる一番大きな機会は日曜礼拝なのでした。作者は教会の内部はいっさい描かず、礼拝を終えて教会の前で情報交換をしたり、うわさ話に花をさかせる人々を描いていきます。こうした礼拝後の雑談が、神父の説教と並んで、村人の唯一の情報源でした。

ラジオもテレビもなく、識字率の低かった農村では、教会が主要な情報源だったのです。神父は時事問題や身近な事件を分かりやすく解説して、説教していました。「某の人がしかじかの事故で死んだのは、神のこれこれの意志が働いているのです」というように。あるいは、「どこそこの国で大洪水がおきているのは、信仰が足りず、神を冒瀆していたからです」というように。

村人はそんな神父の話をたいがいは素直に聞き入れていたと思われます。一つには習慣となった信仰心から、一つには神父がその地域で一番の知識人であったからです。彼らが教会に集まって来るのは、ミサのためだけではないのです。人が集まる場として教会が重要な意味を持っているのであり、教会に人が集まるのは信仰心からだけではありません。

勿論、ここで作者は村人を少しも批判しているわけではありません。むしろ、作者はケベックの人々の信仰の深さを明確に表現しています。例えば、サミュエル・シャプドレーヌは教会から遠く離れて住んでいることを嘆き（p.31）ながら、真冬でもできる限りミサへ行こうと努めます。しかし、作者の意図とは無関係に、この場面を通じて、教会に人々が集まる世俗的な意味も理解されるでしょう。

この小説にはほかにも、豆のスープ（p.29）、ブルーエ狩り（第五章）、木流しの仕事（p.67）、虫除けに煙をたくこと（p.76）、クリスマスイブに「アヴェ・マリア」を千回唱えると願いが叶えられること（第九章）、マリアが新年の父へのプレゼントに編み物をしている場面[11]（p.104）、ラケットという雪の上を歩く道具（p.117）など、ケベックの風物詩がいたるところで描かれています。

母の死に際しても、この地方の特徴が語られています。母ローラは、腎臓を患っているのか、腰のあたりがひどく痛むようになります。ユートロップが合州国から取り寄せた薬をくれるが効きません。父サミュエルはミストゥークまで医者を捜しに翌朝出発します。マリアを始め、皆心配でたまらないのですが、帰って来たのは夜七時近くになってからでした。しかし、医者も原因がわからず、さじを投げ、ひとまずオンフルールに帰ってしまいます。藁にもすがりたい気持ちで、ユートロップの提案で、骨接ぎ祈祷師のチセーブを呼びに行くことにします。翌晩遅く、チセーブは着きます。病人を調べるとすぐ、骨折や事故ではなく、何か内臓の病気であり、彼にはどうしようもないと告げます。神父がやってきて、皆の祈りの中で母ローラは息を引き取ります。この章は、人里離れた暮らしの不便さを強調するとともに、家族、隣人の助け合い、また、信仰心の強さ、死をめぐる風習を描いていて興味深いものです。

3 『マリア・シャプドレーヌ』にみる第一の犠牲者の態度

マリアに求婚する三人の青年はケベックにおける三つの対立要素を象徴しています。つまり、森と農地と都市です。まず、フランソワ・パラディは「森を駆ける男」です。ケベックの男たちは冬に農作業ができなくなると、森の伐採場に出稼ぎに行きました。春先には切った材木を流す(12)仕事もしました。こうした労働は非常に苛酷なものでした。森はケベック人にとって、厳しい自然、雪の中で一度迷えばフランソワのように生きて帰れない、冷酷な自然を代表しています。そこに分け入る勇敢な者たち、森を駆ける男たちがいて、初めて木材や毛皮といった富が人間の物になるのです。

歴史的には「森を駆ける男」がまず森に分け入り、次に開拓者がやってきて、森が農地となり、村となっていきます。そして、村を取り巻く自然や先住民の脅威を直接知っているのは「森を駆ける男」です。彼らの存在があってこそ、開拓者もあります。マリアがこの青年にまず惹かれるようになるのは当然なことでしょう。しかし、クリスマスにマリアに会いに来ようとしたフランソワは、雪の中で迷い、皮肉なことに森で死んでしまいます。マリアは、フランソワの死後、ロレンゾ・スュルプルナンに惹かれるようになります。彼は土地を売ってアメリカに移住している男で、農民の自然に支配された生活を批判し、盛んに都市生活の安楽さをマリアに説きます。自然を嫌悪し始めたマリアは自分たちの土地を離れ、彼について行こうと決心しかけます。

しかし、母の死をきっかけに、マリアの心は変わります。この土地で勇敢で徳の高い祖先の意志を引き継いで生きること、その価値を母の人生に見てとったのです。父のサミュエルは森に分け入って開墾しては、安楽な暮らしに飽き足らず、また新たな開拓地へ移る人生を送っていました。母はそれに従ってきました。厳しい自然の中で、苛酷な労働と自己犠牲のみからなる生活の深い意味、高い価値をマリアは、母の死を通じて知りました。マリアは隣の開拓者、ユートロップ・ガニョンと結婚することに心を決めます。この青年こそはやがては典型的な定住農民[13]の代表となる人物でしょう。

このように、この小説では、伝統的な三つのアイデンティティがマリアの求婚者と結びついて、象徴的に表されています。そのいずれもがアトウッドの言う第一の態度、すなわち犠牲者であることを否定する者に分類されるでしょう。雪深い森で命をおとしたフランソワは単に犠牲者になったのではなく、森に分け入り大自然に自ら挑んでのことなのです。しかし、結局は犠牲者になってしまった彼は典型的なカナディアン・ヒーローであるといえるでしょう。ただし、彼の場合、イギリス系によるフランス系への抑圧ではなく、いわば原初の混沌的宇宙として「森」を舞台とした闘いが問題になっています。森に精通していると自負している彼は自然が人間に対して敵対的であることを否定しています。このフランソワの死は森を駆ける男の終焉、冒険者の時代の終わりを告げているかのようです。

マリアの父のサミュエル・シャプドレーヌも第一の犠牲者の態度を示していますが、彼は森を象徴するフランソワと定住農民の中間に位置しています。森を切り開くという点ではフランソワに近いが、大地に対していだく彼や隣人のユートロップの感情には別のものがあります。彼らにとって、土は特別な意味を持っています。

サミュエル・シャプドレーヌは土地を耕すことにではなく、土地を開墾することに情熱を感じている男であり、彼は五度も自分の開墾した土地を売り払い、その度に新しい土地を切り開いて来ました。彼を勇敢だが、賢くはないと思うものもいます。どこかに定住すれば、彼も家族も安楽に暮らせるでしょうから。自分の置かれている抑圧された状況を認めることなく、ひたすら一生懸命開墾していることが、彼のアイデンティティとなっているのです。

母ローラも犠牲者であることを認めようとしない。彼女は定住農民の生活を讃えて次のように言います。

健康で借金のない定住農民の暮らしほど素晴らしい暮らしはないさ。自由で、ボスもなく、家畜がいる。働くのは、自分の利益のため。ああ、なんて素晴らしいんだ。(p.138)

それに対して、ロレンゾは、ボスにではなく、家畜や自然に農民は支配されているのだと反論します。毎日毎日、世話をし、餌を与え、体を洗い、糞の始末をしてやらなければならない動物。それに、野良仕事といえば、短すぎる夏、長い冬と、天候に絶えず左右され続けます。都会ではそんなことを気にかけず安楽に暮らせると主張します。(14) ロレンゾとて自分たちフランス系カナダ人が歴史的・社会的に置かれてきた状況をきちんと理解しているのではありません。アメリカの都会に出ていっても、工場労働者として、また新たな抑圧にさらされていることを認めていません。すなわち、彼自身も犠牲者であることを否定しているといえるのです。

4　サバイバルと『マリア・シャプドレーヌ』

母の死後、マリアがロレンゾについて合州国へ行くべきかどうか迷っている時に、心の奥から湧き上がる声は、サバイバル論の視点から読むならば、「犠牲者であることの否定」の典型でしょう。この部分は、ケベックの魂を語った作品として名高い『マリア・シャプドレーヌ』の中でも、特に有名な一節です。少し長くなりますが、全文を引用しておきましょう。

私達は海のむこうから、祈りと歌を運んできた。それらは相変わらず同じだ。私達は私達の国の心を胸の中に運んできた。勇敢で溌剌として、笑いと同じく憐れみに聡い心、人間のすべての心の中でもっとも人間らしい心を。私達は新大陸の一角、ガスペからモンレアル、サン・ジャン・イベルヴィルからウンガヴァまで、足跡を残した。ここでは、私達が私達とともに運んで来たものすべて、信仰、言葉、美徳、そして私達の弱さまでが、神聖で、触れてはならない、最後まで残らねばならないものになる。

私達の回りに、外人が来た。野蛮人と呼びたい者たちが。彼らがほとんど全ての力を奪ってしまった。ほとんど全てのお金を手に入れてしまった。しかし、ケベックの土地では、何も変わらなかった。何も変わらないだろう（rien n'a changé, Rien ne changera.）。私達が証拠なのだから。私達自身から、私達の運命から、私達はこの義務だけをはっきりと理解したのだ。ねばり、持ち堪える、という義務を。そして、私達は持ち堪えた。おそらく、まだ何世紀も後に、世界に私達の方を振り向かせ、こう言わせるために。「この人たちは死ぬことのない民族だ…」と。私達は証拠なのだ。だから、私達の父たちが止まった地に止まらねばならないのだ。

そして、父祖たちが生きたように生き、彼らの心の中に築かれ、私達の心に受け継がれ、私達が今度は多くの子供に伝えねばならない無言の命令に従わなければならないのだ。ケベックの土地では、何も死んではならないし、何も変わってはならない…（rien ne doit changer.）（p.194, 傍点小畑）

この文章には終止符が打たれていません。中断符でこの文章が終わっていることに注目しておきましょう。マリアの心の奥に響く声は、こうして余韻を残してとどまります。また、時制に関しては、複合過去、単純未来、不定形で「変わる」changer ことが三度（傍点部）繰り返し否定され、過去から未来に続く継続性を表し、さらに不定形によって時をこえた永遠性をこの文章は表現しています。そして、末尾で、終止符に変わる中断符が永遠化・継続性をさらに浮き彫りにしています。ここで、永遠化されているのは、いうまでもなく、祖先から受け継いだ伝統を守り続ける開拓農民のヒロイズムです。それを美化することによって「犠牲者であること」を否定しているのです。

このマリアの心の奥の声は、ケベック人の心情をありのままに表現したものではなく、「耐え忍んできた先祖を誇りにして生きろ」という（伝統を失ったフランス人である作者から）ケベック人への訴えなのだと考えることもできるでしょう。実際のケベックは、当時、つまり、二〇世紀初頭、工業化・都市化が進み始めていました。[15]『マリア・シャプドレーヌ』においては、崩されていく反復性を修復しようとするノスタルジーが象徴的に描かれているのです。土を愛するユカリストが結局はアメリカに出ていく『三十アルパン』[16]と、ロレンゾについてアメリカに行こうとしたマリアが結局はとどまることを決意する『マリア・シャプドレーヌ』は実に対照的です。

農村にいる限り、カトリック教会を中心にケベック人のアイデンティティは保証されていたのですが、それが近代化とともにゆらぎはじめていました。周囲を英語圏に囲まれ、商工業はイギリス系住民に握られているのだから、閉鎖的な農村社会が開かれること、産業化が進むことは、二重にケベック人のアイデンティティを脅かす危険がありました。産業化によって自給自足的な農村社会が崩壊するだけでなく、都市化が進むことによってイギリス社会に同化されてしまう危険性があったのです。そして、それに対抗するだけの文化的基盤がカトリック教会以外になかったのです。『マリア・シャプドレーヌ』は、ケベックのアイデンティティの基礎にカトリック信仰をおいており、伝統にとどまる生き方を描いています。繰り返しになりますが、この小説は当時の状況を客観的に描いているのではなく、開拓農民の生き方を象徴的に語っているのです。祖先の栄光ある過去、それを引き継ぎ守っていく敬虔な家庭、それが『マリア・シャプドレーヌ』の世界なのです。マリアの選択が示すように、ここに現れているのが、「信仰にすがって、誠実に大地を耕すことにより、精神的にイギリス人（近代人、産業家、都市生活者）に勝り、救済される」という「サバイバル精神」なのです。

最後の場面で、マリアは都会に出ていこうというロレンゾの誘いを拒み、隣人のユートロップと結婚してこの地に残ることを選択します。それはアトウッドが指摘した第一の態度の優れた典型でしょう。つまり、開拓農民は近代化からとり残された犠牲者であることを否定し、頑張り通そうとしているのです。彼らの場合、「第一の態度」に特徴的に現れる差別意識は、ロレンゾのように近代化に迎合して町へ出ていく者たちに向けられています。

5　現実とイメージ

スポーツ、特に自転車レースや、長距離走など耐久スポーツが好きだった作者エモンは、耐え忍ぶ人間に共感を覚えていたと考えられます。一年九ヵ月のケベック滞在中、わずか六ヵ月間の農作業労働者の体験から、どれだけケベックの現状を把握できたかはさておき、彼は都市生活に飽きたりていなかったと考えられます。それゆえ、ロンドンやモンレアルでのサラリーマン生活を捨て、都会から遠く離れたサン・ジャン湖へ働きに出掛けたのではないでしょうか。

この小説をめぐっては当初から二つの意見が対立していました。ルーヴィニー・ド・モンティニやダマズ・ポトヴァンたちは、この作品を傑作だとして、ケベックとその正直で勇敢な住民を絵画のように見事に描いていると絶賛しました。他方、ユバルト・パカンを筆頭に、この作品はカナダの住民について悪いイメージを読者に与えるとして、作者を非難する批評家も少なくありませんでした。教養のない、時代遅れの農民、残酷で厳しい自然に支配され、疎外され、惨めな暮らしを強いられている開拓農民のイメージを海外に広めてしまい、カナダの真の心を捉えきれず、ケベックを中傷していると彼らは考えたのです。

ともかく、一九二一年にフランスで出版され、大成功を収めると、この小説は世界中で、二〇ヶ国語以上に翻訳され、四〇〇万部以上売れているといいます。この数字はフランス語で出版された書物では、聖書に次ぐ数だとさえ言われたこともありました。この作品にちなんで、二つの湖がエモン湖とシャプドレーヌ湖と名付けられています。このように、この小説が広めたケベックのイメージの影響は大きく、計り知れないのです。映画化[17]もされ、ケベックというと、この小説をまず第一に思い浮かべる人が今でも少なくありません。

作品の執筆時、一九一二年頃はケベックの工業化・都市化が進んでいく時期です。ルイ・エモンが過ごしたサン・ジャン湖畔はケベック市から二〇〇キロ以上北上した所にあり、今でもアルマ[18]以外に大きな町はなく、保守的な風土です。作者ルイ・エモンはモンレアルなど都市ではなく、極端に人口の少ない土地をケベックの象徴として選んでいます。

作者は近代化が進んで行くケベックの実情を描くのではなく、開拓農民の伝統的なイメージを小説に書こうと作者はしたのだと考えられます。小説が社会を反映しているとして、小説から社会を読み取ろうとするのは間違いではありません。しかし、小説がそのまま社会の鏡であると考えてはならないでしょう。

逆に、想像力によっている『赤毛のアン』にも、社会性、時代性を見ることが可能になります。『マリア・シャプドレーヌ』の場合、ケベックの現実を直接描いているのではなく、ケベックの開拓農民のイメージを扱った作品と考えるほうが妥当でしょう。作者は自然の過酷さと勇敢に立ち向かい、耐え忍ぶ人間の姿を、ケベックの開拓農民の中に見たのでしょう。そのイメージは、サバイバル論にあてはめるならば、犠牲者の第一の態度にあてはまります。

【注】

（1）Louis Hémon, *Maria Chapdelaine*, Joseph-Alphonse LeFèbre, 1916. ここでは、一九九一年の Bibliothèque Québécoise 版を用いた。以下の引用頁数もこの版による。邦訳『白き処女地』山内義雄訳、新潮文庫、初版一九五四年。なお、邦訳は筆者の拙訳だが、先行訳を大いに参照させていただいた。

（2）この旅はのちに、ニューヨークで『ルイ・エモンの日記』*The journal of Louis Hémon* として一九二四年に、ついで一九二七年にパリで『旅程』Itinéraire, 一九二八年にケベックで『ケベックという国で』*Au pays de Québec* というタイトルで旅行記として出版されている。

（3）この小説に注目したルーヴィニー・ド・モンティニ Louvigny de Montigny はモンレアルのジョゼフ＝アルフォンス・ルフェーヴル Joseph-Alphonse Lefèvre 社から出版する。

（4）coureur du bois. 先住民と毛皮を取引するために長期に亘って森に分け入り生活する男をケベックでは「森を駆ける男」と呼んでいた。アメリカのカウボーイのように荒くれ男の代名詞のようにも用いられる。

（5）ガニョン Gagnon はケベックに多い姓である。作者はケベックの農民の典型として、この登場人物にこうした名前を与えたのであろうか。

（6）bleuet. ブルーベリーをケベックではこう呼ぶ。この果実は、雪解け時のメイプル・シロップ、秋のリンゴと並んで、ケベック人にはかかせない季節の味覚である。この章の扉の写真を参照。

（7）この時代、二〇世紀初頭、近代化が急速に進む合州国にケベックから移住した若者が実際多くいた。ケベックの家族は伝統的に大家族であり、この時代にはそろそろ農地の開拓も限界に達しつつあったので、新しい農地を手にすることができないため、土地を相続できないものは、都市へ出ていかざるをえなかった。また、ロレンゾのように都市生活の利点を述べる者、一旗あげて帰郷する者も少なからずいただろうから、積極的に都会へ出て行った者もかなりいたと思われる。

（8）メイプル・シロップを雪の上に垂らして作るキャンディー。ケベック人の好物の一つ。

（9）北西の風（ノロワ norois）はケベックではノルーア noroua とも呼ばれ、北極圏から冷たい空気を運び込み、寒波をもたらす。

（10）当時、ヨーロッパから輸入されるウールは高級品で関税がかけられ値がはった。この高い関税が「愛国者」の不満を高め、一八三七年の「パピノーの反乱」の原因の一つになった。

（11）カトリックの習慣では、クリスマスではなく、新年に贈り物をする。クリスマスは純粋に宗教的なものであった。

（12）drave. フェリックス＝アントワーヌ・サヴァールに『木流しの大将ムノー』という小説がある。Félix-Antoine Savard, *Menaud, Maître-draveur*, Librairie Garneau, 1937.

（13）「森を駆ける男」や「開拓者」と区別して、定住農民はアビタン habitant と呼ばれていた。

（14）ここで、両者の価値観の対立とともに、表現の差も際だっている。母ローラの素朴な言葉に対して、ロレンゾの主張は論理的で、討論の意見のようである。作者は「街角で演説を聞き、新聞を読み、仲間と毎日話している街の人間」の話し方だと評している。

（15）作者のルイ・エモン自身カナダへ来たのは、ヨーロッパの都会の喧噪を逃れようとしてのことだったと言われている。ところがモンレアルやケベック市はすでに都会化していた。それでペリボンカというケベック市からさらに北の奥地に入ったのだと考えられる。

(16) 『マリア・シャプドレーヌ』と『三十アルパン』を比較すれば、同様に反復性と、時代の流れとの対立が浮かび上がる。時の流れを客観的にみつめ、写実的に描こうとする『三十アルパン』と、時代にとらわれない反復性を象徴的に語ろうとする『マリア・シャプドレーヌ』はここでも対照的である。次章参照。

(17) ジュリアン・デュヴィヴィエ Julien Duvivier 監督、一九三四年。マドレーヌ・ルノー Madeleine Renaud がマリアの役を、ジャン・ギャバン Jean Gabin がフランソワ・パラディの役を演じている。

(18) Alma. アルミ・製紙などで、有名な町。

第五章
『三十アルパン』——忍び寄る近代化

ランゲ『三十アルパン』Flammarion

伝統的なサバイバル精神からカナダが実際に脱却して、近代化が進んでいくのは一九六〇年代に入ってからですが、それに先だって疑義が生まれ出すのは一九三〇年代、大恐慌の時代です。そうした疑義がいかに作品に現れているのか、ここでは、『三十アルパン』[1]を取り上げて、前章の『マリア・シャプドレーヌ』と比較しながら、考えてみましょう。

1 作者と作品

この小説は、一九三八年にパリのフラマリオン社から出版されるとすぐに、多くの読者をひきつけました。フランスの出版社の意向があったとはいえ、この小説が成功した理由の一つは、単なる伝統的な「郷土小説[2]」ではなく、新たな世界に開かれた新しい小説の可能性が現れているからでしょう。

この作品は一九二九年から一九三六年の間に書かれたと考えられています。作者はこの時代の農村の変容を目の当たりにしていました。彼の筆名はランゲ、本名はフィリップ・パヌトンです。作者は一八九五年にトロワ・リヴィエールで生まれ、ケベック市とモンレアルで医学を学んだ作家です。彼は『三十アルパン』執筆中も含む一九二三年から一九四〇年までの間、ジョリエットのサンチュゼーブ病院とモンレアルのノートル・ダム病院で働いていました。つまり、彼は大都会モンレアルとジョリエットという農村部を行き来していたのです。この経験により、彼は都市と農村を比較して見るようになったと考えられます。また、医者という職業柄、客観的に注意深く観察する習慣が身についていたとも思われます。ともかく、作者ランゲは、科学技術の進歩、市場経済の発展によりケベックの伝統的世界が大きく変容していく様をつぶさに見ていたことは想像に難くありません。

2　あらすじ

この小説のストーリーは、校訂版[3]によると一八八七年から一九三二年の間に設定されています。『三十アルパン』には、この時代に実際起こった事件がたくさん現れています。若者たちのアメリカ合州国への流出、第一次大戦、徴兵問題、市場経済の農業への介入（例えば農産物価格の乱降下）、大恐慌とそれが引き起こした失業問題などなど。経済好況と不況が交互に起きたこの時代は、カナダの農村が大きな変化を受けた時代でありました。

ここで、簡単に『三十アルパン』の筋を説明しておきましょう。全体は四つの部に分けられ、それぞれ、春、夏、秋、冬と題がつけられています。これは季節の循環や、世代の循環を思わせるとともに、主人公ユカリスト・モワザンの一生の波とも呼応しているようです。

まず、春。叔父に育てられたユカリストはケベックの典型的な農民[4]で、土をこよなく愛している青年です。彼は、叔父の死によって土地を相続し、まもなく同じ集落に住む娘アルフォンシーヌを妻にします。彼女は次々に三人の子供を産みます。遠い外国の不作により、作物が高く売れ、公証人に預けているお金も増えていきます。こうして、モワザン一家は、子供が増え、財産も増え、繁栄していきます。まさに、春という季節に相応しい幕開けになっています。

夏になると、ユカリストの子供はどんどん増え続けます。ユカリストはフランス人の放浪者アルベールを雇い、いっしょに農作業に精を出します。合州国から従兄弟が妻を連れて休暇にやってきます。田舎のケベックと近代国家アメリカ、さらに、忙しい農業と夏休みのある近代産業とが対照的で、従兄弟は自慢げですが、ユカリストは大地と結びついた生活に満足しており、羨ましく思うこともありません。従兄弟の訪問はちょっとした気晴らしになりましたが、直後に悲しい事件が起きます。妻のアルフォンシーヌが一二回目のお産の際に死んでしまうのです。妻の死にも関わらず、ユカリスト一家の繁栄は続きます。長女が母の代わりをし、息子たちが農作業を手伝ってくれます。また、第一次大戦によって、農作物の値段が高騰し、農家は先例のない好況に恵まれます。他方、心配の種も芽を吹きだしています。ユカリスト自慢の長男、神父になったオギナーズの健康が優れないのです。また、雇い人のフランス人や、アメリカからやってきた従兄弟に感化されて、三男のエフレムが家を出ることを考えているようなのです。夏、繁栄の頂点にユカリストは達しますが、頂点とは、逆説的に後は下り坂しかないことを意味しています。

秋。繁栄の夏が終わり、不幸が始まります。三男エフレムはアメリカ合州国に行ってしまい、長男オギナーズは病気で死んでしまいます。契約を破った隣人との訴訟に破れユカリストは大金を失ってしまいます。その上、新しく来た公証人にそれまで貯めていたお金を持ち逃げされてしまいます。農作物の値段も急落します。さらに悪いことに、高く売れるはずだった干し草の詰まった小屋が火事で燃えてしまいます。それは、燃え尽きていくユカリストの富の象徴のようです。こうした惨事と並行して、次男のエチエンヌが徐々に土地を譲るように迫ってきます。彼は父の古いやり方に代えて、新しい農業技術を取り入れようとします。

冬。土を愛するユカリストはついに土を離れ、三男エフレムの住む合州国に逃れます。土地を次男エチエンヌに譲り、ホワイト・フォールという町にやってきます。その町にはケベックから来た人も多く、教会もあり、ケベック人の集会もあります[5]。しかし、最初は優しくしてくれたエフレムにやがて冷たくされ、ユカリストは孤独と倦怠と哀しみの中で年をとっていきます。昔の恋人を懐かしむように、彼は土と共に生きた過去の幸せだった日々を思います。ユカリストは最後にはガレージの夜警になります。土に生きた伝統的な農民であるユカリストが近代の代名詞である自動車の番をするこのラスト・シーンは、伝統的世界から近代世界への移行を象徴的に表しているようです。この変化が必ずしも幸せなものでないように描かれていることに注目しておかねばならないでしょう。

厳しい労働のあと、ビストロでくつろぐケベコワたち

3　価値観の変化——大地の精神性から経済の現実へ

大地はケベックの伝統的な価値観において豊かですが、苛酷な労働の代価としてしかその富を与えてくれない、優しくもあり厳しくもある母のイメージを呈していました。この小説でも、まず、大地は「豊かで、実りの多いもの」(p.75)として描かれています。が、すぐあとで厳しいものとして次のように描写されます。

大地は、冷淡で世話の焼ける、横柄な殿様だ。彼ら(隣人のブランショーと主人公ユカリスト)はその農奴であり、悪天候時にはなけなしの収穫で地代を払い、排水工事や開墾の仕事に服従し、一年中汗という年貢を払い続けているのだ。(p.85)

確かに、人間は大地に身を捧げています。しかし、人間の労働なしには、大地は不毛なままです。両者はそれぞれに必要な存在となり、人間と大地のカップルができあがります。こうして、男の大地に対する愛情は、異性に対する愛情に喩えられるようになります。ここでは、主人公のユカリストが叔父から土地を相続した時の場面を検討してみましょう。

彼（ユカリスト）はまだ所有していることに慣れていなかった。彼は公証人の言葉を覚えていた。書類もちゃんと見た。しかしながら、話す時、「おれの土地、おれの納屋、おれの牛」と言えるようにはなれないでいた。「土地、納屋、牛」としか言えなかった。まるで、こうした物すべてはゆっくりと彼の方にやって来て、ちょっとした軽率な仕種や言葉でもそれを止めてしまうかのようだった。時には、しかしながら、修繕している柵にもたれて、練習するように、大声でこう繰り返すこともあった。「おれの土地…おれの土地…おれの土地」（p.109）

この一節では大地を相続したユカリストの喜びが見事に表現されています。彼は、この土地を所有したことに満足してすぐに有頂天になるのではなく、長い間恋焦がれていた女性をついに手に入れた男のように、これからのつき合いを思い、じっくりと喜びをかみしめています。

ユカリストの次男で、彼の土地を受け継ぐエチエンヌにおいては、大地に対する愛情が女性に対する愛情ではなく、肉欲に近いものになっています。次の表現は相当エロチックだといえるのではないでしょうか。ここで大地は気まぐれな娼婦のようなイメージになっています。

大地、それは、寛大なことしかしない。身を投げ出すにしろ、拒むにしろ、豊饒なおなかに鋤を入れさせようとするばかりだ。穂の毛を機関銃のように打つ霰《あられ》の下で背を向けようが、男たちの絶望には無関心である。（p.274）

さらに、エチエンヌが実際興味を持っているのは、大地自体ではなく、所有に対してなのです(p.358)。ユカリストが叔父さんから土地を相続したとき、彼は大地を愛していたからこそその相続を喜びました。彼にとって、所有そのものよりも、大地が自分のものになれば、その関係が個人的で親密なものになることにより意味がありました。

それに対して、息子のエチエンヌは三十アルパンの土地を所有できるようになること自体を喜んでいます。人間と土との間の精神的な関係が、経済的な所有関係に変わっているとも言えるでしょう。ここには世代の差を越えたより大きな変化があるように思われます。こうしたテーマがこの小説全体に流れています。

エチエンヌは世の中が変化しているのだと言います。そして、「親たちは土地から最大限の利益を引き出していない(傍点小畑)」と考えています。例えば、彼は農業技師の助言に従って化学肥料の使用を主張します。それに対して、父ユカリストは農業技師を信じていないし、化学肥料は土を台無しにすると考えています。注意しておきたいのは、ここでもエチエンヌは「利益」を第一に考えている点です。

伝統的価値観を代表する父ユカリストと新しい価値観を代表する息子エチエンヌは好対照をなしているようですが、その間は断絶しているわけではなく継続しています。エチエンヌはユカリストの相続人として、土地ばかりでなく、父の性格も受け継いでいます。彼も働きもので、まじめです。話者はこの小説で何度も「エチエンヌは本当の農民だ」と繰り返しています。また、ユカリストにもすでに変化の兆しは現れています。ユカリストに潜むこの変化は信仰心に見られます。彼は、当時の大多数のケベック人と同様、教会に通うカトリック信者です。部屋にはキリストとマリアの版画が掛けられています。合州国へ移住した三男のエフレムの家に彼の知らない写真と肖像画があるのを見てユカリストは泣きたくなります。神父を彼はたいへん尊敬していて、長男のオギナーズが神父になったことをとても誇りに思っていました。しかし、結局のところ、彼が教会に通っているのは信仰からというよりは習慣からなのです。「ミサは、生涯、彼にとって一週間ごとの習慣だった」（p.429）のです。

次の場面はさらに興味深いものでしょう。

　司祭が、司教の説教に続いて、戦争の終結と平和の回帰のために皆にお祈りをさせたとき、教会に集まった農民たちは心の中で、大地の恵みがほとんどただ同然になるような時に何としてでも戻そうなんていったいどうしてそんな気になるのだろうかと思っていた。しかしながら、従順さと習慣から、彼らは祈っていた。しかし、それは小さな声だったし、神様にそんな祈りが聞こえないか、あるいは少なくとも、自分たちは祈りが叶えられることにそれほどこだわっていないのだと分かってくれるように子供っぽい願いをこめてなされていた。（pp.276–277）

ここで、教会の教えと農民の考えに隔たりが生まれ始めていることをかいま見ることができます。

たとえ戦争によるものだとしても、農民たちは平和よりも利益を密かに願っているのです。教会の説く精神主義が市場経済を推し進める物質主義に取って代わられていく様子がよく現れている場面でしょう。

ユカリストを含め農民一般がこのように市場経済に巻き込まれていくわけですが、彼らは必ずしもそれに自覚的ではありません。エチエンヌは、「親たちは遅れている」と思っています。が、かつてユカリスト自身もそう考えていました。ユカリストはエチエンヌの言うことに対して、この種の確執はどの時代にもある親子の争いにすぎず、進歩を若者は信じていますが、年を取るにつれ、それを拒否するようになり、こうした循環が世代ごとに繰り返されていくのだと思っています。

しかし、作者の考えが主人公の考えと重なるとは限りません。この小説で、作者は主人公の考えを時代遅れなものとして示しています。高価な新しい農機具を買う他の農民を見て、ユカリストはいい馬ほどにも働かないのにと思い、次のように考えています。

本当に、近頃の者はお金の使い方を知らない。土を滅ぼした頃には、さぞ進歩していることだろう。自分は公証人のところに預けるほうが好きだ。少なくともそれには利子がつく。特に、新しい公証人とならば。彼は比べものにならない実業家だから。(p.328)

他の農民とユカリストと結局どちらが賢かったかはあとで分かります。彼は何年もの間預けたお金を公証人に持ち逃げされてしまいます。ユカリストの悲劇は変化の真の意味、すなわち、自給自足的経済から市場経済への移行と、それに伴う価値観の変化に自分自身蝕《むしば》まれていながら、気づいていないことにあります。アメリカへ移住するまでのこうしたユカリストも第一の態度にあてはまります。

意識せずとも彼は信仰よりも損得勘定をするようになり、金銭に左右されるようになりながら、大地への愛には固執しています。値が上がるのを期待していた干し草を火事で燃やしてしまい、隣人との訴訟にも負けてしまいます。隣人に譲った土地から、塗料用の土が売られていくのを見て、土の豊かさから作物をえる農業を賛美する彼は約束が違うと訴訟を起こしたのでした。この事件は土地を、土を愛していた彼の敗北を象徴しているかのようです(6)。

このように、『三十アルパン』は土地と結びついた伝統的価値観の崩壊を描いています。作者ランゲはその変化を小説世界の中に位置づけてみせました。しかし、この小説は当時においてむしろ例外的なものでした。カナダが伝統的価値観を実際に捨てて、近代化を意識していくのは一九六〇年代(7)を待たねばなりません。

それまで、近代化が進みゆく現実を尻目に、フランス系は『マリア・シャプドレーヌ』や『三十アルパン』のようにカトリック教会を中心に、英系は『赤毛のアン』のようにプロテスタント教会を中心にそれぞれ閉鎖的な社会を形成していたのです。そして、村に留まっている限り、自分たちのアイデンティティは保障され、第一の犠牲者の態度をとり続けることができたのです。

4　第一の態度から第二の態度へ

土地にこだわる父ユカリストと次男エチエンヌに対して三男エフレムは、『マリア・シャプドレーヌ』のフランソワ・パラディとロレンゾ・スユルプルナン、つまり「森を駆ける男」(8)と都会へ出ていった若者、この両者を兼ね備えた性格を持っています。ケベックの社会は家庭・教区とも同じように封建的で閉鎖的な構造をもっていました。エフレムはこうした閉ざされた同質的世界からはみ出す個人主義的性格、強い独立指向を早くから示していました。外の世界に興味を持ち、雇われのフランス人季節農業労働者アルベールの話をエフレムは熱心に聞きます。また、夏休みに合州国からやってきた従兄弟の妻のアメリカ人とエフレムは危険な関係を結びます。そして、結局、エフレムは家庭を、村を離れ、合州国の都市に行き、工場労働者になります。ここには、伝統的世界に対立する主要なものが揃っています。つまり、都市、工業、そして、外の世界（アメリカ合州国）です。

ここでエフレムの外の世界に対する好奇心に注目しておきたいと思います。こうした好奇心が結局文化を変容させていくものなのでしょう。ユカリストにはこの好奇心がありません。彼が三男のエフレムに惹かれるのには別の理由があります。

父ユカリストはこのエフレムを跡継ぎのエチエンヌより好いています。エチエンヌには少しずつ土地を奪われていく気がするからなのです。他方、エフレムが自分にないものを持っているのをユカリストは羨んでいます。エフレムの持っているものとは、「森を駆ける男」の性格です。彼は冗談好きで、おもしろく、乱暴で、たくましい。実際、彼は冬になると木を切りに出稼ぎに行ってしまいます。それに対してユカリストは若かった頃、叔父に反対されて、森に働きに行ったことがありませんでした。樵の経験はケベックの若者にとって言わば通過儀礼のようなものでした。森の荒々しい生活の経験がないため、主人公ユカリストは土を讃える典型的な農民になったかのようでさえあります。そのため、正反対のエフレムを自分の生き写しのようなエチエンヌよりある種の羨望から好むのだとも考えられるでしょう。

作者はここでも主人公と袂を分かちます。エフレムの森での様子は言及されるだけで、描かれることはありません。それに対して、彼の合州国での生活は第四部全体に及んでいます。つまり、作者は、闘いの場、冒険の場はもはや森ではなく都会であることをよく理解しているのです。彼はユカリストのようにエフレムを讃えてはいません。作者にとってエフレムは閉ざされた場からの出口なのですが、そこから通じているのは森ではなく都会なのです。そして、都会は必ずしも幸福を保証してくれるものでないことも作者は知っています。

閉ざされた地平を乗り越えること、それはこの小説の重要な問題の一つになっています。エフレムを通して、作者は農民の世界から外の世界に通じる道を準備していると考えられます。それはまた、自給自足経済から市場経済への移行の道でもあると言えるでしょう。エチエンヌを通して変化の真の意味が捉えられなかったように、ここでもまたユカリストは、エフレムの性格が指向しているものを正確に捉えていません。

自分から積極的にアメリカへ出ていったエフレムと異なり、ユカリストは自分がなぜアメリカへ移住しなければならなくなったのか、真の意味が結局最後までわかりません。サバイバル論から述べるならば、晩年の彼は「自分が犠牲者であるのは運命だから仕方がない」とする第二の態度に当てはまるでしょう。

5 『マリア・シャプドレーヌ』との比較

第2節の「あらすじ」でみたように、『三十アルパン』は、ストーリー全体が四季に喩えられ、反復性が強調されています。その反復はほとんど永久に続くかのようです。次の一節を検討してみましょう。

冬が過ぎ、モワザンの土地は休み、元気を回復し、種蒔きを待ち望み、新たな誕生に備えていた。春が過ぎ、六月の入り口でまだ戸惑っている時に、上等な緑のビロードがモワザンの畑をもう覆っている。夏が過ぎ、ありあまるほどの富がモワザンの穀倉と干し草小屋に飲み込まれ、身ぐるみはがれた畑は家畜に開放される。そして、冬がくると、ユカリスト・モワザンは毎年ある日サン・ジャックにいる公証人のところへ行ったものだった。(9)(p.149，傍点小畑)

この一節で、述語動詞（傍点部）にはすべて半過去が用いられています。ここでフランス語の文法を少し説明しておきます。フランス語の半過去は、状態や「反復された動作」を表す時制で、描写するときによく用いられます。物語は一般に単純過去という時制で進んでいきます。単純過去は動作を時間の中に固定します。ここで、物語が進む単純過去ではなくて、半過去が用いられていることに注目しておきたいと思います。

述語動詞以外は、すべて分詞であり、同時性を示し、述語動詞と並列されています。反復・習慣を表す半過去により「毎年こうしたことが繰り返された」ことが強調され、それに付随する動作は分詞によって従えられています。この部分では『三十アルパン』のライトモチーフとなっている「反復性」が典型的に表現されているといえるでしょう。

しかし、ここまでみてきたように、この小説は伝統的価値観の終わりを告げ、反復性が崩されていく作品なのです。季節の循環のように年々歳々繰り返される農村風景が半過去によって書かれる一方で、そこには、機械化、化学肥料、市場経済などが入りこみ、進み行く時代が循環を狂わせ始めています。『三十アルパン』の末尾の文はこの小説のテーマをよく浮き上がらせています。

十一月がまた雨を運んできた。そしてストーヴにまた火をつけた。
毎年、春がまた戻ってきた…

…そして毎年、雪の下で四ヵ月の間眠っていたローレンシアン[10]の大地は、男たちに畑を与え、耕し、馬鍬でならし、肥料を施し、種を蒔き、収穫させた…

…様々な男たちに…

…いつも変わらぬ大地を。[11]（p.319、傍点小畑）

ここでは、中断符「…」が多用されています。さらに、「また」（re あるいは r-）という接頭語を持つ動詞が三つ[12]続けて使われています。こうして、反復、継続性が強調されているかと思えますが、動詞の時制として、先の引用のようにここでは反復・継続を表す半過去ではなく、すべての述語動詞に時間軸上で動作を固定してしまう単純過去が採用されています。また、最後は、中断符ではなく、終止符が打たれている点に注目する必要があります。[13]この文は、反復があったこと、そのこと全体を単純過去によって過去の一時点に固定しているのではないでしょうか。先述の引用で強調された反復に終止符を打っているのがこの末尾の文だといえるのではないでしょうか。

第三章でとりあげた『マリア・シャプドレーヌ』では、反復性が強調され、マリアの心に響く声は終止符ではなく、中断符で終わっていました。[14]『マリア・シャプドレーヌ』に代表される伝統的な「サバイバル精神」は、運命を耐え忍び、土を誠実に耕すことによって救済を待つメシアニスムであり、物質的に勝るイギリス系住民に、魂では劣らないという精神主義でありました。カトリック信仰を忠実に守り、祖先の伝統を重んじることによってフランス系カナダ人のアイデンティティは守られていたのです。過去は時の流れの中で変質してはならず、継続されなければなりませんでした。この精神には半過去がぴったりでした。

同様に、中断符も継続ですから、この末尾の文で反復・継続にこだわるのであれば、半過去が用いられ、中断符で終わっているはずでしょう。しかし、『三十アルパン』の作者は、現在と離れた過去に動作を固定化する単純過去を用い、中断符ではなく、終止符できっぱりと締め括っています。中断符の多用のあとの最後に置かれた終止符はまさにその名のとおり、一つの時代の終わり、反復を要求する伝統的イデオロギーの終焉を告げています。

時代にとらわれない反復性を象徴的に語ろうとする『マリア・シャプドレーヌ』に対して、時の流れを客観的にみつめ、写実的に描こうとする『三十アルパン』の態度は根本的に違っています。それは方言の使用にも現れています。[15]『三十アルパン』は『マリア・シャプドレーヌ』に比べ、方言の使われ方がはるかに多いのです。それは『マリア・シャプドレーヌ』の作者ルイ・エモンがフランス人であり、『三十アルパン』の作者ランゲがケベック人だからなのでしょうか。確かにそういう理由もあるかもしれません。しかし、ルイ・エモンはもっと方言を交えることができたでしょうし、ランゲはもっと少なくすることもできたはずです。

この違いは、『三十アルパン』の作者が、できるだけ現実をありのままに表現しようとしているのに対して、『マリア・シャプドレーヌ』の作者は方言を交えることによって、ケベック的なものを感じさせようとしている、そうした作者の態度の違いから生じているのではないでしょうか。ケベック方言であることを伝えられれば、ルイ・エモンにとっては充分なのです。それに対して、意味がまるで分からなくなるのでなければ、方言をできる限り書き写そうとするランゲの態度は現実主義的だと言えるでしょう。

一方、『マリア・シャプドレーヌ』において、ケベック方言も他のケベックの典型的な風俗と同じ役割を担っていると考えられます。つまり、ケベックらしさを演出することです。ブルーエと呼ばれる大型のブルーベリーを夏に摘みにいくことや、チールと呼ばれる雪の上に溶かしたメイプル・シロップをかけて固まらせるキャンディー、虫よけに煙をたくことなど、ケベック特有の他の風俗と同様に、ケベック方言もケベックらしさを作品に与える役割を果たしているのです。

従って、ケベックらしさを表現できれば、それ以上ケベック方言を用いる必要はないのです。『マリア・シャプドレーヌ』は発音の変化や動詞の活用の違いによって、文章を乱してまで、ケベック人の言葉を書き写す必要はなく、ケベック特有の語を交えることにより、ケベックらしさを表現できれば充分なのです。現実主義的な『三十アルパン』の作者ができるかぎりケベック方言を書き写そうとしているのとは対照的でしょう。

ところで、ケベックらしさとは何でしょうか。それはルイ・エモンが開拓農民の生活の中に見てとったイメージなのです。厳しい自然の中で、伝統を守り、信仰にすがって誠実に生きる彼らのサバイバルは美化されています。そこでは、祖先がもたらしたフランスの文化を伝承することが重要であり、反復が強調されます。マリアの心に響く声はその象徴であり、半過去が使用されていたのは当然でしょう。

最後の場面で、マリアは都会に出ていこうというロレンゾの誘いを拒み、隣人のユートロップと結婚してこの地に残ることを選択します。それはアトウッドが指摘した第一の態度の優れた典型ではないでしょうか。つまり、ちょっと悪意のある言い方を用いれば、ヒロイズムに隠れて、開拓農民が近代化からとり残された犠牲者であることを否定し、近代化に迎合する者を見下しているのだといえるのではないでしょうか。

他方、近代化により変容していく農村社会をありのまま見つめる『三十アルパン』では、反復性が崩れていく過程が客観的に描かれます。『三十アルパン』で近代化は否応なく押し寄せてきます。ユカリストたち農民はその波に抗うことはできません。それは「運命なのだから仕方がない」とする第二の態度の典型でしょう。結局ユカリストは敗者として土地を離れざるをえなくなります。

この結末は、『赤毛のアン』や『マリア・シャプドレーヌ』とあまりに対照的でしょう。アンとマリアは都会へ出ていくことにいったんは希望を見出しますが、結局留まることを決心します。そしてそこで物語は終わります。それに対して『三十アルパン』では、土地に留まることに固執していたユカリストが都会に出ていかざるをえなくなります。そこには希望などありません。

けれどこれがカナダの現実だったのです。犠牲者であることを否定してカナダの地に残るか、現実を認めてカナダの地を去るかしかなかったのです。希望を持ってカナダに留まることができるようになるには、カナダが開放的になる一九六〇年代を待たねばなりません。それまでカナダのヒーローたちは、第一の態度か第二の態度をとらざるをえません。都会へ出ていったロレンゾやエフレムはカナダでは主人公になれないのです。

【注】

(1) *Trente arpents*, Ringuet, 1938. 作者の本名は Philippe Panneton。アルパンは農地面積の単位。未訳。本書の訳文は筆者の拙訳である。

(2) roman du terrior. 都会は文明の悪に染まっており、農村で誠実に大地を耕すことが敬虔なカトリック教徒の生き方だとする郷土愛に満ちた小説。「大地の小説」roman de la terre とも呼ばれる。

(3) Edition critique, Jean Panneton avec la collaboration de Roméo Arbour et Jean-Louis Major, Les Presses de l'Université de Montréal, 1991. 本書の引用ページ数はこの版による。

(4) ユカリストは決心するのが遅く、慎重に行動する。農民を代表するそうした性格は、例えば、アルフォンシーヌと結婚する時によく表現されている。「狡猾に、彼は目的を達するのに遠くから出発した。確実に撃てる時になってしか姿を現さない熟達した狩人のようだ」(p.78)。

(5) 実際、アメリカ合州国の近代化に伴い、多くのケベック人が労働者として移住して行った。そうした町の中には一九五〇~六〇年代までフランス語を話していた地域もある。マサチューセッツ州のローウェル Lowell がその一つである。

(6) しかし、作者はユカリストの価値観が遅れていると考えているとしても、決して彼を批判はしない。作者はただ客観的に描いているようだが、主人公ユカリストの一生を丁寧に辿っている。そこには一種の共感、愛情のようなものさえ感じられるようである。

(7) 一九六〇年代にカナダは差別的移民制限を撤廃して、ヨーロッパ系以外の、アジア系やアフリカ系の移民にも門戸を開くようになる。こうして、一九六〇年代にカナダは当初二言語二文化主義を模索するが、新たな移民の流入により、多文化主義を掲げるようになっていく。

（8）前章注（4）参照。

（9）Les hivers passaient, laissant la terre de Moisan reposée, revigorée, affamée de semence et prête à une nouvelle gésine. Les printemps passaient, et quand ils hésitaient encore sur le seuil de juin, un fin velours vert couvrait déjà les champs de Moisan. Passé l'été, et toute cette encombrante richesse était avalée par les granges et les fenils de Moisan, les champs pelés livrés aux bêtes. Et l'hiver venu, chaque année Eucharistе Moisan entrait un beau jour chez le notaire, à Saint-Jacques.（下線小畑）

（10）サンローラン Saint-Laurent 河両岸の地はローレンシアン laurentien と呼ばれ、ケベックの穀倉地帯である。

（11）Novembre ramena la pluie et ralluma le poêle./Chaque année, le printemps, revint.../...et chaque année la terre laurentienne, endormie pendant quatre mois sous la neige, offrit aux hommes ses champs à labourer, herser, fumer, semer, moissonner.../... à des hommes differents.../... une terre toujours la même.（下線小畑）

（12）「また運んだ」ramena、「また火をつけた」ralluma、「また戻ってきた」revint。

（13）校訂版を見ると、途中の中断符はいくつかのヴァリアントがあげられているが、末尾の個所だけはいずれも、終止符で終わっている。

（14）Au pays de Québec rien ne doit mourir et rien ne doit changer ...（下線小畑）

（15）方言の使用に関する『マリア・シャプドレーヌ』と『三十アルパン』の詳しい比較については、拙著『ケベック文学研究』（御茶ノ水書房、二〇〇三年）を参照願いたい。

第六章

『アガグック物語』——イヌイットのサバイバル

Y. テリオー『アガグック物語』の英語版 **DVD**：***Shadow of the Wolf*, Warner**

カナダでは一九六〇年代に急速に近代化が進みます。一九五八年に出版された『アガグック物語』[1]はイヌイット[2]の社会の変容を描いています。それは次の時代におきるカナダ社会全体の変化も予告しているかのようです。サバイバルの精神論にも、変化の兆しが潜んでいます。

1　作者と作品

イヴ・テリオーは一九一五年にケベック市で生まれました。猟師、トラック運転手、チーズ売りなど数多くの職業と貧困を経験したといいます。放送局でも働いたことがあり、仕事の関係でケベックの様々な地方を回り、それが彼の作品を豊かにしているのでしょう。大自然とそこで暮らす先住民や猟師など少数派の人々が彼の作品では生き生きと描かれています。一九四〇年代に国立カナダ映画局に入った後、一九四四年、『孤独な人のためのコント』で文筆活動を始めました。多くの青少年向け作品や、ユダヤ人を描いた『アアロン』（ケベック州賞受賞）、アメリカ先住民を描いた『アシニ』（カナダ総督賞受賞）、『アゴアック』に始まるイヌイット物語三部作が特に有名です。一九七九年に、ケベックで最も重要な文学賞アタナズ・ダヴィド賞を受賞しています。一九八三年死亡。

テリオーはアカディア人[3]と先住民の血をひいており、連邦政府のインディアン省文化部長を数年に渡って引き受けています。

『アガグック物語』はイヌイット三部作の二作目で、第三作『アガグックの息子、タヤウート』に繋がっています。二〇以上の言語に翻訳されているこの小説はテリオーの代表作となっています。

2　あらすじ

この小説は当時エスキモーと呼ばれていたイヌイットの青年アガグックの成長を語ると同時に、二〇世紀前半のイヌイットの生態を活写しています。白人の侵入は嫌でも彼等の生活を変化させます。アルコールは人々を堕落させますが、他方銃や金属なしに狩はもはや不可能になってもいます。搾取されるままになるのか、伝統的な生活を守るのか、白人といかなる関係を持つのかはこの時代のイヌイットにとって最重要課題でありました。

アガグックは旧習に支配される村を離れます。母が死んでから、族長である父ラモオックはイヌイットでないアメリカ先住民の女を娶《めと》っていっしょに住んでいます。アガグックは村の娘イリョオックを妻とするために連れ出し彼女と二人きりで広大なツンドラで暮らし始めます。狩を主とする自給自足の生活ですが、新しい銃や弾丸や塩や砂糖を得るために白人と交易しなければなりません。イヌイットの主要な商品は毛皮です。最近村にブラウンと言う白人商人がやってきたとの噂を聞いたアガグックは遠くの交易所にいくより、村へ取引に出かけることにします。しかし、狡猾なブラウンは毛皮の値を不当に安く見積もり、アガグックは欲しいものを手に入れることができません。また、ブラウンは違法にアルコールを売って、村人をたぶらかしています。怒ったアガグックはいったんはピストルで脅されて引き下がりますが、夜になって、寝ているブラウンに油をかけて焼き殺します。村人たちは、今後どうするか議論しますが、同族意識から、アガグックを罰することはせず、ブラウンの焼死体を埋めて、何もなかったように過ごし始めます。

イリョオックのもとに帰ったアガグックは村で起きた事件を彼女には語らず、狩を続けて生活を送ります。嬉しいことにイリョオックが妊娠していることをアガグックは知ります。今度は遠くの交易所までアガグックは出かけますが、やはり満足な品をえることはできず、アガグックは酒で憂さを晴らします。ブリザードに何日も閉ざされる厳しい冬が過ぎ、男の赤ん坊が生まれ、タヤウートという名前を付けます。

村にはヘンダーソンという白人の警察官がブラウン殺害事件の捜査にやって来ます。族長のラモオックはブラウンの手下であったインディアンに口止め料として毛皮を持たせて逃がしていました。後悔しても遅いのですが彼が密告したに違いありません。村人はヘンダーソンに口をつぐみ、沈黙を貫こうとします。

アガグックたちは海から遠く離れたツンドラの南の方に住んでいます。春先にアザラシを捕りに海まででることもありますが、普段は、夏にトナカイや狼やキツネやその他の小動物を狩りで捕らえ、冬はその肉を乾燥したり、薫製にした保存食で暮らしています。北方のイヌイットはアザラシを主たる獲物として移動しています。「ここの猟は白人の猟だ。本当のイヌイットはアザラシを捕らねばならない」と言うアガグックは、春になると、北の海にでかけることにします。アザラシは皮、肉、脂、牙、骨、歯、全てが利用できる貴重な獲物なのです。沖の流氷群にまで出る危険を知るイリョオックは岸に留まって猟をするようにアガグックに頼みます。沖の方が獲物が多いけれども、辛抱したアガグックはついに六匹のアザラシを獲ります。

村では、ヘンダーソンが村人の一人アヤリックをナイフや懐中電灯で買収してしゃべらせようとします。密かにヘンダーソンを窺っていたラモオックはそれに気づき、アヤリックを殺害します。危険を感じたヘンダーソンは逃げだそうとしますが、彼も惨殺されてしまいます。

一方、アガグックの小屋の周りでは、大きな狼の足跡が見つけられます。狼が狙っているのは赤ん坊のタヤウートのようですが、狡猾でなかなか姿を現しません。アガグックは罠で捕らえることをあきらめ、直接対決することにします。それは予想通り、白く大きな狼で、銃弾も当たりません。ナイフと牙の死闘になりますが、アガグックがついに勝利を収めます。しかし、彼も体中に重傷を負います。鼻と頬の一部を食いちぎられ、アガグックは顔がすっかり変わってしまいます。イリョオックはタヤウートを背負いながら、村の老婆たちから教わったとおりに、毎日熊の脂を傷跡に塗ってアガグックを看病します。

彼女はさらに男の仕事もこなしました。冬の生活に備えてイグルーを建て、二匹のトナカイを撃って食料を確保しました。

次の夏、スコットに率いられた警察隊が飛行機で村にやって来ます。その中には二人の専門捜査官がいて、どんな血痕でも見つけだし、それが誰の血か当てることができ、また、銃で殺されたのであれば、どの銃から発射された弾丸であるのか分かるのだと、スコットは白人の技術をラモオックに誇示します。恐れたラモオックはアガグックを白人に引き渡さざるをえないだろうと考え、ヘンダーソンを殺した銃を呪《まじな》い師のゴロックに命令してアガグックのところへ持っていかせます。贈り物だと言ってゴロックはその銃をアガグックに渡しますが、怪しんだアガグックは密かに村に帰って、銃をラモオックのところにもどしておきます。

まもなくスコットたち警官隊がアガグックの小屋にラモオックとゴロックとツグガックを連れて飛行機でやって来ます。しかし、証拠となる銃はないし、顔が変わってしまったアガグックを誰も本人だと認めることができません。アガグックを知っているかと尋ねられたイリョオックは「知らない。アガグックはもういない」と答えます。ラモオックすら返答をためらいます。

村に帰るとラモオックの小屋から銃が見つかります。ラモオックとゴロックは犯人として連行され、絞首刑にされます。村人たちは議論の末アガグックを新しい族長に選び、小屋まで要請にやってきます。しかし、アガグックは固辞し、ツンドラで妻子とだけ暮らし続けることを選びます。まもなく、イリョオックがまた妊娠します。今度は女の子がいいと彼女は言いますが、厳しい環境の中でタヤウートが大きくなるまで無駄な家族はいらないとアガグックは言います。イリョオックは女の子を出産します。生まれたばかりの赤ん坊をアガグックは処分しようとしますが、イリョオックに銃で脅され、留まります。これはアガグックの精神的成長を象徴するできごとでしょう。感情のままに暴力を奮うことをやめ、「女の意見」を聞き入れるようになったのです。やがて、イリョオックはもう一人子供を産みます。双子だったのです。その子は男の子でした。

3　部族の伝統――旧習と集団意識――

アガグックは伝統的な集団生活を抜け出して、妻のイリョオックと二人きりで暮らし始めます。この小説の冒頭で、妻と住むための場所をアガグックは偵察に行き、よい場所をみつけてきます。

アガグックは必要なものを集めた。（…）彼は、二匹の犬をお供にして、（…）白人たちがラブラドールと呼んでいる方に出発したのだった。

はるか彼方への狩りの思い出、老人たちの話、風が運んでくる匂い、空の色、獣たちの行き来などから、この地方の地理はイヌイットたちに知られていた。夕方の太陽の方角には「大きな水」がある。しかし、それは陸地に入り込んでいるという。白人たちはこの水をハドソン湾と呼んでいる。その向こう側には、他のイヌイットが、アガグックたちの村と同じように暮らしているという。朝陽の方角には、ツンドラを四日歩くと、人気のない不毛の地、冬がひどく厳しい石の国、どんな動物も住まない土地がある。そこにも「大きな水」があるが、それはどこまでも続き、嵐のときには波が高く、カヤックで漕いで行ってはならないところだ。「星」

の方角には、白人の言い方を借りれば「北」の方にも、水があり、島がいくつも点在している……（p.5）

この一節で、イヌイットは「海」とは言わずに、「大きな水」と呼んでいます。方角も、「東西南北」ではなく、「夕方の太陽の方角」、「朝陽の方角」、「『星』の方角」と呼んでいます。しかし、徐々に白人が忍び寄ってきています。地名にもラブラドールやハドソン湾といった白人の名が入り始めています。

白人の侵入は嫌でもイヌイットの生活を変化させます。アガグックは、密造酒を村に持ち込む白人商人のブラウンを殺してしまいます。アルコールは人々を堕落させますが、他方銃や金属なしに狩はもはや不可能になってもいます。搾取されるままになるのか、伝統的な生活を守るのか、白人といかなる関係を持つのかはこの時代のイヌイットにとって最重要課題でありました。

族長であった父の死後、アガグックは新しい族長になるよう部族の人々から頼まれますが、彼は拒みます。地名にも入り込んできている白人文化は、伝統的集団社会から近代的個人主義社会への移行も引き起こしていくのでしょう。

この小説では、白人のもたらす近代文明がイヌイット社会を変容させていく様子が語られています。イヌイットの伝統的な暮らしぶりがまず描写されます。自然に対する豊富な知識により、厳しい環境に耐え抜いている様子とともに、他方では野蛮で単純な性格が際だたされています。風の匂いや空の色で天候を知り、アザラシは骨から毛皮、肉、牙、内臓と余すところなく利用します。彼らはトナカイの残骸で狼をおびき寄せ、狼の残骸で小動物を引き寄せ、あらゆる動物の足跡を知っていて、狩りの達人です。夏には小屋を、冬にはイグルーを建て、生肉を食べますが、乾燥させたり、薫製にして保存する知恵も持っています。

彼らの生活風習で強調されている点は集団性で、たとえば、なんでも分け合うことでしょう。そうしたことは、一種原始的なものとして見られています。アガグックがアザラシをしとめたあとの宴会を例に挙げてみましょう。

　歌は長く続いた。アガグックはそれに酔っていた。歌は白人の酒のような効果を彼にもたらしていた。彼はまず馬鹿笑いをした。それから突然立ち上がり、叫びながらぐるぐると駆け回り始めた。興奮するとイヌイットたちは皆このように振る舞うものだった。**インスマネ、アヨルルゴ**。もう、この気持ちの高ぶりを抑えることはできなかった。

　イリョオックは手を叩いた。他の女たちも叩いた。

　アガグックが、このように抑えることができず、駆け回っている間、男たちは叫び、足を踏みならしていた。その中の一人が長いナイフを振り回して大声で言った。**アドラオユンガ！**「俺は俺じゃない」「俺は別人になった」。

　夜明けになると、彼らは皆妻以外の女と寝ていた。アガグックだけは別だった。イリョオッ

クに癒され、ぶるっと身震いしながら、彼女の側で寝ていた。(p.135)

北の海にアザラシ狩りにでかけたアガグックはイリョオックが心配するので他の者のように沖の流氷にでる危険を冒しませんでした。岸で辛抱強く待った彼はついに二匹の大きな珍しい種類のアザラシを捕らえます。同じ日にさらに普通のアザラシを四匹獲ります。周辺で狩りをしていた他の部族のイヌイットたちも驚くほどでした。夕方になって、彼らと大猟を祝うことになります。まず、肝臓を神に捧げ、脂を搾ってイリョオックに与え、それから皆とともに内臓を生で貪《ほふ》ります。赤ん坊のタヤウートも口にほおばり、アガグックは顔を血だらけにしている息子を見て、「さすがに男だ」と言って喜びます。その後誰かが歌い出し、この一節へと宴は続いていきます。

ここに描かれているイヌイットたちの行動は確かに粗野かもしれません。生肉を喰らい、女たちを共有します。(4) アガグックがブラウンを殺して逃げたあと、村人の一人ツグガックが酒を見つけだして始まった宴会でも、当然のこととして彼らは妻以外の女と寝ています。その宴会ではブラウンが違法に持ち込んだ酒が乱痴気騒ぎを引き起こしています。アザラシ猟後の宴会では「白人の酒」ではなく、歌が陶酔を導いています。そして、何よりも宴を持つ理由がまったく異なります。一方は忌まわしい事件を酒の力で忘れようとしているのに対して、他方は成し遂げた偉業を讃え、祝うためのものです。作者テリオーはこの二つの宴会を描くことによって、白人文明に脅かされているイヌイット社会と伝統的イヌイット社会を対照させているのでしょう。

また、この小説では、イヌイットの人肉食の風習も見られます。ブラウン殺しの捜査にやってきたヘンダーソンが逃げだそうとしてラモオックに銃で撃たれた後、村人たちは傷つき倒れた彼の体に駆け寄ります。


ナイフの裏でラモオックはヘンダーソンの性器を切り取った。ヘンダーソンは恐ろしい叫び声を挙げた。

歓喜の雄叫びを放って、ラモオックは後ろに性器を投げ捨てた。女たちが駆け寄り、まだ生ぬるくてぴくぴく動いている肉に食らいついた。

ヘンダーソンは相変わらず悲鳴を挙げていた。起きあがろうとして、脚をばたつかせていた。今度はゴロックの番だった。

彼もナイフを手にして身を屈めた。横腹に切り込みを入れ、肝臓に手を伸ばした。ヘンダーソンは断末魔の叫び声を挙げた。

呪い師のゴロックは指で白人の肝臓を取り出し、生でそれを食べ、生け贄のそばにうずくまった。（pp.190–191）

この場面では、作者の誇張もあるでしょうが、イヌイットの原始性、野蛮さが衝撃的に描かれています。彼らの行動の裏には白人に対する嫌悪と畏怖が混交しているのかもしれません。さらにそここには集団意識が忍び込んでいるのではないでしょうか。村の共通の敵を前にして、族長をはじめとして、皆が黙れば、黙る。皆が殺せば殺す。それが彼らの論理なのです。

それに対して、ヘンダーソンは白人の論理を押しつけようとしていたのです。犯罪があれば犯人を捕まえなければならない。それが白人の法なのです。

白人の法が優先されねばならない。そして、それを守らせるのが彼（ヘンダーソン）の役目だった。（p.108）

しかし、生活様式が変わっても、長年に渡って築かれ守られてきた人間の意識はそれほど早く変化するものではありません。イヌイット固有の論理が村では相変わらず支配しているのです[5]。

4　集団意識から個人主義へ

先に見たヘンダーソン殺害の例に限らず、『アガグック物語』では、部族の連帯意識が繰り返し強調されています。アガグックは白人商人ブラウンを焼き殺した後、もし白人の捜査官がやってきても、部族の伝統的な連帯意識から、皆沈黙を貫くだろうと信頼しています。実際に捜査に来たヘンダーソンも村人たちの連帯意識のため口を割らせるのには時間がかかりそうだと確信しています。

また、連帯意識から村人は何でも分け合います。それは女に関してもあてはまり、宴会になると、妻以外の女と男たちは寝ます。しかし、アガグックだけは妻のイリョオックとしか寝ようとしません。

この連帯意識に裏打ちされた集団意識こそがアガグックの逃れたかったものでしょう。この小説はアガグックが村から離れ、自由な生活を送っている場面から始まっています。(6) ラモオックが処刑されたあとで、村人たちがアガグックを新しい族長にしようと要請に来たときも、家族と自分だけでツンドラで生活する方を彼は選びます。

彼（アガグック）は決断するために考えた。部族で彼のように若くして族長になることはない。その名誉には気持ちがそそられる。しかし、それは村に戻って生活することを意味する。アガグックは自分が持っているものを失いたくなかった。特に、平和を。孤独を、どんなに些細なことでも自分で決められる自由を。(p.291)

このように、アガグックは部族の伝統を破り、新しい生活を始めようとしています。アガグックの反抗は、何世代にもわたって繰り返されてきた父と子の確執かもしれません。しかし、それはまた、伝統的集団意識と近代的個人主義の対立でもありましょう。部族に留まっていては自分のことすら自分で決められません。すべてが部族集団のために部族集団によって決められるのです。自分のしたいことをしたい、自分のものは自分だけのものにしておきたい、それがアガグックの求める自由なのです。アガグックが、他の男たちと異なり、女を共有しようとせず、イリョオックという一人の女に拘ることにも、彼の個人主義が強く現れています。

5　女性の地位

イヌイットの社会は伝統的に男尊女卑の社会でした。しかし、この小説では、男女の伝統的なありかたにも変化が見られます。アガグックはイリョオック以外の女と寝ようとしません。それは確かに集団主義から個人主義への変化ですが、彼とて女性に対して伝統的な考えにまだまだとらわれています。すなわち、女は男に従うべきだと思っています。ブラウンを殺したことを後悔していないのかと問いただすイリョオックに対して、アガグックは次のように答えています。

> 俺たちの部族では、俺たちの村では、女はもっと小さな声で話すものだ。そして、男のすることに口出ししないものだ[7]。（p.302）

しかし、イヌイットの普通の女と違い、イリョオックは自分の意見をはっきりと言います。アザラシ猟の時イリョオックは「毎年二〇人からのものがアザラシ狩りに出かけるが、戻らない者も少なくない」（p.113）と心配し、危険な流氷群に出ずに岸で辛抱強く待つように懇願します。あなたがいなくなれば誰が息子のタヤウートに狩りや大自然の神秘を教えるのかとイリョオックは主張して、ついにはアガグックに沖にでないことを約束させます（pp.126–127）。

また、イリョオックは白い狼との闘いで傷ついたアガグックを看病し、その間イグルーを作り、狩りをして、男のような働きをしました。また、スコットたちの警察隊がやってきたときも、「アガグックは村を離れ、アガグックではなくなった。もはや部族の息子、ラモオックの息子ではない。アガグックはもういない」（p.248）と彼女は言ってアガグックを助けました。

事故（狼との死闘）の後、イリョオックは彼（アガグック）に新たな面を見せた。以前彼女は彼にとって貴重な女、彼に従属した雌（femelle）であった。しかし、彼女に対するのと同様な愛情を、彼は銃にも、罠にも、銃弾にも、金属のコンロにも、イグルーに吊ったランプにも抱くことができた。

事故が起き、イリョオックが熱心に看病してくれ、彼女が苦しんでいるのを見るにつけ、献身的であり、彼のどんなわずかなうめき声にも注意を払ってくれるのを見るとき、彼女は彼にとって女以上のものになっていた。そのため彼は説明の付かない困惑を感じていた。

何千年も前から女に押しつけられてきた雌の役割を越えることは彼の部族の伝統では許され

なかった。しかしながら、警官たちの前で、イリョオックは落ち着いた、不動の、面食らうような狡猾さを見せて、彼を救った。それは確かだ。アガグックはイリョオックが大きな声で話すことを、大きすぎる声で、部族の女が出すべきでないほど大きな声で話すことを非難しながらも、彼女の言ったことが正しいと認めていた。

雌以上のものになったということは、女性（femme）だということか。

しかし、それはどういう意味なのか。（p.307）

第一子のタヤウートに続いて女の子が生まれたとき、その子を殺そうとするアガグックは、それを止めようとするイリョオックと言い争いの結果、結局、彼女に従うことになります。彼はまだ幼いタヤウートが大きくなるまで女の子を養う余裕はないと言いますが、イリョオックはそれならタヤウートを連れて出ていくと脅したのです。それでも「俺が主人だ。娘は殺す。お前も出て行かせない」と言い張るアガグックを、ブラウンの命とこの子の命が引き替えになるとイリョオックは説得したのです。アガグックはイリョオックがいなくなった生活の寂しさを想像し、彼女が与えてくれる喜びに気づき、娘を生かすことにするのでした（pp.319–325）。

イリョオックの積極的な面はアガグックとの性行為においても現れています。次の場面はそれをよく表しています。

この晩、イリョオックはトナカイの皮に寝そべり、アガグックにすりよった。彼女は突然衝動的に、優しく愛撫した。彼には経験のないことだった。

エスキモーの女がリードしてはいけないことがある。男が優位であり、支配しているので、女は完全に受け身にならねばならない。

（…）

動転したアガグックは彼女の耳につぶやいた。

「止めろよ…女はそんなことをするもんじゃない、イリョオック」。(p.123)

このあとアガグックは衝動に身を任せてイリョオックを抱きます。三〇九頁でも同様に彼はイリョオックの誘惑に勝てないでいます。

イリョオックは男に従うだけの女ではなく、男と対等に議論したり、助けたり、時にはリードしたりさえします。アガグックは最初彼女の反抗に拒否反応を示しますが、いずれの場合も結局最後には彼女の言うことを聞くことになるのです。

イリョオックは伝統的なイヌイット女性の従属的な地位に甘んじていません。アガグックもそれを認めていかざるをえません。この小説は、集団意識に対するアガグックの反抗であるとともに、男中心社会に対するイリョオックの反抗でもあります。それはイヌイット社会にだけあてはまる変化ではないでしょう。

実際、一九六〇年代にカナダの女性の地位は急速に向上します。たとえば、ケベックでは、伝統的に女性は子供をたくさん産んで、家庭を守ることが重要な仕事であるとされてきました。しかし、この時代に、核家族化が進み、女性の社会進出が広まっていきます。その背景として、堕胎や離婚を認めないカトリック教会の影響が激減したことを挙げることができるでしょう。『アガグック物語』は変化の到来を告げる重要な作品の一つだといえるでしょう。

【注】

（1）本稿では、Yves Thériault, *Agaguk*, Les Quinze, 1981. をテクストとして使用した。引用の頁数は同書のもの、邦訳は小畑の拙訳である。初版は Institut littéraire du Québec から一九五八年に出ている。邦訳『アガグック物語』市川慎一、藤井史郎訳、彩流社、二〇〇六年。

（2）序論第一章注（7）を参照。

（3）ニュー・ブランズウィック州など大西洋沿岸諸州に住むフランス系の住民はケベック人と区別してアカジア人（acadien）と呼ばれ、固有の方言、固有の文化を持っている。第二部第二章第二節参照。

（4）この他にも、自分の娘をもてなしの道具として男に貸そうとする例も挙げられる。《Hala te prêtera sa fille》(p.176). また、タヤウートが生肉を食べているのを嬉しそうにアガグックが眺めている場面も他にも見られる（p.122)。

（5）例えば、ブラウンは禁止されている酒を密売する悪い白人なのだから、彼が殺されたからといって、誰も犯人を見つけて罰しようとはしないだろうと村人たちは安易に考えている（p.52)。

（6）pp.3-4. 特に p.4 で、村を離れて暮らすようになったアガグックが「自由だと感じることができた。」Il

pouvait se sentir libre. と言っている点に注目しておきたい。

（7）　別のところでアガグックは「お前はエスキモーの女じゃない」「お前は大声で話しすぎる。俺はお前を黙らせることだってできるんだぞ」とも言っている（p.322）。

第七章

『束の間の幸福』——サバイバルから現実へ

G. ロワ『束の間の幸福』Stanké

ここまで第一部ではサバイバルをキーワードに、カナダの文化を見てきました。二〇世紀に入り、隣の大国アメリカ合州国に引っ張られて、カナダも経済面では近代化がどんどん進みます。しかし、そこに飲み込まれまいと、カナダ社会は内に閉じこもり、フランス系もイギリス系も、あいかわらず祖国の栄光にすがって、アイデンティティを守ることに拘泥していました。ようやく一九六〇年代に入って、差別的移民制限の撤廃(1)に見られるように、カナダは開かれていきます。それまで、カナダ社会は伝統と近代化の狭間で葛藤を繰り返していきます。この章でとりあげる『束の間の幸福(2)』はそうした状況をよく表しています。

近代化に巻き込まれながら、その恩恵に浴することができずに苦しむ下町サン・アンリの人々がこの作品では描かれています。母ロザンナは、過酷な運命にひたすら耐えようとします。それは犠牲者の第二の態度の典型でしょう。それに対して、娘のフロランチーヌはなんとか幸せをつかもうとします。それは犠牲者の第三の態度でしょう。彼女の行動は結局悪あがきにすぎないのかもしれません。しかし、もはやただ耐え忍ぶだけではない登場人物が現れたことは特筆に値するでしょう。

1　作者と作品

作者のガブリエル・ロワはマニトバ州ウィニペグにあるサン・ボニファスというフランス系住民地区で一九〇九年に生まれた作家です。中等教育を受けた後、教育学を修め、小学校教員を経て、一九三〇年に故郷に戻ります。そこの小学校で一九三七年まで教鞭を執りますが、生徒の多くは移民の子であり、英語もフランス語も理解できない子もいたといいます。その経験がのちに『わたしの心の子どもたち』[3]で描かれることとなります。彼女の夢は俳優になることで、教員をしながら、演劇活動を続けていました。マニトバ北部のプチット・プール・ドーで最後の教員生活を過ごしたあと、夢を追って一八ヶ月間ヨーロッパへ演劇を学びに行きます。この旅行で演劇への夢を断ちきり、帰国後マニトバには戻らず、モンレアルでジャーナリストになります。一九四五年に第一作『束の間の幸福』を出版すると、四六年にアカデミー・フランセーズ賞を受け、四七年にはアメリカでも大成功を収め、この小説はケベック文学史上文字通り空前絶後のベストセラーとなりました。同じ年にフランスのフェミナ賞を受けています。この作品は英語を始め多くの言語に訳され、作者の作家としての地位を固めました。この後、ロワは自伝的な作品を次々と発表しますが、現実社会を描こうとするリアリズムの作品は見られなくなります。わずかに『アレクサンドル・シュヌベール』[4]が疎外された銀行員の苦悩を描いていますが、それもリアリズムというよりは、登場人物の内的葛藤に焦点が当てられています。一九五二年以後は、多くの旅行を続けながら、ケベック市に住み、一九八三年に生涯を閉じています。

マニトバ州は、ケベック州と異なり、大多数の州民がイギリス系です。ロワは幼いころから少数派のフランス系カナダ人としてイギリス系の人々を身近に見て育ち、また、多くの少数派の移民の子どもたちと接してきました。その結果、外部との接触が少なく、また州内では多数派であるケベックのフランス系の人々とは違った視点を持っていても不思議ではないでしょう。イギリス系とフランス系の間にある深い溝を彼女は客観的に見つめていたと考えらます。イギリス系を単純に敵視するだけでは現実は何も変わらない。「サバイバル」の精神論に陥ることなく、現実を直視しようとする態度が『束の間の幸福』には見られます。

この小説では作者の意見が露になることはなく、登場人物の考えも極力外から客観的に描かれ、また、余分な説明がなされることもありません。フロランチーヌの苦しみ、ロザンナや父アザリウスの貧困は、彼女、彼らの内面から描かれることはありません。つまり、彼らの精神的苦悩が、内的独白や会話、話者の説明によって暴露されることはありません。これら登場人物の苦しみは、彼らの行動、環境がたんたんと描かれることによって表されているのです。

2 あらすじ

フロランチーヌ・ラカスはレストランでウェイトレスをしている娘です。彼女の一家はモンレアルの下町、サン・アンリ地区で貧しく暮らしています。客のジャン・レヴェックは、フロランチーヌに惹かれていますが、素直に気持ちを表すことができません。彼は自尊心が強すぎるのです。フロランチーヌの父のアザリウスは夢ばかりを追っている失業寸前のタクシー運転手です。父が頼りにならないので、フロランチーヌの稼ぐ僅かなお金が一家の重要な収入源になっています。

フロランチーヌの一家が貧しい生活を送っているのは戦争が始まるまでの不景気によるところが大きい。アザリウスは夢ばかりを追っているなまけ者のようですが、元は家具職人として結構稼いでいた時期もありました。会社が倒産してから、自分で事業を始めては失敗を繰り返し、タクシーの運転手をしていますが、自分で車を買って独立することを考えています。

長男のユジェーヌは仕事を見つけることができないままでいます。一家はフロランチーヌの稼ぎに頼らざるを得ません。母のロザンナはそんな暮らしを嘆きながらも耐えています。大家から、まもなく立ち退きを要求されているので、頼りにならない夫に代わって、彼女が必死になって貸家を探して回ります。ユジェーヌが母に話をするときは、お金の無心か何かあるときだけなのですが、ある日、彼は軍隊に志願するつもりだと母に打ち明けます。収入を得るためにはそれしかないからなのです。

ジャンはフロランチーヌに惹かれ、また、フロランチーヌもジャンに惹かれていますが、二人とも素直に気持ちを打ち明けられません。ジャンは自尊心と強い上昇指向から、フロランチーヌに抱いているのは愛情ではなく、憐れみであると考えようとします。フロランチーヌの方では、ジャンが本気なのかどうか分からず、冷たい態度をわざと装います。最初のデートの時、フロランチーヌはしゃれたレストランでの食事に有頂天になっていますが、ジャンはフロランチーヌの様子を窺い、その洗練されない態度にすぐに気づきます。しかし、ジャン自身、そうしたあか抜けしない様子は自分たちフランス系カナダ人全体に通じるものであることを理解しているはずであり、フロランチーヌに感じている憐憫はそう簡単に払拭できるものではないのです。ただ、ジャンは自分の野心の方を大切にしようとしているのです。最初のデートですでに二人の距離をはっきりジャンは悟り、フロランチーヌと別れようとします。フロランチーヌの幸福はまさにタイトルどおり「束の間の幸福」なのです。

数日後、ジャンは友人のエマニュエルを連れてフロランチーヌの働くレストランに行きます。そして、エマニュエルをフロランチーヌに紹介し、自分は身を引こうとします。エマニュエルはフロランチーヌが気にいったようでパーティーに招待します。あまり気乗りがしないのですが、ジャンに会えるかと期待して、フロランチーヌはエマニュエルの家のパーティーにでかけます。ジャンは現れず、フロランチーヌは落胆してしまいます。エマニュエルの両親に紹介されますが、あまり気にいられてないようで、ますますいづらくなります。エマニュエル一家は、ラカス家よりもずっと裕福であり、フロランチーヌの両親を知る彼の両親は、貧しい家の娘であるフロランチーヌをよく思っていないようです。しかし、エマニュエルは両親の考えを意に介せず、フロランチーヌに愛を告白します。

冬が終わり、アザリウスの気紛れで、ロザンナの実家のある田舎にメイプル・シロップ狩りに行くことになります。この大変な時期に、ロザンナは乗り気ではありませんが、子供たちは大喜びでした。フロランチーヌは家族について行かず、一人家に残ります。彼女は家族がいなくなる機会を待っていたのです。フロランチーヌはジャンを家に誘い、こうして肉体関係を持ってしまいます。

しかし、ジャンは、すぐに後悔をし始めます。この野心家の青年は、下町の娘に心を奪われていては出世など望めないと考えているのです。彼とて、フロランチーヌと別れ難いのですが、結局町を出る決心をします。

他方、幼い弟のダニエルはメイプル・シロップ狩りに行ったあとさらに病気が重くなって、モン・ロワイヤルにある小児病院に入院させられます。アザリウスのすることはいつも裏目に出ます。結局ダニエルは数日後白血病でひっそりと死んでしまいます。

ラカス一家は家賃を払えないため、新しい家を探しますが、なかなか適当な所が見つからず、ロザンナはあちこち歩き回らねばなりません。そんな中、彼女はまた妊娠していることを知ります。他方、フロランチーヌは、ジャンとの関係を母に悟られ、家出します。フロランチーヌはジャンを忘れられないのですが、ジャンはすでにサン・アンリを去っています。とうとう、新しい借家人が来て、一家と同居し始めてしまいます。やっとのことで、見つけた家は線路脇で、騒音と煙に悩まされることになります。ロザンナの赤ちゃんが生まれ、家族がまた増えます。しかし、去って行くものもいます。長男のユジェーヌと同様、父アザリウスも出征することになります。アザリウスは、赤ん坊の出産により、現実に目覚め、お金のために志願兵になったのです。

一方、フロランチーヌはエマニュエルの熱心さに負けて、結婚します。ジャンを忘れてはいないのですが、エマニュエルとの結婚が惨めな生活から抜け出す最後のチャンスであることを、フロランチーヌはよく理解しているのです。しかし、それも、束の間の幸せなのかもしれません。夫となったエマニュエルもユジェーヌやアザリウスと共に、ヨーロッパ戦線に行ってしまうのですから。こうして、この小説は三人の乗る列車がモンレアルを去って行く場面で終わります。

不安と希望がいりまじったこの結末はケベックの将来をそのまま暗示しているのかもしれません。死んでいったダニエルに代わって、新たに赤ん坊が生まれて来ました。また、フロランチーヌからジャンは去っていきましたが、エマニュエルが言い寄って来ました。ヨーロッパへ出征していく三人は身を危険にさらすわけですが、残った家族には不安とともに希望も残しているのです。

3　イギリス系とフランス系の格差

サン・アンリから毎日のようにウェスト・マウントを見上げながら、フロランチーヌたちにはイギリス系とフランス系の格差が、彼らの貧困の原因が見えていません。日常的にはそれほど両者の溝は深かったのです。重病の幼い息子ダニエルを見舞いにロザンナはモン・ロワイヤルの丘にある小児病院[5]に行きます。そこではイギリス系とフランス系の違いが嫌でも思い知らされます。

サン・アンリの上に広がるモン・ロワイヤルの丘で、彼女（ロザンナ）はサン・ヨゼフ礼拝堂と墓地しか知らなかった。墓地には、下町の人間も、山の手の人間と同様、死者を埋葬しに来る。そして、下町の子どもたちも病気になるとこの丘にやって来られるのだ。ここでは空気は健康的で、工場が吐き出す煙や煤から守られている。煙や煤は哀れな窪地では仕事に気が張りつめた獣の吐息のように低い家々のまわりに広がっていた。彼女にはそれが悪い兆しのように見えた。（p.220）

ここには下町サン・アンリ地区と山の手ウェストマウント地区の違いが、すなわちイギリス系とフランス系の差が見事に描かれています。スモッグで薄汚れた下町と健康な空気に満ちた山の手。下町の人間は、死んで墓地に入るか、病気になって入院でもしない限り山の手には入れないのです。サン・アンリからモン・ロワイヤルの丘を登っていく途中でロザンナは息を切らせて休憩しなければなりません。ロザンナにとって実際の距離以上に病院は遠い存在なのです。病院でロザンナはさらにショックを受けます。

その子（ダニエル）は、いくつもの枕によって、ベッドに半座り状態で支えられていた。おもちゃが、掛け布団のひだのいたるところに積み重なっていた。いつも彼が欲しがっていたブリキの笛、ぬいぐるみのクマ、ガラガラ、色鉛筆の小さな箱、お絵描き帳。一生の間でもらえるより多くのおもちゃを一日でもらったのだった。そして、多分、全部を好きになるには多すぎた。（…）彼の関心を惹いたのは、ぬいぐるみでも笛でもなく、アルファベットの文字を表したカードの入った小さな箱だった。（p.222）

この一節では、一家の貧しさがブリキの笛(6)に象徴されています。どの子も持っているこのオモチャを買ってもらえず、入院前のダニエルはしきりにねだっていたのです。それが皮肉にも他の多くのオモチャとともに病気のせいで簡単に手に入ってしまいました。

しかし、ダニエルが何よりも喜んだのはアルファベットのカードです。彼は病気がちで、また、貧しさのため服や文具が買ってもらえなかったため、学校には数週間行っただけでした。彼は学校に行きたくてたまらなかったのです。他の子と同じように勉強したかったのです。この場面はフロランチーヌ一家に代表されるフランス系労働者の貧しさを病院の豊かさと対比させることによって浮き彫りにしています。ダニエルの病室のほうが、そのベッドの回りにあるものだけでも、サン・アンリの家よりもずっと豊かなのです。白血病という不治の病に倒れたからこそ、ダニエルはウェスト・マウントの富の一部を皮肉にも享受させてもらっているのです。しかし、彼の幸福も「束の間の幸福」であることはいうまでもありません。

（看護師のジェニーが部屋を出てから、ロザンナはダニエルに尋ねる。）

「あの女は英語しか話さないのかい」と彼女は軽い敵意をこめて尋ねた。「何か要る時は、頼めるのかい」。

「うん」とダニエルは単に答えた。

「（…）おまえは話す相手がいないのかい」。

「いるよ、ジェニーが」。

「でも、あの女がわからなかったら」。

「ジェニーは僕のいうことを分かってくれるよ」。(p.226)

この病院では英語しか使われていません。ロザンナは、オモチャをふんだんに与えられ、手厚く看護をしてもらっている恵まれた環境を見ただけでさえ、ダニエルが遠い世界にいるような気持ちになっているのに、英語の生活の中で少しも不自由を感じていないダニエルの姿に、息子がますます離れた存在になっていることを実感します。ウェスト・マウントに代表される裕福な地域や病院などではこの時代、英語しか話されていなかったのです。(7) ダニエルはすっかり看護師のジェニーが気にいっています。ロザンナはダニエルが「ジェニー」と愛称で呼んでいるのに驚きます。そして、思い切って「あの女を好きなのかい」と尋ねます。そして、「私達家族より好きだってわけじゃないだろう?」と付け加えます。ダニエルはちょっとためらった様子で、やっと「ちがうよ」と答えます。ダニエルは家族とジェニーのどっちが好きか聞かれて、どう答えてよいのかさぞ困ったことでしょう。幼いダニエルが惨めな家庭生活と、病院での天国のような生活を比較させられて返答に困るのは当然でしょう。天国で暮らすような息子に対して、ロザンナはますます惨めな思いをしたことでしょう。もっとも、ダニエルにしても、天国に文字通り近付いています。彼はこの後まもなく死んでしまうのですから。

それから、文字を並べ終えて、彼（ダニエル）はうれしそうに叫んだ。

「見て、僕書けたよ…」

ロザンナはダニエルが言い終わるよりより先に、布団の上にジェニーの名を認めていた。

「おまえは他のことも書けるかい」と彼女は喉を詰まらせて尋ねた。

「うん」とダニエルは優しく言った。「お母さんの名前を書くよ」。

しばらくして、ロザンナは「ママ」と並んだ四つの文字をシーツの襞の間に見た。単語を完成させるのを手伝ってやろうとすると、ダニエルが突然怒った。

「一人でさせてよ」。（p.229）

ダニエルが「ママ」と綴った時のロザンナの気持ちはいかなるものでしょうか。ダニエルがまず書いたのは「ジェニー」という名でした。看護師の名の綴りを母の名よりダニエルは先に覚え、喜んでいる様子なのです。さらに、「お母さんの名前を書く」と言った息子が、「ロザンナ」と名前を書くのではなく英語で「ママ」と書いたのです。ロザンナの悲しみは直接描かれてはいませんが、それだけ一層言い表せない深さがあります。遠ざかっていく息子に、「ママ」mamaという四文字にnを加えて「ママン」mamanとして、フランス語を教えてやることによって、ロザンナは自分たちのほうへダニエルを引き付けようとしているかのようです。しかし、息子はそれを拒否して、怒り始めてしまうのです。

4　現実が見える人物・見えない人物

『束の間の幸福』に現れる多くの登場人物は現実が見えていません。その中で、ジャン・レヴェックはただ一人現実が見えている人物です。まず、ジャンとアザリウスのカフェでの議論の場面を通して二人の違いを検討してみましょう。アザリウスはカフェの常連で、店主のサム・ラトゥールや他の常連たちと第二次大戦を巡る議論に夢中です。

「いや」とジャン・レヴェックは言った。「平和主義者は英雄だよ。彼らは自分たちの利益を頭に抱く思想に捧げる人たちなんだ。そういう人をあなたはたくさん知ってますか。僕は、便乗者しか知りませんね。ほら、戦争が始まってまだ六ヵ月だけど、どれだけの男がすでに便乗してることか。軍隊に職を得る者を始めとしてね。一日に一ドル三〇セント、たいした額じゃない。でも、大衆を動かすには充分だ。それから、今どきの武器弾薬工場の男たち、彼らに関係ないと思いますか、戦争が。上から下まで、幅を利かしているのは利益なんだ。皆が便乗者なんだ。あるいは、お望みなら、皆の戦争努力を害しないように言えば、皆は愛国者なんでしょうね」。

（…）

アザリウスは運転手用の手袋をはめた。そして、若者（ジャン・レヴェック）を威厳をもってしげしげと見た。

「いつか」と彼は言った。「暇なときに、道で会ったら、乗せてやるぜ。徴兵拒否者には強制収容所があることを、それまでの間忘れんようにな」。

「あんたの言論の自由はどうしたんだね」と、サム・ラトゥールが笑いながら言った。

アザリウスは、頭を下げ、控え目に微笑んだ。彼は少しもユーモアを失っていなかった。

「そうだな、うん、時は流れる」と、レヴェックをまったく無視して彼は言った。

「さあ、もう、次の列車の時間だ」。

彼の回りでは、会話が再開していた。当たり障りのない、とても控え目な会話だった。

「あんたんとこでは、ましかい？」と、店主が聞いた。

「まあまあだね。もっと悪かったかもしれんからね」と、ラカスが言った。

「娘が相変わらず働いてくれてるからねえ…ほら、ちょうどここの向かい、『15セント』の店で」。

「うん。一番上の娘の、フロランチーヌか。ずいぶんあんたの助けになるだろうな、なあ」。

ジャンはその名前を耳に挟んだ。テーブルに屈みこんで、運転手を見つめ始めた。彼は、この男に対して、敵意と本当の好奇心が入り混じったものを感じていた。「理想主義者。無能者」と考えていた。この夢想者の背後に、危うく、不安な家族の生活があることを彼は見抜いてい

た。(pp.48-50)

この一節にも見られるように、第二次世界大戦はケベックにおいても大きな影響を与えていました。時代は一九三九～一九四〇年にかけて、つまり、戦争が始まったばかりの頃なので、戦争の持つ本当の意味、その非人間的性格が一般には理解されていません。戦争により失業者は職を得ようと、また、愛国心という絶好の言い訳の下兵士になろうとします。皆が愚かにも戦争による利益ばかりを考えています。ジャンはそれを皮肉っているのです。彼は冷静に判断していますが、彼の意見はむしろ少数派に属しています。また、この場面で、ジャンは初めてフロランチーヌの父アザリウスに出会っています。両者の性格の対照的な様がここでよく表されています。つまり、夢ばかり追っていて現実が見えていない、労働者の典型であるアザリウスと、同じ労働者でありながら、冷静にものごとを考え出世を考えている、野心家のジャンは、戦争に対しても正反対の考えを抱いているのです。

ジャンの友人エマニュエルもアザリウス同様現実が見えていません。

「今度戦いに行こうとしてる男たちが銅の小さな勲章以外の物を欲しがっているとでも思っているのか?」(p.62)

これはエマニュエルがフィリベール小母さんのレストランで議論している場面です。軍に入ったばかりのエマニュエルは兵士の制服で店にやって来ました。そこで彼は幼馴染みの友人たちと出会い戦争について議論し、従軍する兵士の純粋な愛国心を無邪気に弁護しているのです。友人のジャンとは対照的に、エマニュエルは功利主義的に戦争を捉えていません。彼の考えは、ある意味では純粋、別の見方をすれば単純なのです。もう一度先に引用したジャンとアザリウスのやりとりを見れば、エマニュエルはアザリウスと五十歩百歩の考え方をしていることがわかるでしょう。

ジャンのように現実が見えている人物は例外なのかもしれません。フロランチーヌやロザンナやアザリウスたちがむしろ当時のケベックを代表する人物なのでしょう。エマニュエルはその中間に位置しています。彼は現実の意味を問いますが、答えを見いだせないでいます。この小説の最後でヨーロッパ戦線に出征することになった彼は「なぜ自分は出征するのか」と自問し始めます。そして、彼はフロランチーヌに尋ねます。

「どうして、君のお父さん、君のお兄さん、それに僕は出征するんだろうか。君は分かるかい?」と彼(エマニュエル)は尋ねた。

彼女(フロランチーヌ)は驚いたような目をして、彼を見た。

「あんた、どうしてあんたたちが志願したかってききたいの?」

「そうだよ」。

「そうね、わたしに分かるのは一つのことだけ。あんたたちが志願したのはあんたたちのしたことってことと」と彼女は落ち着いて言った。

彼は彼女を黙って長い間じっと見つめた。そうだ、もっと早く考えるべきだったのだ。彼女の方が民衆に近い。彼女の方が民衆を知っている。本当の答えを持っているのは彼女なのだ。彼は視線を群衆の方に上げる。そして、フロランチーヌが与えた答えが何千もの溜息を通して聞こえるかのようであった。(p.378)

エマニュエルは正義感から軍隊に入ったのですが、志願するものの中には、お金のためのものもいれば、偏狭な愛国心からのものもいます。彼は各人がそれぞれの目的を持って志願しているのは理解できても、社会全体の中で戦争がどういう意味を持っているのか理解できないでいます。現実に対して、その問題点を見つめながら、ジャンほど功利的に考えることができないエマニュエルは、フロランチーヌやアザリウスと同じ答えを採用しないのであれば、当面は自問し続けるしかないのです。

ジャンは、志願して軍に入る者たちの背後に安易な功利主義を、あるいは単純な愛国心を見てとり、その愚かさを批判します。彼はもっと狡猾に生きていこうとしています。それに対して、エマニュエルやアザリウスたち大部分の大衆は、戦争の真の意味を見抜けないでいるのです。しかし、作者自身はどちらかの肩を持ち、他方を批判したりはしていません。あくまで客観的に描ききろうとしています。

次に、ジャンとフロランチーヌが初めてレストランで食事を共にしたあとの帰り道のシーンを見てみましょう。

彼女はもう話す勇気がなかった。そして、ときどき苦悩に捕らわれていた。

「彼は私に本当にいい印象を持ってくれただろうか」。

ジャンはそれほどぼんやりしていた。

彼らはサン・アンリ駅の正面にあるノートル・ダム通りの陸橋にさしかかっていた。ジャンは立ち止まった。彼女は彼が山の方に目を上げるのが見えた。①その明かりはひと握りの最初の星々とほとんど見分けがつかないくらいだった。

「この山を見たことがあるかい」と、彼はゆっくり言った。

彼女は困って、皮肉な微笑みを浮かべた。この奇妙な若者のことが何も分からないときがあった。それから、彼女の考えは、一瞬の幸福を本当に味わったレストランに飛んでいった。そして、彼と同じように、立ち止まり、手すりに凭《もた》れて②夢を見た。彼女も山を見ていた。目を雪の中で輝かせ、ちらつく雪で目をしばたたき、彼女は山を見ていた。しかし、彼女がそこに認めていたのは、レストランの大きな鏡と自分の顔、やさしい唇、ふんわりと軽い髪であり、それらはまるで暗い水面に反射しているかのようであった。

ジャンは肩ごしに彼女を見つめていた[3]。今や、彼女を見ても彼はほとんど無関心で、ほとんど落ち着いていられた。彼女にキスしようとはもうほとんど思っていなかった。そして、これでいいのだった。フロランチーヌに対して激しく抗し難い熱情をもう失くして、彼は彼女に自分の野望を打ち明けることができた。彼らの間にある大きな距離を彼ははっきりと彼女に示してやることができた。

彼は娘のか細い手首に手を延ばして、急に笑いだした。

「君はたぶんそんなことは思っていないだろうが、ねえ」と彼は言った。「僕はね、梯子の第一段にまもなく足をかけているだろう。そして、サン・アンリにおさらばだ」。(pp.84–85, 傍点小畑)

サン・アンリ地区はモンレアルの下町でモン・ロワイヤルの丘を見上げる所に位置しています。右の引用文で山 montagne とはモンロワイヤルの丘 Mont-Royal を指しています。この名の文字通りの意味は「王様の山」[8]なので、ここでもジャンは「山」と言っているのです。モン・ロワイヤルはモンレアルの中心に位置する小高い丘で、東西に細長くのびた山頂部は現在公園になっていて、展望台もあります。南斜面の西側は、ウェスト・マウントと呼ばれ、モンレアルで一番の高級住宅街で、大邸宅が並んでいます。この場面でジャンとフロランチーヌが見上げているのはこのウェスト・マウントなのです。二〇世紀に入り工業化が進んでくると、この小説の舞台であるサン・アンり付近に農村から出てきたフランス系の労働者が集まってきます。近くのラシーヌ運河添いに工場、特に繊維工場が増え、そうした工場が人手を必要としたのです。一般のフランス系労働者にとって、経済を握り、ウェスト・マウントに住むイギリス人は見上げるだけの存在であり、そこに割って入ろうという野心を持っているものは稀でした。モンレアルにやって来たイギリス系の人々は、商工業の中枢を占め、裕福な生活をウェスト・マウントで送っていました。北斜面の東側、つまり、町の中心のちょうど裏側にはウートルモン Outremont、直訳すれば「山向こう」という地域があります。ここはフランス系住民の高級住宅街になっています。南斜面が当然日当たりも、眺望もよく、町の中心にも近く、地の利があります。こんなところにも、フランス系とイギリス系の差が現れています。南斜面の東側にはカナダで一番古い歴史を誇るマッギール大学のキャンパスが広がっています。北側斜面西側にはフランス系のモンレアル大学のキャンパスがあります。英語系、フランス語系を代表する二つの大学を比べても、英語系のマッギール大学の方がずっとよい場所を占めています。イギリス系がフランス系を長く支配してきた歴史がここにも感じられます。元来、フランス系住民はメイン・ストリートであるサン・ローラン通り（英語ではセント・ローレンス通り）の東側に主として住んでいました。ビジネス街や華やかな商店街は西側の英語系地域に集中していました。モンレアルの中心は元々港に隣接する現在のヴュー・モンレアル（オールド・モントリオール）にありましたが、その発展とともに、徐々に西へ移動していったのです。(9)

多くのフランス系労働者はイギリス系との格差が見えず、抑圧された状況に苦しむだけでありました。ジャンはそうした状況を乗り越え、成功を夢見る数少ない若者です。彼にとって、フロランチーヌは、憐れみの対象ではあっても、彼の夢を理解できない、彼にはそぐわない娘なのです。ウェスト・マウントを見上げながら、野心を燃やすジャンとは対照的に、フロランチーヌは同じ山を見ながら、レストランで今しがたすごした「束の間の幸福」を反芻するばかりで、「山」が象徴している現実、イギリス系にフランス系が支配されている現実に目を向けず、夢を見ているのです（一八〇頁傍点②）。傍点①が示しているように、フロランチーヌにとって、ウェスト・マウントの家々の明かりは、手の届かない星のようなものなのです。

それに対して、ジャンはこの最初のデートでフロランチーヌをじっくり観察し、傍点③のように彼女が本当にどんな娘なのか見極めようとしています。

「どうして、僕はこの娘をここに連れて来たんだろう」と、テーブルの端をつかんで、彼（ジャン）は思った。「うん、分かってる、もう何度も考えた。彼女のありのままの姿を見るため、そして、どんな幻想も抱かないためだ」。（p.83）

レストランへ向かう電車の中でも、ジャンは彼女を「試すように見ていた」（Jean l'examinait）とあります。最初のデートの別れ際にジャンとフロランチーヌの違いはもう決定的になっています。

ゆっくりと彼ら(ジャンとフロランチーヌ)はまた歩き始めた。それぞれが自分の考えを辿っていた。彼らの考えは反対に流れていた。まさに正反対なので、彼らはもう一生理解し合うことはできないだろう。

ジャン「もう、僕は彼女には会わない。おお、多分あと一度か二度は、少しも後悔しないように会うかもしれない。でも、すぐに終わらせなければ…」

そして、フロランチーヌ「彼を何とかして家に誘わなければ」。(p.86)

ここまでみてきたように、『束の間の幸福』で現実が見えているのはジャンだけです。フロランチーヌも、アザリウスも、エマニュエルも、現実を正面から捉えることができないでいます。この三人の人物は夢を見ることによって、現実から逃避しています。それは、『赤毛のアン』のアンにも似ています。ただし、成長して行くアンとは違って、彼らは最後まで現実を直視することはありません。

さらに、母ロザンナは現実に打ちひしがれ、夢を見ることさえできません。四十を過ぎて九人目の子どもを妊娠していることをフロランチーヌに告白した後で、ロザンナは娘に「仕方ないだろう、フロランチーヌ、人生は思うようにはならないんだよ。なるようにしかならないのさ」(p.90)と言います。ロザンナは犠牲者の二番目の態度の典型でしょう。犠牲者であることは認めますが、それが運命であり、受け入れるしかないと諦めているのです。これは、当時のフランス系カナダ人を代表する態度でもあります。

それに対してフロランチーヌは「嘘よ。わたしは思うようにやってみせるわ。母さんのように貧乏にはならないわ」(p.90)と考え、「幸せを約束する音楽に夢心地で包まれているように」ジャンとの初デートの思い出に浸っています。また、ジャンの子どもを身ごもったままエマニュエルと結婚しようとするフロランチーヌに、結婚式の朝、ウェディング・ドレスを着るのを手伝ってやりながらロザンナは「間違ってると思うなら、好きで結婚するんじゃないなら、誰か他に好きな人がいるなら、遅くないんだよ」と諭します。しかし、フロランチーヌは「ほっておいてよ。一人で着られるから」と言い放ちます(p.345)。フロランチーヌは、サン・アンリを去り幸せをつかむチャンスをエマニュエルとの結婚にかけているのです。彼女やアザリウスの態度は第三の態度だと言うことができるでしょう。つまり、犠牲者の立場に甘んじることなく、何とかそこから脱しようとするのです。しかし、現実と対峙することなく、抑圧の真の意味を問うにいたらなければ、「夢」もいつかは覚め、幻滅から第二の態度に後戻りとなるでしょう。実際、結局志願して軍に入らざるをえないアザリウスも、エマニュエルと結婚したフロランチーヌも、将来は決して明るいものとは思えません。

カナダが実際に開かれた社会へと変貌していくのは、一九六〇年代を待たねばなりません。ともかく、この章の冒頭で述べたように、「夢」を実現させようとする人物も描いている点で、『束の間の幸福』はカナダ史上画期的な作品だということができるでしょう。

【注】

（1）カナダは、アジア系やアフリカ系など、いわゆるヴィジブル・マイノリティに対して、「同化しにくい」という理由から、ヨーロッパ系よりも厳しい条件を付して移民を許可していた。人種による差別的な移民制限は一九六〇年代に段階的に廃止され、カナダは多文化主義社会へと変貌していく。

（2）Gabrielle Roy, *Bonheur d'occasion*, Société des Éditions Pascal, 1945; coll. «Quebec 10/10», Stanke, 1978. 本稿の引用の頁数は後者のもの。邦訳は小畑の拙訳である。

（3）*Ces enfants de ma vie*, Beauchemin, 1977.

（4）*Alexandre Chenevert*, Beauchemin, 1954.

（5）モン・ロワイヤルの丘にはMontreal Children's Hospitalが実際にある。

（6）ブリキの笛は、この小説の英語のタイトル Tin Flute になっている。

（7）ザ・ベイ等のデパートでフランス語で買い物をすることは一九六〇年代初めまで憚《はばか》られたというエピソードがこうした状況をよく理解させてくれる。つまり、イギリス系が上流階級をフランス系が下層階級を構成し、上流社会でフランス語は市民権を得ていなかったのである。

（8）フランソワ一世の命を受けて探検に来たジャック・カルチエがサン・ローラン河を遡って探検し（一五三五年）、当時オシュラガと呼ばれる先住民の集落があった現在のモンレアルに辿り着いたとき、平地の中に長くのびる丘が目を引き、彼はそこに登って周囲を眺望した。サン・ローラン河の中に浮かぶこの島（現在のモンレアル島）を見下ろす丘をフランス王に捧げて、ジャック・カルチエは「王の山」Mont-Royalと名付けた。「王様の」という意味の形容詞として、当時はRoyalと同時にRealも用いられていた。そのため、Mont-RealとMont-Royalと両方の言い方が当初はあった。その後、丘の名前としては、Mont-Royalが、町の名前としてはMont-Realの方が定着して、現在に到ったのである。

(9)　そうした地域は英語圏であった。こうした傾向は現在でも続いており、つまり、モンレアルの東の地域ではフランス語系住民が多く、西寄りの地域は英語系住民が多く住んでいる。ここで英語系住民とは、旧来のイギリス系ばかりでなく、日常的に英語を使用している者全体を指す。フランス語系も同様に、旧来のフランス系ばかりでなく、フランス語を使用している者全体を指す。

第八章

『赤毛のアン』と『東の間の幸福』の比較
――キッチュの可能性

プーチーヌ。カナダを代表するキッチュな食べ物。フライド・ポテトにモッツァレラ・チーズとグレービー・ソースをかける。友武栄理子撮影。

サバイバルから逃れることに熱心なあまり、現実の見えていない人物を前章では考察してきました。ところで、現実を見据える困難は、『束の間の幸福』に見られるように、フランス系に限ったことなのでしょうか。それは『赤毛のアン』のイギリス系の人々にもあてはまります。第一部の最後に、現実を見つめて、サバイバルから解放される一歩手前にいる人物たちをキッチュという概念を使って考察してみましょう。

1 『赤毛のアン』のキッチュ

第一部第三章でみたように、『赤毛のアン』のマリラやレイチェルの生活は現実に立脚しているようです。しかし、彼女たちに代表されるアヴォンリーの人々の特徴は、アトウッドが犠牲者の態度として第一に挙げているものにぴたりとあてはまります。イギリス的伝統を守り、プロテスタントの規律正しい生活を送ることによって、「自分たちも犠牲者なのだ」という事実を村人たちは見事に否定しきって演じています。

しかし、実際は彼女らも現実を否定し、「より良い世界」の美化されたイメージを模倣して自己満足を得ているのではないでしょうか。つまり、まず、カナダという辺境の地に追いやられた疎外感を否定し、次に、田舎ではあるが、敬虔で躾のきちんとした生活を守り、アフタヌーン・ティーなどの風習を受け継ぐ、「大英帝国の忠誠な長女(1)」のイメージをなぞっているのではないでしょうか。この物語が「島」を舞台にしていることもイギリスの「島性」[2]と適合しています。マリラたちの世界はイギリス社会の模倣であり、こうした観点からみるとそれはキッチュ[3]で滑稽な様相を帯びてきます。

ここで少し、「キッチュ」という概念について再確認しておきたいと思います。序論の第二章で検討したように、本書では、キッチュを「現実の対象に価値をみいだせず、出来合いのイメージにモデルを見いだし、そこに迎合することによって快感を得る」ことと定義しておきました。キッチュが与えるエクスタシーには、連帯感が必要です。一人でテレビを見ている時に画面から流れてくる笑い声に同調して笑うときの快楽がその好例でしょう。バラエティ番組に観客席が設けられるのは珍しいことではありません。タレントたちの芸だけではなく、ときにはそれ以上に、観客の反応が重要であることを番組制作者はよく知っているのです。スタッフのこれみよがしの笑いがわざわざ収録されることも常套手段でしょう。視聴者の側では、理屈抜きで、可笑しかろうがなかろうが、多くの人と笑っているという感覚が重要なのです。こうした連帯感は孤独から人間を救いますが、それが現実のものではないところに滑稽な悲しさが潜んでいます。キッチュに欠くべからざる要素がこうした連帯感に裏打ちされた感情的熱狂なのです。

マリラたちのキッチュを引き出すにも「観客」が必要です。その役割を果たしているのがアンです。彼女らの滑稽さをただ一人指摘できるのはアンなのです。アンは彼女たちが否定しているものを暴いてみせます。アンにとっての「喜び」は、マリラたちには「快楽」であり「欲望」であり、抑えなければならないものでした。

ところで、アンが迎合している価値観はどこから来ているのでしょうか。それは読書にありました。アンは学校にあまり通いませんでしたが、本を読むのが大好きです。それに没頭してしまいしばしば失敗してしまいます。エレイン姫の真似をしてボートで流されてしまうのも、テニスンの詩から影響を受けてのことです。しかし、成長とともに、アンが断定的に合意するのは書物から学んだ美学ではなく、マリラたちの美学になっていきます。想像の世界で書を読んでいる人たちと架空の連帯感を楽しんでいたアンは確かに滑稽でキッチュです。それでは、現実世界でアヴォンリー村の人たちと連帯していくとき、アンはキッチュでなくなっているでしょうか。

キッチュはより良い世界を求める点では閉鎖性を破り、現実を越えようとする願望の表現でしょうが、孤独から逃れるために連帯感を求め、そのために逆説的に新たな「キッチュ」に陥っていくと考えられます。

サバイバル論に即していえば、現実の対象に価値を見いだせず、より良い世界を求めるキッチュは犠牲者の第三の態度でしょうが、それが出来合いのイメージにモデルを見いだし、そこに迎合することで満足してしまえば第一の態度になってしまいます。つまり、連帯感によって自分は犠牲者ではないと思えるようになってしまい、もはや現実の問題点と向き合うことがなくなってしまうのです。第一の態度の特徴である「差別意識」もそこにはつきまとっています。そのとき、新たな差別意識は一般的に受け入れられている価値観に迎合できなかったものへ向けられていくことでしょう。

『赤毛のアン』はこの後シリーズ化されますが、村人の価値観とアンの価値観が一致してしまえば、キッチュを照射する視点がなくなります。アンは当初書物が提示する価値観と連帯していました。それはマリラが代表する日常的な価値観と異なるため、アンのキッチュさを際だたせていました。それに対して、マリラたちのキッチュさを浮き彫りにしていたのがアンの想像力でした。アンがマリラたちの価値観を共有していくとき、そのキッチュさを照射する視点はどこにあるのでしょうか。その問題は本章の第三節で考えてみたいと思います。

2　『束の間の幸福』のキッチュ

『束の間の幸福』のヒロインであるフロランチーヌもアンに劣らずキッチュです。ここでは、その共通点と、相違を検討してみたいと思います。

前章で見たように、最初のデートですでに二人の距離をはっきりジャンは悟り、フロランチーヌと別れようとしています。フロランチーヌの幸福はまさにタイトルどおり「束の間の幸福」なのです。その最初のデートの帰り道の場面をもう一度見てみましょう。

それから、彼女の考えは、一瞬の幸福を本当に味わったレストランに飛んでいった。そして、

> 彼と同じように、立ち止まり、手すりに凭《もた》れて夢を見た。彼女も山を見ていた。目を雪の中で輝かせ、ちらつく雪で目をしばたたき、彼女は山を見ていた。しかし、彼女がそこに認めていたのは、レストランの大きな鏡と自分の顔、やさしい唇、ふんわりと軽い髪であり、それらはまるで暗い水面に反射しているかのようであった。（pp.84–85. 傍点小畑）

ウェスト・マウントを見上げながら、野心を燃やすジャンとは対照的に、フロランチーヌは同じ山を見ながら、レストランで今しがたすごした「束の間の幸福」を反芻するばかりで、「山」が象徴している現実、イギリス系にフランス系が支配されている現実に目を向けず、夢を見ているのです。思い出はすでにイメージですが、特にそれが傍点部のようにナルシスティックなものであれば、それに浸ることはキッチュな行為です。貧しい生活に追われる現実をフロランチーヌは夢に置き換えているのです。彼女の夢とは素敵な若者と洒落たデートをすることです。それは小さな陳腐なものかもしれません。しかし、それが彼女にとって不幸な現状から抜け出す手段なのです。

フロランチーヌの「夢」はレストランから続いています。レストランに入るやいなや、彼女はすでに夢の中に入っています。

> 彼ら（ジャンとフロランチーヌ）は照明の抑えられたこぢんまりとしたレストランに入った。突然、彼女の目の前に、テーブル・クロスの白さと、ガラスの煌《きら》めきが踊った。彼女にとって

すべてが夢だった。勇気をだして、彼女は夢の中に入っていった。(p.81)

フロランチーヌは若者とデートしていること自体に満足し、ジャンの視線と出会っても、そこに鏡のように映る自分の姿しか見ていません(p.79)。フロランチーヌは、現実の惨めな姿から解放され、デートをしている自分に見入っているのです。彼女はジャンに突然強引に誘われてデートに来たので、よそ行きの服を着ていませんでした。それで、「新着のドレス、体にフィットして、胸を小さく丸く見せ、腰をほどよくはって見せるドレス」を着て来られなかったことを残念に思い、時間があれば「髪にはピンを、腕にはブレスレットを四つか五つジャラジャラと、ブラウスにもブローチを付けて来られたのに」と思っています。さらに、初めてのデートなのに着飾っていないフロランチーヌは、せめて化粧でもと電車の中で必死になって手探りで口紅を探します(p.80)。レストランの化粧室で化粧を直してきた彼女は口紅を分厚く塗り、下品な香水をふりまいています(p.83)。彼女が夢見ている着飾った自分のイメージは安っぽいファッションなのです。それは同じレストランで働くマルグリットたちとの会話などから汲み取られたものでしょう。アンにとっての書物の役割をフロランチーヌにあっては大衆文化が担っているのです。ファッションも多くのものとの連帯を確認できるキッチュなものでしょう。特にそれが感覚と結びついたイメージである点を考えるならば、書物以上にキッチュです。

3 キッチュを照射する視点

カナダの現実は長くて厳しい冬に代表されるように過酷です。ジャック・ゴドブーはそのため「カナダ映画では想像力が育たず、ドキュメンタリーに見るべき作品が多い」と来日の際語っています(4)。アトウッドも指摘するように、圧倒的に強大な自然、あるいは無慈悲な運命と、それを前にしたときの人間の無力とがカナダ文学の根底に確かにあります。極寒の地に住むイヌイットを描いた『アガグック物語』、フランソワ・パラディが雪の森に迷って死ぬ『マリア・シャプドレーヌ』や動物の悲劇的な死に満ちた『シートン動物記』、土をこよなく愛する農民ユカリストが大地を捨てアメリカ合州国に移住しなければならなくなる『三十アルパン』などを思い起こしてみればそれはよく理解できるでしょう。

しかし、カナダ文学にも想像により熱狂する有名な人物がいました。『赤毛のアン』のアンです。彼女は過剰な想像力によって厳しい現実を読んだ本になぞらえて自分好みに変えて楽しもうとしています。アンの態度は明確にキッチュです。『東の間の幸福』のフロランチーヌも前節でみたように多分にキッチュです。彼女もアンと同様に夢をみています。そして、恋愛そのものよりも、恋をしている自分の姿に酔っています。価値観の源泉がアンの場合はイギリス文学を主とした書物の世界であり、フロランチーヌの場合はファッション誌であるという違いはありますが、この二人のヒロインにわれわれはキッチュ的自己満足の典型を見ることができるでしょう。

キッチュが「より良い世界を夢見る」人間の根源的な営みであるなら、幸福を追求する登場人物はある意味でほとんどすべてキッチュであると言うことができるでしょう。しかし、キッチュが「現実そのもの」を対象とするのではなく、「現実のイメージ」を対象としている点に注目しておきたいと思います。キッチュが迎合する既存のイメージは現実のふりをすることがしばしばあります。ある人物がキッチュであるためには、他の人物がそれを指摘できねばなりません。「断定的合意」の虚飾性に誰かが気づいていなければならないのです。

そういう登場人物がいなければ作者がそれを意識していなければならないのです。さらに、作者が意識していなくても、読者や批評家が作者を、あるいはその作品をキッチュだとして読むこともできます。例えば、夢を現実だと思っている人自体はキッチュではありません。それに迎合する人ばかりであれば、夢は「現実のふり」をしたままになります。「現実のふり」を暴く視点があって初めてキッチュはキッチュたり得るのです。そうした意味でマリラにはアンが必要なのであり、アンにはマリラが必要なのでした。

『束の間の幸福』ではフロランチーヌを見つめるジャンの目が彼女のキッチュを浮き彫りにしています。ジャンの視線はエマニュエルや他の人物にも適応できるでしょう。本書ではとりあげませんでしたが、アザリウスも多分にキッチュです。実際この小説では、ジャンとロザンナだけが現実を見つめています。ただし、ロザンナはそれに甘んじるだけで、その意味を理解することはありません。

繰り返しになりますが、『東の間の幸福』の夢見る登場人物は、『赤毛のアン』のアンに似ています。しかし、キッチュを照射する視点がジャンにしかありません。『赤毛のアン』のように、相互に影響しあうことが彼らにはできません。出世主義のジャンも多分にキッチュな要素をもっていると思われますが、他の登場人物にそれを指摘する余裕がないのです。『東の間の幸福』の登場人物たちの間には、双方向に働く好奇心が見られないのです。

4 サバイバルから抜け出す好奇心――キッチュの可能性

『東の間の幸福』の登場人物の中で、ジャン・レヴェックだけは現状を克服して犠牲者でなくなることができるのでしょうか。ジャンは結局、自分だけ貧しいサン・アンリを抜け出して、ウェスト・マウントに住むようになるだけではないでしょうか。それは犠牲者の第一の態度といえるでしょう。つまり、「自分は頑張って出世したのだから、犠牲者ではない」という態度です。

第一の犠牲者の態度の問題点は何だったでしょうか。第一章を思い起こしてください。一番の問題は「頑張って成功できなかった彼らが犠牲者なのだ」という差別意識です。差別の対象は、出世したジャンの場合、フロランチーヌたちサン・アンリに住む人たちに向けられるでしょう。頑張って成功した人は、えてしてそこに満足してしまって、他者への好奇心を失ってしまいがちです。出世してサン・アンリを出ていったジャンはフロランチーヌたちのことを考えることがなくなってしまいます。

第一部でみてきた他の登場人物たちはどうでしょうか。『三十アルパン』のユカリストは村社会を抜け出しますが、それは彼の好奇心からではなく、情勢に流されてのことです。サバイバル論に即していうならば、彼は第二の態度にあてはまるでしょう。アガグックは初めて自分の意志で共同体を脱した人物といえます。彼の好奇心は、集団でサバイバルを図る共同体の外に向かいました。しかし、彼にしても、「自分は犠牲者ではなくなった」、「部族に残ったやつらが犠牲者だ」という差別意識が生まれ、第一の態度に後戻りする可能性があります。それは『束の間の幸福』のジャンにもあてはまります。アトウッドも述べているように、社会が抑圧されている限り、第三の態度からさらに先に進んで、自分だけ「犠牲者でなくなる」ことはできないのです。

その意味では、アヴォンリーの人たちも完全に解放されているわけではありません。アンやマリラの好奇心は外に向かうことはなく、イギリス系内部でしか働いていません。カナダにおいて、英仏の壁を越えて、双方向に好奇心が交わされるようになるには一九六〇年代を待たねばなりません。

確認しておきたいのは、第一部でみてきた作品が抑圧から解放されきれない人物や社会を描いているからといって、くだらない作品であるわけではけっしてありません。そうした状況といかに向き合って、掘り下げ、熟成されているか、そうした様々な要素が作品を読んでいくおもしろさを決定しているのではないでしょうか。幸せな物語であっても、読む楽しみが少しも感じられない作品も少なくありません。

また、キッチュな人物を描いているからといって、必ずしも作品自体がキッチュだということにはなりません。キッチュは目立たなければ、キッチュとして機能しません。それを指摘できる人物がいなければ、キッチュとして意識されません。キッチュは悪趣味で、借り物かもしれませんが、それが意識されて滑稽にみえるとき、既成の価値観も揺るがす可能性があります。重要なのはキッチュを照射する視点があるかどうかでしょう。

【注】

（1）イギリスからけんか別れした「粗野な長男」アメリカ合州国に対して、カナダは「大英帝国の忠誠な長女」と呼ばれた。第一部第三章注（16）『カナダの歴史—大英帝国の忠誠な長女 1713 - 1982』。

（2）「サバイバル」を提唱したアトウッドは、イギリス人の特性として、秩序だったまとまりとして「島性」をあげている。

（3）第一部第三章第三節「キッチュな想像力」を参照。

（4）第一部第三章注（9）参照。

第二部　ありのままの現実・見えにくい現実

第二部では、伝統的なサバイバルから脱して、現実を直視しようとする作品を扱います。しかし、現実を見つめることはたやすいことではありません。われわれの知覚や思考は、序論でみたように、習慣化しやすく、既成の枠が根強く残り、無意識のうちにそれにとらわれてしまうものです。

イギリスやフランスの伝統にすがることなく、現実と向き合って、等身大の自画像をまず出発点としようとする作品は、英語作品にも、仏語作品にも共通して多く見られます。それはまた移民作家による作品についても同様です。

新たなアイデンティティを求めても彷徨うしかなく、また、あるいは、既成の参照体系に迎合してしまうしかないことも多いのです。こうした態度をわれわれはキッチュとしてとらえたいと思います。それはカナダだけではなく、現代社会に共通してみられる風潮ではないでしょうか。

まず、カナダとは何か。第一章では、伝統的な「サバイバル精神」に代わる新たなカナダ像をアメリカ合州国との比較によって探ってみましょう。

第一章　アメリカ化しないカナダ——『炎と氷』

M. アダムス『炎と氷』Penguin Canada

グローバリゼーションという名の妖怪が世界を席巻しています。アメリカ合州国化にすぎないという批判にもかかわらず、経済面のみならず文化面でもそれは着実に蔓延してきているようです。ハンバーガーやピザのファースト・フード店はどこに行っても見かけられますし、ハリウッド映画は映画館だけでなく、ビデオやDVDとなって家庭に入り込んでいます。こうした状況下で、合州国と長い国境を接し、フランス語使用地域もありますが、英語使用人口の多いカナダではアメリカ化がさぞ進んでいるだろうと思われるのも当然です。

確かに、カナダでは、アメリカ製のテレビ番組が多く放送され、プロ野球やアイス・ホッケーもいっしょにリーグを組んで試合をしています。また、先住民がいて、多くの移民からなる多民族国家であることも合州国と似ています。しかし、実際にカナダはアメリカと大差のない国なのでしょうか。

外交面では、二〇〇三年のイラク戦争に際して合州国による「国連の合意なき開戦」に反対しました(1)。また、二〇〇五年二月には、「軍拡につながる」との世論の強い反対があって、米国のミサイル防衛構想（MD）への不参加を当時のマーティン首相が決断しています(2)。また、マイケル・ムーアの映画『ボウリング・フォー・コロンバイン』(3)で有名になったように、銃保有率は変わらないのに、合州国に比べて格段に銃犯罪率が少ないことなど、社会的にもその性格を異にしています。同じ多民族国家であっても、合州国が「アメリカ」化を前提とする「人種のるつぼ」（メルティング・ポット）と呼ばれるのに対して、カナダは多文化主義を掲げ、それぞれの民族の文化を認めあい、共存する「モザイク」ないしは、「サラダ・ボウル」と呼ばれています。

一方、日本は言葉も違うし、移民を認めず、人種も多様でなく、伝統文化もあり、合州国とは一見非常に異なっているように見えます。しかし、バブル経済崩壊後日本が歩んでいるのはアメリカ型市場原理最優先の方向であり、日本人の価値観は大きくアメリカの方に振れたのではないでしょうか。外交面でも、イラク戦争に見られるように対米追随を繰り返しています。ミサイル防衛構想（MD）に関しても、当時の安倍晋三首相は、MDシステムを日本の防衛目的に限定するとした官房長官談話(4)について見直しを示唆し、「米国に向かった弾道ミサイルを日本のMDで迎撃すること」を研究する必要性を述べています(5)。

この章では、わが国のみならず世界でもあまり知られていないカナダ社会の実態を、マイケル・アダムス(6)の『炎と氷(7)』を参照しながら考察し、合州国との違いを検討してみたいと思います。それを通じて日本と合州国との関係のあり方も探ってみましょう。

マイケル・アダムスは一九九二、一九九六、二〇〇〇年の三回に渡って行なった価値観調査を分析して、カナダの価値観が合州国と異なってきていることに驚いたといっています。カナダ人は健康保険制度を持ち軍事力のないアメリカ人にすぎないとしばしば言われます。しかし、一九九二年の最初の調査ですでに興味深い相違が認められ、一九九六年の再調査でそれは明確になり、二〇〇〇年にはさらに広がってきているといいます。

羨望と、賞賛と、憤慨と、恐れと嫌悪感をないまぜにしてカナダ人は長い間アメリカ合州国を見つめてきました。こうした感情は日本人にも共通するものでしょうが、カナダ以上に絶え間なく合州国を見ている国はないでしょう。

合州国は西欧資本主義の原動力であり、驚くべき技術革新の源であり、大衆文化の母胎であり、史上空前の軍事大国です。しかし、合州国の犯罪率があらゆるカテゴリーにおいて他の先進諸国の三倍であり、合州国の富のはなばなしい誇示をもってしても、最下層の怒りと失望を隠すことはできません。合州国がジョージ・W・ブッシュの指導下で軽率な単独主義傾向を強めているのに対して、カナダは国連中心主義を貫いて、アクスワージ外相を中心に対人地雷全面撤廃条約の実現で主導的役割を果たし、国際刑事裁判所(8)設立に関してもカナダはイニシャティブをとったし、合州国が世界中で戦っているあいだに、カナダは立派な世界市民であろうと絶えず苦闘しているのだとアダムスはいいます。

合州国の繁栄と成功をガラスに鼻を押し付けるように間近にカナダ人は見ているけれども、慎ましい態度を保ち、声高に要求もせず、寛容さに基づく社会を彼らは現在大事にしているのです。

『炎と氷』によれば、一見似ているようであっても、最も基本的なレヴェルで、すなわち価値観というレヴェルにおいて、つまりわれわれを取り巻く世界をどう理解し、いかに反応するのかに影響する感情や信念のレヴェルで、カナダ人とアメリカ人はかなり異なり、さらにこの違いが広がっているのです。

伝統的なカナダ社会では、権威が信頼され、集団の権利、公共制度が重んじられてきました。それに対して、合州国では、権威に対する不信が強く、個人主義、私的利益の追求が重視されてきました。しかし直感とは異なる変化が生じてきました。カナダ人は、組織化された宗教、家父長、政治的エリートといった伝統的権威から距離を置くようになってきています。一方で、相当数のアメリカ人が無制限の個人主義の代価として、投資の失敗や病気や犯罪が一瞬にして夢を悪夢に変えてしまう国で、教会や家族に、あるいはコミュニティや各種のクラブに安らぎを求めています。カナダ人は社会実験の最前線におり、多様で柔軟な役割やアイデンティティを特徴とする新たな社会学的ポスト・モダニティを際立たせるようになってきています。それに対して、アメリカ人は、何世代にもわたって自由と独立の理想の下に育てられてきましたが、今の社会環境の中に適切な安全と安定を見出せず、個人的な探検を行なうのに必要な自律を擁護できなくなっています。そうした不安を抱く人々の受け皿の一つがキリスト教原理主義であり、ブッシュ政権を支えていたのです。

実際に、ティー・パーティーや秘密結社の類が合州国では今でも健在です。自分たちの利益を自分たちで守ることはアメリカ人にとって当然のことです。「お上」である政府は信用できないと考えている人が多くいます。

『炎と氷』では、社会的価値観が二つの軸によって、四つの象限に区切られた地図上に分布されて表されます。まず、社会的価値観地図1を見てください。縦軸は「権威―個人」です。権威信奉に

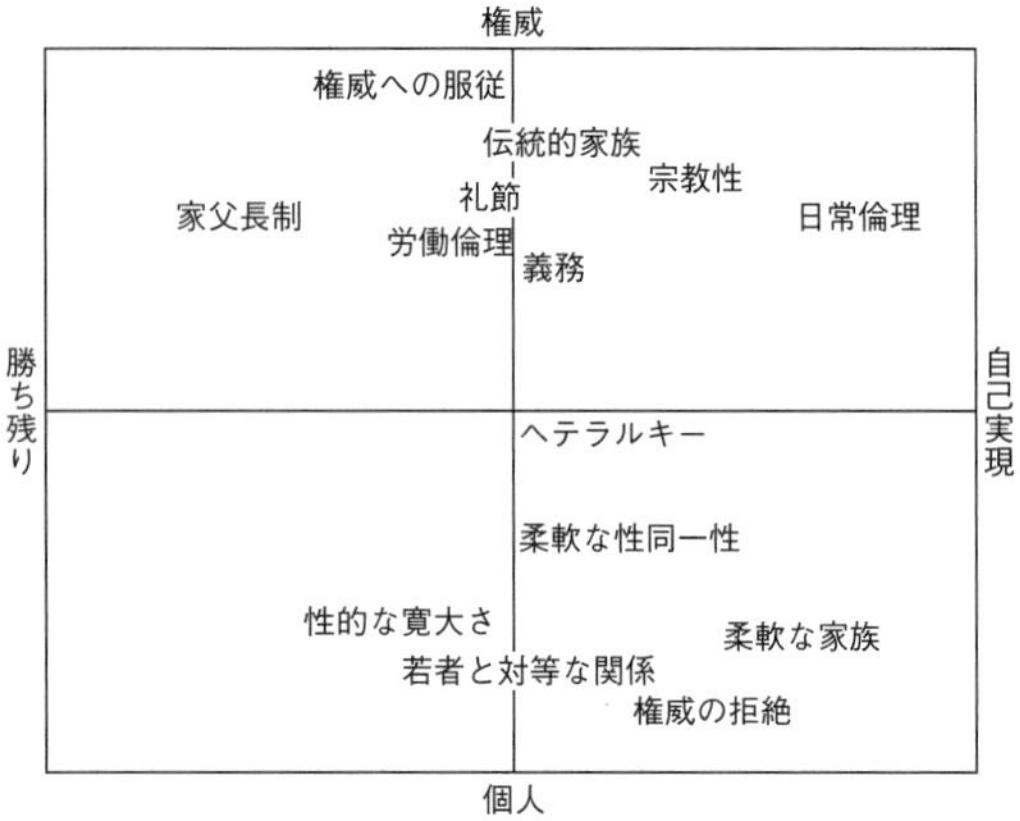

社会的価値観地図 1（『炎と氷』 p.22）

結びつく価値は地図の上のほうに位置づけられます。それに対して、「個人」に結びつく価値は下のほうです。この社会地図の上に位置する人は、宗教指導者や父親の命令に従うべきであり、ビジネスの世界では明確なリーダーがいるときにもっともうまくいくと信じています。

地図の下部の「個人性」の端には、権威を尊ぼうとしない人々がいます。彼らは、あらゆる側面で自分自身の選択をするのが好きです。また、厳格なヒエラルキーがなく、リーダーシップが流動的であるときにもっとも効果的に仕事はなされると考えます。

次に、社会的価値観地図2を見てください。横軸は「勝ち残り―自己実現」の軸です。軸の左側には、勝ち残りと物質的利益に結びつく価値観があります。この軸の最極端に位置する者は「公正な賞罰」を得る原則に即して、自分の「代償」を得ようとします。自分がそれに値すると思うものを得ることが誰かを排除したり、拳にものを言わせることであったり、また、環境に何らかのダメージを与える結果になったとしても、それは仕方ないのです。

もう一方の「自己実現」の側には、生活水準よりも生活の質により関係する価値観があります。この象限の人は、お金を稼ぐことよりも、全体として社会をより良くすることとともに、個人の成長や幸福に関心があります。理想主義的傾向がここには大量にあります。

社会的価値観地図の縦軸が、煮詰めれば秩序を望むのか、あるいは、それ無しのほうがより気楽に感じるのかに帰するのに対して、横軸は変化に対して閉鎖的で頑なであるか、それとも柔軟で開かれているかを表すことになります。左に位置する人々は目に見えて計測できる成功に関心を持ちます。賞賛されたり、物質的報酬を獲得し、またそれを見せびらかしたりすることを好み、外面的なステータスを追い求めます。他方、右側の人々は、健康や個人の成長や学習における内面的な成功を求め、自分の基準を信じて自己実現を得ようとします。

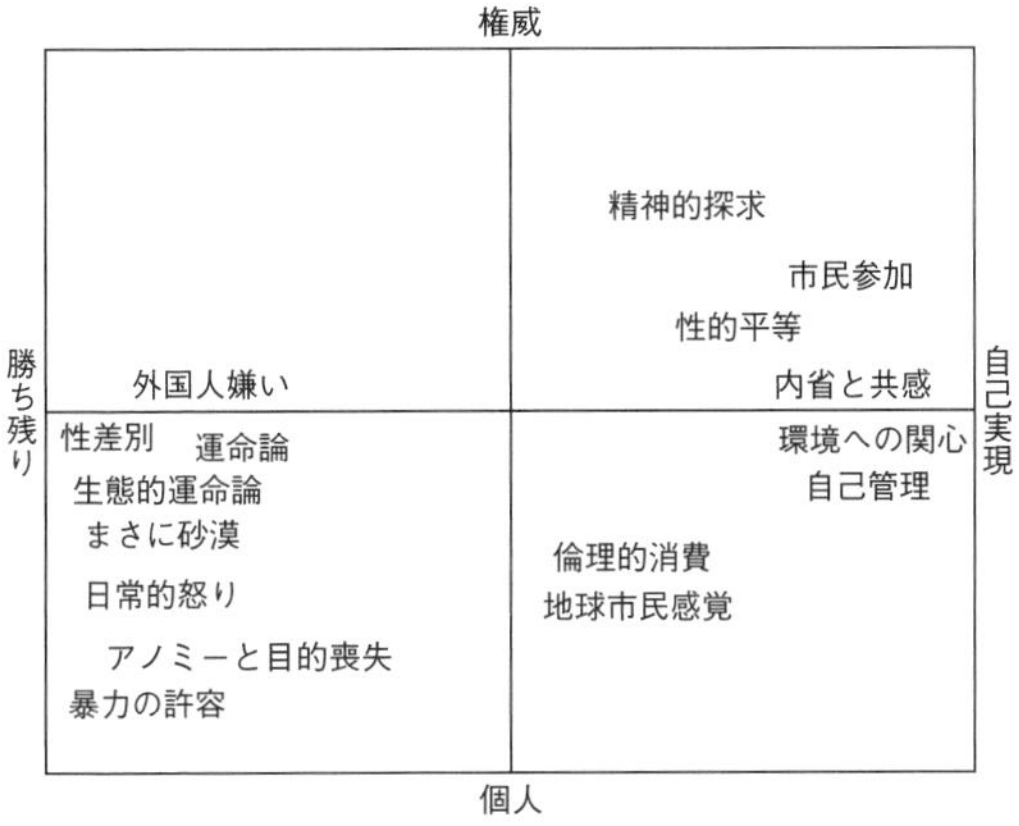

社会的価値観地図 2（『炎と氷』 p.25）

最後に社会的価値観地図3を見てみましょう。この二つの軸によって、左上の「安全と安定」、右上の「正当性と責任」、右下の「理想と自律」、左下の「排他と刺激」という四つの象限に価値観は割り当てられま

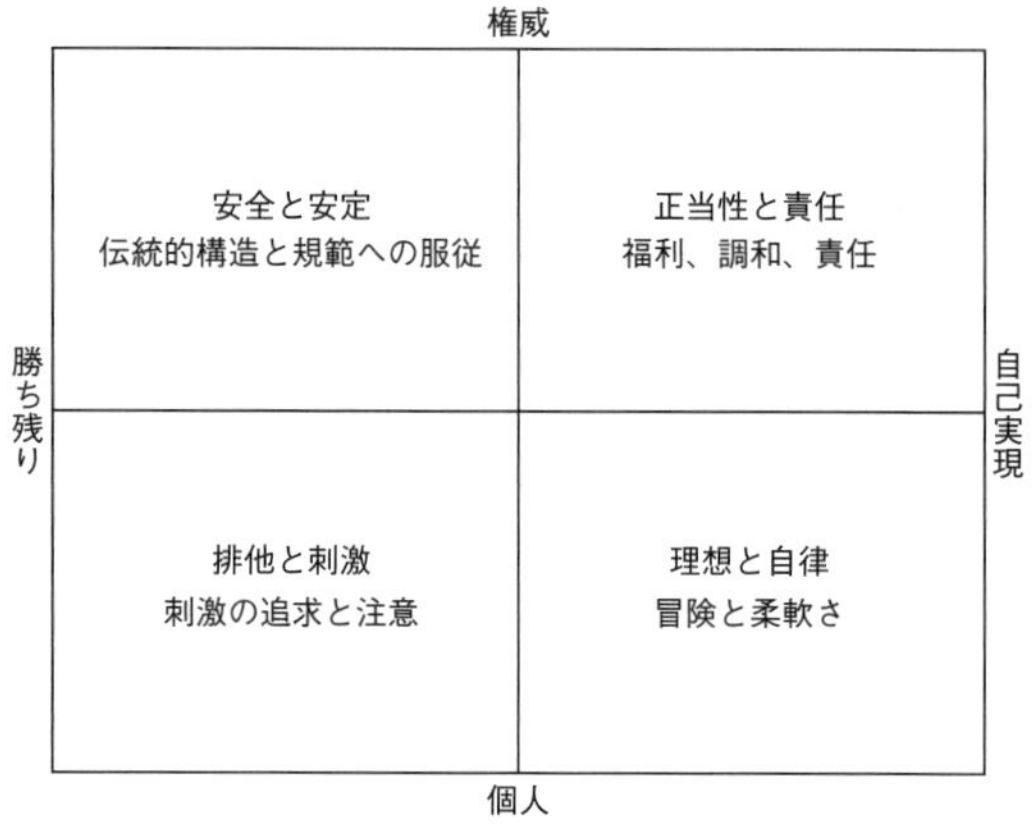

社会的価値観地図 3（『炎と氷』 p.27）

す。『炎と氷』は、アメリカ人の価値観が、三度の調査を行なった一九九二年から二〇〇〇年にかけて、右上の「正当性と責任」象限から左下の「排他と刺激」象限へと移行していることを明らかにしています。これは一般に先進国が右下の「理想と自律」象限へ向かうのと対照的な現象です。それに対して、カナダ人の価値観は一般的な傾向同様右下の象限に向かっています。

　左上の「安全と安定」象限に位置づけられる者はルールを守りながらアメリカン・ドリームを追い求めることを信条としています。彼らには、物質的成功を遂げ、その成功の象徴（キャデラックや大きな家やロレックスの時計）を他者に見せたいという強い願望があります。彼らはルールに従ってプレイします。彼らにとって人生もゴルフも同じゲームなのです。彼らははっきりと決められた規範や行動基準を求めます。家庭の主は父親であり、日曜日には教会に行き、大統領を尊敬し、社会変化を好みません。彼らの態度は裏返せば「外国人嫌い」を生みだします。共和党の伝統的支持者の多くがこうした傾向を持っています。

右上の「正当性と責任」象限における権威に対する尊敬は、宗教的あるいは精神的性格を帯びています。この象限に位置づけられる人々は自己の精神的成長に非常に興味を持っています。彼らは信仰からくる精神的義務に関心が強く、宗教性を個人の長期間にわたる成長の重要な意味だと見なしています。彼らにはまた強いナショナリズムがあります。アメリカ人なら、移民は祖国の文化を捨て、「生粋のアメリカ人」になるべきだと信じています。多文化主義の考えは、移民を過去に縛り、アメリカン・ドリームを移民が享受することを妨げるだけだと、これらのアメリカ人は主張するでしょう。「多数からできた一つ」[9]、なのです。しかし、ここにあるナショナリズムは、左上に見られる単純な「外国人嫌い」とは程遠いものです。それは義務的市民参加の価値観を広げたものなのです。彼らは地域のクラブや奉仕団体などにおいて個人的な自己実現を求めます。彼らはコミュニティーに参加することを誇りとするように、アメリカに誇りを持ち、他の人もそうすべきだと考えているのです。リトル・リーグのコーチをし、息子の友達をミニバンで家までおくってやる寛大なパパがその典型でしょう。これらの人々は大統領選挙において浮動票層を成します。

右下の「理想と自律」象限に位置する人々は宗教指導者や政治エリートや家父長の命令に従おうとしません。自分自身の生き方を見出すことが人生を豊かにしてくれると考えます。彼らは変化に対してオープンで、「地球市民感覚」を持ち、エコロジーに対する関心が強く、他者の個人主義を認める寛容さを持つ個人主義者です。彼らは大統領選挙において民主党に投票する傾向があります。

アメリカ人の価値観が移行している左下の「排他と刺激」象限は、ハードでニヒルです。「理想と自律」象限と同様に、この象限では権威の伝統的形態（宗教、政治、家父長）が力を失っています。しかし、この象限に位置する者は、右下の象限の「自己実現」を目指す理想も、すぐ上の「安全と安定」象限に見られる伝統的ルールを頑固に守る気風も持っていません。彼らの掟はジャングルの掟なのです。この象限の人々が地図上で最も社会的に孤立しています。「市民意識の欠如」、「アノミーと目的喪失」や「暴力の許容」といった傾向もここにあり、ある種のストレスと敵対心が一般化されていることを示しています。彼らは選挙において浮動層ですが、この層を本来左上に位置するキリスト教右翼が取り込んでしまったのが二〇〇一年と二〇〇五年の大統領選挙だといえます。

九・一一事件によって危機感が煽られ、自国が生き延びる重要性が強調されました。そこから、勝つためにはどんな手段でも許されるという競争原理が容易く浸透していきます。それが合州国では増加する「排他と刺激」象限の人々の不安を吸収し、彼らの抱える問題の本質を隠蔽することに成功し、ブッシュ政権を生み出していった(10)と考えられています。

一方日本では北朝鮮や「テロ」の脅威が「憲法改正」や「核保有」を正当化する言動を生み出し、国民はしだいにそれに馴らされてきています。こうした現象はキリスト教原理主義によって引き起こされたアメリカ社会の変化と酷似しているのではないでしょうか。つまり、グローバリゼーションの正体は、他の人間を犠牲にして一部の人間に富が集中することを、「愛国心」という隠れ蓑によって糊塗しているのにすぎないのではないかという疑問が生じてくるのです。実際、世界では反グローバリゼーション運動が広がり始めてもいます。

グローバリゼーションを唱えるものは他方で「愛国心」も唱えるものです。その背後には、キリスト教の「新天地の楽園」にしろ、「美しき神の国日本」にしろ、選ばれた土地に住む選ばれた人間のみ生き残る価値があるといったある種の選民思想が潜んでいます。そこにあるのは勝者のための勝手な「競争原理」にすぎません。合州国の影響が日本以上に強いカナダが外交面で独自性をもとめ、社会的には競争原理至上主義よりも、「多様性」を認める「寛容さ」を重視していることにわれわれはもっと注目すべきではないでしょうか。(11)

【注】

(1) 日本は、小泉純一郎首相が早くから合州国支持を表明し、自衛隊を派遣した。陸上自衛隊の海外派遣は初めてだった。「非戦闘地域」に限定された活動だったが、その定義を巡って物議がかもされた。

(2) その理由として、①「宇宙への兵器配備」はカナダの国是に反する、②金くい虫で技術的にも難点が多く、カナダの安全保障に役立たない、③宇宙軍拡競争をもたらし、国際緊張を激化させる、④平和目的での宇宙の安全な利用が阻害されてしまうこと、を挙げている。

(3) *Bowling for Columbine*, 2002. カンヌ国際映画祭五五周年記念特別賞、アカデミー賞長篇ドキュメンタリー賞など多くの賞を受賞したドキュメント映画。コロラド州のコロンバイン高校で一九九九年に起きた銃乱射事件を取材した作品。アメリカ合州国で銃による殺人事件が他国に比べてなぜ格段に多いのかを探り、マスコミなどによって日々生み出される恐怖にその原因を求めている。

(4) 他国から日本に向け発射された弾道ミサイルを迎撃ミサイルで撃ち落とすミサイル防衛システムの導入を二〇〇三年一二月に決定した際に発表された福田康夫官房長官談話。「専守防衛の理念に合致する」と説明。他国の防衛のために運用することがないため、集団的自衛権の行使に該当することはないと断定した。

(5) 二〇〇六年一一月二二日の記者会見。インターネット版毎日新聞(ＭＳＮ)一一月二二日より。

(6) トロントに本拠を置く世論調査会社エンヴァイロニクスの設立者の一人。作家でもあり、本章で紹介する『炎と氷』以外に、*Sex in the Snow: Canadian Social Values at the End of the Millennium*, Penguin, 1998., *Better Happy than Rich? Canadians, Money and the Meaning of Life*, Penguin, 2000. など、アンケート調査に基づく、カナダ人の価値観に関する著作がある。

(7) Michael Adams, *Fire and Ice: The United-States, Canada and The Myth of Converging Values*, Penguin Canada, 2003. 原題は直訳すれば「炎と氷—合州国、カナダ、そして価値観が一致していくという神話」。

(8) The International Criminal Court(略称：ＩＣＣ)。国際的な非人道的犯罪を裁く裁判所である。従来戦争犯罪は戦勝国によって臨時に設けられた裁判によって裁かれてきたが、それに代わる常設国際裁判所として設けられた。取り扱う対象となるのは、集団殺害、人道に対する罪、戦争犯罪、侵略の罪の四つ。一九九八年七月一七日に国連外交会議において採択された国際刑事裁判所規程(ローマ規程、ＩＣＣ規程)が、六〇カ国の批准(二〇〇五年九月時九九カ国批准)を得て二〇〇二年七月一日に発効し、オランダのハーグに設置された。日本は未署名。当初合州国は同規定に署名したが、米兵が訴追されることを恐れて署名を撤回している。国際司法裁判所(ＩＣＪ)と混同されることがあるが、国連の司法機関であり法律的紛争を扱う国際司法裁判所とはまったく異なる裁判所である。

(9) E Pluribus Unum. アメリカ合州国の硬貨に刻まれているモットー。

(10) もちろん、競争原理は、アメリカ合州国に限らず、日本でもカナダでも声高に振り回されることがある。逆に、『炎と氷』の「理想と自律」象限に見られる寛容な個人主義が合州国で育っていないわけでもない。何事も一面的にとらえるのは危険である。アメリカ人の価値観も単純にAかBかで割り切れるものではないだろう。格差の是正も重視するオバマ候補が、競争原理を強調して「強いアメリカ」の復活を訴えるロムニー候補に勝った大統領選が接戦だったことを思い起こしておきたい。

(11) カナダは、二〇〇六年に保守党が政権に就いていらい、それまでの自由党政権に比べて、親米的な外交を展開している。保守党政権は、その他の面でも、競争原理を重視し、銃規制緩和を検討するなど、自由党政権とは異なった政策をとっている。また、京都議定書から離脱するなど、環境政策でも変化をみせている。

第二章　フランコフォンの変容

三色旗の左上に星をあしらったアカディア旗

カナダでフランス語は英語と並んで公用語であり、総人口三一〇〇万人[1]の約三〇%がフランス語を話します（バイリンガーを含む）。しかし、その割合はカナダの中でも年々減っており、北米大陸という広大な英語の海の中で、フランス語文化はなんとかサバイバルを図っているのが実情です。英語話者をアングロフォンというのに対して、フランス語話者をフランコフォンといいます。英仏語以外の言語の話者はアロフォンと呼ばれています。この章ではカナダにおけるフランコフォンの現状を概観してみましょう。

1　ケベック

ケベック州ではフランス語が公用語であり、カナダ全体のフランコフォンの七〇%強にあたる七〇〇万人（州人口の約九五%。母語とする者は約五九〇万人）がここに集中しています。しかし、その三〇二万人がバイリンガーです。これはケベックでも英語を話そうとする傾向が強いことを示しています。

フランス語擁護のために「一〇一号法」がだから必要なのでしょう。一九七七年に制定されたこの法律は「フランス語憲章」と呼ばれ、移民の子供が英語化することを防ぐために英語学校への通学を厳しく制限し、また、看板などでフランス語の使用を強制しているため、アングロフォンには評判が悪い。たとえば、KFC（ケンタッキー・フライド・チキン）は、ケベック州ではPFK（Poulet

Frit à la Kentucky）と表示されなければなりません。

ところでケベック文化の基盤には言語だけでなく、共通の記憶として、厳しい歴史的・社会的環境に耐えてきた「生き残り」の精神があります。

イギリス領になった後も、フランス系カナダ人は農村に留まって、昔ながらの自給自足的な生活を続けることができました。それは「都会は文明の悪に染まっており、誠実に信仰を守って大地を耕すこと」と説くカトリック教会の教えに合致していました。

こうした状況をよく表しているのが第一部第四章で考察した『マリア・シャプドレーヌ』です。この小説は映画化もされ、厳しさに耐えるケベック人のイメージを世界に広めました。いったんは都会に出て行こうとしたヒロインのマリアが、心に湧きあがる声を聞いて思いとどまるシーンはあまりに有名です。

ところが、「サバイバル精神」は、現実から目を逸らさせ、近代化を妨げる要因にもなっていました。一九六〇年に州政権についたケベック自由党は、後に「静かな革命」と呼ばれることになる急激な改革を行います。抑圧から解放されたケベック人の喜びは、次章でとりあげるフェリックス・ルクレールの「春の讃歌」や、ジル・ヴィニョーの「国の人々」に溢れています。ケベックの特産物であるメイプル・シロップは春先のわずかな期間にしか収穫できない。それは長くて厳しい冬を耐えてきたものが味わえる「生きる喜び」Joie de vivre の象徴なのです。

モンレアル下町の独特なフランス語は「ジュアル」joual と呼ばれます。それを訛りとして恥じるのではなく、自らの言語として、積極的に使用するグループもでてきます。その典型が雑誌『パルティ・プリ』であり、ジャック・ルノーの『文無し』などの作品を生み出しました。あるがままの自分たちの姿を認めようとする姿勢はJ・ゴドブーの小説『やぁ、ガラルノー』やM・トランブレの『義姉妹』にも認められます。それらの作品でもジュアルが積極的に使用されています。

ケベック独立運動もこのころから現実味を帯び、一九六八年に様々な運動を結集して、「主権連合」構想を掲げるケベック党が結成されます。この党が政権につくと州民投票が行われ、一九八〇年と一九九五年に「ケベックが主権を持って、残りのカナダと新たな連合を組む」ことが問われました。しかし、二度とも「主権派」が敗北し、この問題は現在棚上げにされた形になっています(2)。

また、近代化とともに核家族化が進み、ケベックでも人口増を移民に頼らざるをえなくなります。かくして一九六〇年代を通じて差別的移民制限が撤廃され、その後アフリカ系やアジア系移民が多くなり、民族的多様性が急激に増していきます。新しい移民と「根っからのケベック人」québécois de souche の間には共通の記憶がなく、ようやく築かれ始めたケベック・アイデンティティは早くもその土台が揺るぎだします。

一九八〇年代になると移民作家の出身地もヨーロッパに限らず多様になり、エミール・オリヴィエ（ハイチ）、ワジディ・ムアワッド（レバノン）らが活躍するようになります。さらに、一九九〇年代になると、イン・チェン（中国）、ウック・チョン（韓国）、アキ・シマザキ（日本）など、アジア系の作家も注目を浴び始めます。シマザキは小説『ホタル』で二〇〇五年に総督賞を受賞しています。

世界的に高い評価を受けているケベック・コンテンポラリー・ダンス界でも、「ラ・ラ・ラ・ヒューマン・ステップス」のエドゥアール・ロックはモロッコの出身です。

もちろん、「根っからのケベック人」たちの間でも、ミシェル・トランブレの劇が世界中で演じられ、セリーヌ・ディオンがヒット曲を飛ばし続けています。

ミュージカルのような演出でサーカスのイメージを一変した「シルク・ドゥ・ソレイユ」にも触れておく必要があるでしょう。このサーカス団で特筆すべきは、世界各国・地域から団員が集まっており、また、創設者のギー・ラリベルテの思想を反映した活動を展開し、モンレアルのゴミ捨て場の再開発に一役買い、本拠をここに置いていることでしょう。この地には、サーカス専用劇場、サーカス学校などが設置されています。近辺のサン・ミシェル地区は北米の最貧地域ですが、メタンガス発電所やゴミ分別工場が建設され、地域の雇用促進にも貢献しています。

他方、演出家で自ら俳優でもあるロベール・ルパージュは、先端技術を駆使してテキストにとらわれない芸術性の高いビジュアルな演劇を世に広めました。

こうしたパフォーマンスが脚光を浴びていくことになるのには、単にメディアや技術の進歩だけでなく、イデオロギー離れした現代人の視覚性に頼った価値観が背景にあるのかもしれません。それはまた世界市場で成功するには、言語の壁を越える必要もあるからでしょう。アイス・ホッケーなどのプロ・スポーツ(3)や、ショー・ビジネスで活躍するケベック人(4)が多いのもその現れなのかもしれません。

アイデンティティの足枷から離れて、あるいは逆にそれにこだわり続けて、移民も「根っからのケベック人」も、フランス語を巡りながら、文化的創造力を育んでいます。そこから性急に特定の方向性を追求するのではなく、それぞれが言語的危機状況と対峙しています。また、付け加えておかねばならないのは、ケベック州政府がそうした文化活動を州の活力として、非常に重視して助成していることです。築かれかけた共有文化の中に新たな要素が続々と飛び込んでくるケベックは不定形な創造力が渦巻く魅力的な場になっています。

カナダにはケベック以外にもフランコフォンがいます。ケベックの東隣のニューブランズウィック州や西隣のオンタリオ州はもちろん、西部アルバータ州にもいます。ケベックに関しては本書の他の部分でも相当触れていますので、ここでは他の州のフランコフォンについてみてみましょう。

2　アカディアン

ニューブランズウィック州では、英仏二言語が公用語(5)であり、人口七二万人の四〇％以上がフランコフォンです。彼らはアカディア人（アカディアン）と呼ばれています。カナダでマイノリティのフランコフォンの中で、ケベック人に比べ、彼らの存在はあまり知られていません。

彼らは現在のノーヴァ・スコシア州を中心にプリンス・エドワード島やニューブランズウィック

に住んでいましたが、ケベックよりも先に英領となり、ケベック人とは異なるアイデンティティを持っています。英仏植民地戦争が激化してきた一七五五年には有名な大追放が行われます。英領内にいるフランス系の住民は危険分子だと見なされ、強制的にアメリカ東海岸南部のジョージアなどに移住させられたのです。手当たりしだいに船に乗せられ、一家が離散し、恋人たちが引き離された例も少なくなかったといいます。この悲劇をアメリカ合州国の詩人ヘンリー・ワズワース・ロングフェローが『エヴァンジェリンヌ』[6]として著しています。

この長編詩はちりぢりになっていたアカディアンたちの胸を衝き、今では存在しない彼らのヴァーチャルな「祖国」を夢想させ、絆を回復させるきっかけになりました。多くの言語に訳され、世界中の人たちにアカディ[7]の悲劇を知らしめることになった『エヴァンジェリンヌ』は失われた歴史を文学が取り返した好例だといえましょう。

アカディアンは「(英仏)二つの権力の間をなんとか泳ぎぬけようと[8]」努力してきました。アカディはケベックと同時期にフランスによって植民が進められながらも、ある時期からケベックよりも冷遇され、いわばフランスから見捨てられたようになっていました。それでも英領になったあとも、カトリック信仰・フランス語・フランス文化を守ってきました。アカディではこうして独自のアイデンティティが育まれ、本国ともケベックとも異なるフランス語が話されるようになったのです。

南部に追放されたアカディアンは、アメリカ合州国が独立すると、イギリス領として残った故郷へ戻ることを許されます。中には牛車で遠路旅してきたものもありました。その苦難を描いたのがアントニヌ・マイエの『荷車のペラジー』(9)です。彼らが戻った地にはすでにスコットランドなど他の英系地域からの移民が入植していたので、近隣の地に居を構えるしかありませんでした。「大追放」を逃れて山に隠れた者たちと、こうして戻って来た者たちの子孫が現在ニューブランズウィックに住むフランス系の人々なのです。

アカディアンの中には、寒いカナダに戻ることを嫌って、暖かいルイジアナに移住した者もいました。この地はもともと仏領でフランス系の人々が多く住んでいたからです。彼らの子孫がケイジャンです。ニューオリーンズ（仏名ヌーヴェル・オルレアン）近郊のラファイエットの町には今でもフランス語を話す人々が暮らしています。

ケイジャンはアケイジャンの訛ったものです。ニューオリーンズ近辺は湿地帯ですが、彼らはそれを農地にする技術をアカディアで培っていました。そして、そこに生息するカエルやザリガニ、ワニも食しました。彼らの家庭料理がケイジャン料理のルーツです。ジャンバラヤはケイジャンの代表的な料理です。

彼らはまた、フィドルやアコーデオンとともに、スプーンをカスタネット代わりにして、洗濯板を打楽器にして歌うケイジャン・ミュージックを発展させました。黒人音楽がこれにミックスし、それに合わせて踊るものはザディコと呼ばれています。

今ではアメリカ合州国の一員になってしまったケイジャンたちも歌にフランス語を残しています。その代表的な歌手がザッカリー・リシャールです。彼は「俺のルイジアナ」(10)で「俺たちがカナダ人だってことを忘れちゃいけないよ、坊やたち娘たち、俺たちゃアメリカ人より先にルイジアナにいた、（中略）、お前たちのパパとママはアカディから追放された、フランス語を話すという大罪のために、でも、素敵な所をみつけてくれた、ルイジアナをありがとう、神様」とフランス語で歌っています。「大追放」の記憶は失われず、しっかりと歌い継がれているのです。

ケイジャンではありませんが、「大追放」の記憶を歌っているグループがいます。ボブ・ディランのバックを務めたので有名なザ・バンドです。もともとアメリカのグループでありましたが、トロントで成功し、活動の拠点をカナダに移しました。ドラムスのリヴォン・ヘルム以外のメンバーが離脱し、ギターのロビー・ロバートソンやベースのリック・ダンコらカナダ人のメンバーが加わっていきます。彼らは「アカディの流木」[11]で、最後の部分だけフランス語でこう歌っています。「君は知ってるかい、アカディ、僕はホームシック、君の雪は、アカディ、陽に溶けて涙になる、今行くよ、アカディ」と。ここにも「大追放」後にアカディの土地へと戻って行く人々の記憶が鮮明に留まっています。

ザッカリー・リシャールの「俺のルイジアナ」がB面に入っている「***Travailler c'est trop dur***（働くのは辛すぎる）」のジャケット

残念なのは翻訳のひどさです。歌詞カードに日本語訳がついているのはありがたいのですが、正確でないというレベルではなく、ほとんど理解不可能な箇所が少なくありません。[12] このことは歌詞ばかりでなく、タイトルについてもいえます。例えば、「アカディの流木」の入っているアルバムの原題は*Nothern Lights-Southern Cross*[13]（オーロラと南十字星）ですが、邦訳では単に「南十字星」になっています。これでは、原題が象徴的に示している「南」（アメリカ合州国）と「北」（カナダ）の神秘的な出会いがまったく感じられなくなっています。ザ・バンドがアメリカからカナダへやってきたグループであることを想起しておいてもらいたいと思います。

毎年八月になると世界各地からアカディア人たちがニューブランズウィックに集まって祭典を開きます。彼らのアイデンティティの核にあるのが、フランス語と「大追放」[14]の記憶であることは間違いありません。アカディの例だけでなく、言語と記憶はディアスポラの人々を繋ぐ絆なのです。かくも長い間世界中に散らばっていたユダヤ人が同化されてしまうことなくアイデンティティを保ってきたのもそうした理由からでしょうし、在日コリアンの人々についても同様のことがいえるでしょう。少数派の人々にとってアイデンティティを保ってサバイバルを図ることは至上の問題なのです。

3 その他の州のフランコフォン

フランス語人口の多いケベックから西へ行くとフランコフォンの割合は極端に減ります。一番西のブリティッシュ・コロンビア州でフランス語を母語とする者は約一・二%に過ぎなくなります。しかし、数は少なくとも、カナダ中にフランコフォンはいます。

偏りがあるにせよ、カナダにフランコフォンが広範囲にいることは歴史を振り返ればもっともです。一八世紀中葉まで北米の大部分はフランス領でありました。植民地戦争に敗れたフランスがパリ条約（一七六三年）でそのほとんどすべてをイギリスに割譲し、本国に帰れなかった者たちが点々と取り残されたのです。フランス領として残ったのは、サン・ピエールとミクロン島、それにマルチニックなどのカリブ海の小島だけでした。「フランスはタラと砂糖と交換にカナダを見捨てた」とフランス系カナダ人は今でも皮肉交じりにいいます[15]。

イギリスはアメリカ独立派を牽制[16]して一七七四年にケベック法を制定してこの地では懐柔策をとり、カトリック信仰やフランス語の使用などを認めました。しかし、時がたてば英語社会に同化されるだろうというイギリス本国の思惑とは裏腹に、フランス系カナダ人はカトリック教会の教えに従い、「産めよ増やせよ」で人口を増加させ、辛抱強く自分たちの文化を守ってきました。これは「揺り籠の復讐」と呼ばれています。

オンタリオ州では、フランス語を母語とする者は約四九万人（州人口の約四％）います。人気歌手のアヴリル・ラヴィーンも、母語は英語であっても、その家系は名前から分かるように元はフランス系です。マニトバの州都ウィニペグにあるサン・ボニファスはフランス語地区で、小説『束の間の幸福』などで知られる作家ガブリエル・ロワを輩出しています。トロントにあるヨーク大学には「グレンドン」キャンパス、エドモントンにあるアルバータ大学には「サン・ジャン」キャンパスがあり、そこではフランス語で授業が行われています。

フランス系カナダ人はこれらの地でも努力を続け、自分たちの文化を何とかして守ろうとし続けています。しかし、これらの州のフランス語文化は英語に吸収されそうになっているのが実情でしょう。彼らのアイデンティティはケベックやアカディに比べ、危ういものです。集団のアイデンティティは、言語と記憶の共有によって支えられています。フランコ・オンタリアンやフランコ・アルベルタンといったアイデンティティが成立しうるには、その二つの要素が必須でしょう。それともフランス系カナダ人は、他の移民グループと同様にかろうじて文化が認知される程度に、英語多文化社会の中に回収されてしまうのでしょうか。彼らのサバイバルは簡単なものではありません。

【注】

（1） 二〇〇六年の国勢調査、カナダ統計局。以下数字の出所は同じ。

（2） 一九八〇年は五九・五六：四〇・四四で、一九九五年は五〇・五八：四九・四二で否決された。

（3）たとえば、ピッツバーグ・ペンギンズなどで活躍したマリオ・ルミューや、モンレアル・カナディアンなどでゴールキーパーだったパトリック・ロワ。
（4）本文中で挙げたダンサーや、歌手、演劇関係者をみれば、ショー・ビジネスの世界で人口の割に活躍しているケベック人が多いことが理解されよう。
（5）カナダは連邦レベルでは英仏二言語が公用語である。州レベルでこの二言語が公用語であるのはニューブランズウィック州だけである。ケベック州はフランス語が公用語、その他の州は英語が公用語である。
（6）Henry Wadsworth Longfellow, *Evangeline, A Tale of Acadie*, 1847. 邦訳『エヴァンジェリンヌ』、岩波書店、斎藤悦子訳、一九三〇年。大矢タカヤスの手によって再び日本語に訳されている。『地図から消えた国、アカディの記憶―「エヴァンジェリンヌ」とアカディアンの歴史』書肆心水、二〇〇八年。
（7）アカディアンの住む地は、ギリシア神話の理想郷アルカディアに因んで、「アカディ」と呼ばれた。
（8）『地図から消えた国』同上。この書で大矢は名作の再訳という大業だけにとどまらず、第二部で、アカディの歴史を多くの資料を用いて再構築している。
（9）Antonine Maillet, *Pélagie-la-charrette*, 1979. 邦訳『荷車のペラジー：失われた故郷への旅』大矢タカヤス訳、彩流社、二〇一〇年。
（10）Zachary Richard, *Ma Louisianne*, 1999.
（11）The Band, *Acadian Driftwood*, 1975.
（12）これはセリーヌ・ディオンの My Heart Will Go On に関しても言える。ここで go on とは、まさにサバイバルを意味している。タイタニックの悲劇から生き残った者が、失った恋人が愛の力で心の中に生き残っていることを高らかに歌い上げる原詞のロマンが訳からは少しも感じられない。第一部第二章参照。
（13）The Band, 1975.

（14）　民族離散。ユダヤ人のディアスポラが有名である。

（15）　一八世紀、砂糖は高価な商品であった。そのためにカリブ海の島々にサトウキビ栽培が持ち込まれ、アフリカから黒人奴隷が大量に送りこまれた。また、サン・ピエールとミクロン島のあるニューファンドランド島近辺はタラの世界的な漁場だった。タラの塩漬けは長い航海に耐え、タンパク源として貴重であった。それに対してカナダの地は当時鉱物資源もみつけられておらず、ボルテールから「いくばくかの雪」と呼ばれたのは有名である。

（16）　アメリカの独立宣言はケベック法制定直後の一七七六年になされる。フランスは独立派を支援した。

第三章　現実と向き合う歌

J. ミッチェル『ブルー』ワーナーミュージック・ジャパン

1 ジル・ヴィニョーの「国の人々」

まず、ジル・ヴィニョーの「国の人々」(1)をとりあげてみたいと思います。ジル・ヴィニョー(一九二八年〜)はナタシュカンという片田舎で、漁師の父と小学校教師の母の間に生まれました。祖先は前章でみたアカディアンの血を引いているといいます。次節のフェリックス・ルクレールと並んでケベック人から最も愛されている歌手、詩人、作家であり、他のフランス語圏諸地域や英語圏カナダでもその名は知られています。「主権派」の運動家としても名高い歌手です。「私の国は国ではない、それは冬だ…」という歌詞で有名な「わたしの国」など多くのヒット曲があります。「国の人々」は、一九七五年にモン・ロワイヤル公園で、州で最も盛大に祝われる「サン・ジャン祭り」(2)に際して歌われたものです。また、ケベックの主権をめぐって一九八〇年に行われた州民投票の際にも「独立派」によって連帯のシンボルのように合唱されました。今でも、誕生日などで祝福される人の名前をあてはめた替え歌にされて、州内で広く愛唱されています。

それでは、その歌詞を見てみましょう。

国の人々(3)

愛してると言うのにかかる時間

それが、わたしたちの人生の最後に残っている時間だ
わたしたちの祈り、わたしたちが種を蒔く花
皆がそれをそれぞれ自分で収穫するのだ
流れる時の美しき庭で

この国の人達よ、今度はあなたたちの番だ
愛を語るのは（繰り返し）

愛しあう時は、それを口にする日、
春に指先で雪のように解ける
わたしたちの喜びを祝おう、笑いを祝おう
眼差しが映る日
明日わたしは二〇歳になる

（繰り返し）

日々の流れが今日止まり、

池になり、そこには鏡のように、
愛が映っているのが各自に見える
わたしは祈るこの心に
わたしたちの希望を生きる時を

（繰り返し）

一番の歌詞では、祈りはかなえられることが、蒔いた種は花開くことが待ち望まれています。「愛している」というのにも時間がかかるでしょう。しかし、最後にはそれが残り、美しい庭に喜びが満ちます。ここには、長い時を経て、ついに訪れる幸福な時が表現されています。そして、「今度はあなたたちの番だ、愛を語るのは」という有名な繰り返しの部分に繋がっていきます。「今度は」には、ようやく順番が回ってきた歓喜がこめられています。高らかに愛が歌いあげられる時がこうして訪れるのです。

二番では、愛しあう時が「春に指先で雪のように解ける」と歌われています。ケベックの長く厳しい冬を思うときいっそうこの表現は重みを増すでしょう。そして、「わたしたちの喜びを祝おう、笑いを祝おう」と喜びが一番の歌詞以上に直接表現されています。

三番では、苦労が報われるかのように、日々の流れが今日止まり、その結実として愛が映ります。

そこにははっきりと希望が見えています。長くて暗い閉鎖的な時代の末に一九六〇年代にようやくケベックは明るい未来を展望できるようになりました。この歌はこうした喜びに溢れ、希望に満ちた歌なのです。
この歌はケベックでもっとも親しまれている歌だと言っても過言ではないでしょう。特に繰り返しの部分は、替え歌で、誕生日によく歌われています。例えば、マリーの誕生日であれば次のように歌われます。

Ma chère Marie, c'est à ton tour
De te laisser parler d'amour.

マリー、今度はあなたの番だよ、
愛を語るのは。

ケベック人は植民地戦争に敗れ、本国フランスに取り残されて以来二〇〇年間、北米大陸で広大な英語圏に囲まれて、世界から忘れ去られ、閉鎖的な村社会の中でかろうじて自分たちの言語・文化を守ってきました。一九六〇年代の静かな革命と共にやっと開かれた時がやってきたのです。ちっぽけな民族かもしれませんが、自分たちの置かれた現実を直視して、生きているのだと誇りを持って世界に訴えかけ始めます。この歌はその喜びを素直に表現しています。

2 フェリックス・ルクレールの「春の讃歌(4)」

フェリックス・ルクレール（一九一四～八八年）は、ケベックで最も愛されている歌手、作家の一人です。いくつかの仕事を経て、ラジオ局の司会を務めるようになり、そこでシナリオを書き、歌うようにもなります。その才能を音楽プロデューサーのJ・カネッティに見出されて、フランスでも大成功を収めます。「私と私の靴」や「春の讃歌」などのヒット曲、『帆の中のハンモック』などの短編集で知られています。一九七四年八月一三日アブラーム原で開かれた「スーパーフランコフォニー祭り」コンサートにG・ヴィニョー、R・シャルルボワとともに出演し、一〇万人以上の観衆を集めたのは今や伝説となっています。その模様はアルバム「私は狼と狐とライオンを見た」に収録されています。

それでは、彼の代表作「春の讃歌」の歌詞をみてみましょう。

春の讃歌(5)

麦は実り、土は湿り、

耕作の済んだ地は氷の下で眠る。
きれいな鳥も昨日飛び去った。
枯れた畑の門は閉まっている。

忘れられた古い熊手のように
雪の下で僕は冬ごもりをする。
畑を走る子供たちの写真が
時間つぶしのただ一つの楽しみだ。

鶏小屋は空だ。
風が煙突で泣いている。
でも、僕は心の中で作ろう、
去っていった人のために春の讃歌を。

川から恋人が戻ってくるときに、
五月、厳しい冬の後に、
僕は腕をむき出しにして、光の中に出よう、そして、彼女に大地の挨拶をしよう…

ほら、花がまた咲き始めた、
馬小屋では生まれたての子馬がいななく、
来てみてごらん、古いさびた柵が
蜘蛛の巣を着飾っている。
新芽が眠りから覚め、
蝶々は金のコートを纏《まと》っている、
小川の近くに妖精たちが並び、
ヒキガエルが自由を歌っている
ヒキガエルが自由を歌っている…

「春の讃歌」では、「国の人々」と同様に、耐えて待った者の喜びが歌われています。子供たちの写真を眺めることくらいしか楽しみがないような長く厳しい冬を堪え忍んだ者にとって、春を迎える喜びは格別でしょう。五月の光、花、子馬のいななき、新芽、蝶々、それらは一般的に快く感じられるものでしょう。しかし、それればかりでなく、この歌では春の訪れを告げるものは、あらゆるものが讃えられています。古いさびた柵の蜘蛛の巣もいいイメージで捉えられています。そしてヒキガエルさえも自由を歌い、喜びを表現するものの仲間入りをしています。

ケベックを代表する食べ物と言えばメイプル・シロップでしょう。この食べ物はケベック人の心情とよく合致しています。長い冬のあと、サトウ・カエデの樹液は春先の雪解けのときにしか採取できません。それを集めて煮詰めたものがメイプル・シロップです。春先になると、日本のお花見のように、人々は森の中の採取小屋(6)にでかけ、オムレツやソーセージや様々な食べ物にシロップをかけて食べ、飲んで歌って楽しみます。「春の讃歌」はそんなメイプル・シロップの香りが漂ってくるような歌です。

この歌も、「国の人々」と同様に、自分たちの特殊性を誇っているわけではなく、自分たちの現実と向き合って、そこに感じられる普通の幸せをしっかりと味わおうとしています。こうした態度は第一部でみた「厳しさにひたすら耐えるサバイバル」とは大いに異なっています。

3　ボー・ドマージュの「アラスカのアザラシの嘆き(7)」

ボー・ドマージュはミシェル・リヴァールらによって一九七三年に結成されたバンドです。彼らはケベック大学モンレアル校(8)にあった、俳優のセルジュ・テリオーやドゥニ・アルカン監督の弟であるガブリエル・アルカンも属していた演劇グループのメンバーでした。彼らは一九七四年に「アラスカのアザラシの嘆き」を含む最初のアルバム『ボー・ドマージュ』を発売し、大成功を収めます。一九七八年に解散しています。

アラスカのアザラシの嘆き(9)

信じようと、
信じまいと、
アラスカのどこかに
すごく落ち込んでるアザラシがいてね。
彼女がアメリカのサーカスに
稼ぎに行ってしまったのさ。

アザラシは一人ぼっちで
太陽を見る、
氷河にゆっくりと沈んでいくのをね、
そして小声で泣きながらアメリカのことを考える。
これが彼女に捨てられるってことさ。

なんにもならないさ、
愛する人に鼻の上で
ボールを回しに
行かせるなんてね。
子供たちは喜ぶだろう
でも長続きはしないさ
もう誰も笑わなくなる
子供たちが大人になれば。（繰り返し）

アザラシは落ち込んだ時
自分の毛が雨のあとのニューヨークの通りみたいに
輝くのを見る。
シカゴを、マリリン・モンローを夢見る、
彼女がショーに出ているのを見たくてね。

これは単なるお話。
僕は人をかつぐことはできない。

でも、時々僕は思うのさ、
氷の上に座っているのは僕じゃないかってね、
頬杖をついてさ。
彼女は行ってしまった、そして僕は落ち込んでいる
（繰り返し）

この歌は、「国の人々」と「春の讃歌」とは対照的に、待つ者の悲しさを歌っているようです。アメリカのサーカスに出稼ぎに行ってしまった恋人を思うアザラシの気持ちに、取り残された者の寂しさが譬《たと》えられています。実際、アメリカ合州国に働きに行ってしまうケベック人は少なくありません。彼等にとって、気候も温暖で経済的にも恵まれた合州国は憧れの地です。しかし、また、そこは欲望の渦巻く、危険な場所でもあります。そんな思いがこの歌からは感じられます。ただ、ここでは、恋人に捨てられた男が単に嘆いているだけではなく、その寂しさを直視している点に注目しておきたいと思います。自分の置かれた状況を見つめ直すことから始めること。この歌には寂しさばかりではなく、さりげない決意が秘められているようです。ありのままの自分を恥じることなく認めることから、新たなアイデンティティが生まれるものでしょう。背伸びをせず、恥じることもない、等身大のケベック人の気持ちを歌いあげているからこそ、この歌は長くケベック人に親しまれているのだと思われます。

G・ヴィニョーやF・ルクレールの歌は、長くて厳しい冬に耐えたものが迎える春の喜びが表現されていました。それは、一八世紀中葉に植民地戦争に敗れたのち、英国領となり、多数派の英系の下で辛酸をなめてきたケベック人の気持ちを反映していました。彼らはカトリック教会を中心にアイデンティティを守ってきましたが、それは近代化を拒むことにもなっていました。一九六〇年代の「静かな革命」と呼ばれる改革によって、ケベックのフランス系の住民は伝統から脱して、新たなアイデンティティを探求し始めます。受け継がれてきたフランス文化を元にしながらも、北米の英語大衆文化に影響され、市場経済に巻き込まれていく自分たちの状況が自覚されるようになったのです。

現実を見つめる姿勢が「アラスカのアザラシの嘆き」からは伝わってきます。春を迎える喜びをキッチュな熱狂の中に埋没させずに、自分を見つめる冷静さも持っているのがカナダのもう一つの特徴でしょう。

次の節ではジョニ・ミッチェルの歌をこの観点から検討してみたいと思います。

4　ジョニ・ミッチェルの「川」

ジョニ・ミッチェル（一九四三年〜）はカナダを代表するシンガーソングライターです。彼女はアルバータ州のフォート・マクラウドという小さな村に生まれ、第二次大戦後、食料雑貨店を営む父に連れられて、サスカチュワンの小さな町に引っ越します。そこはヨーロッパ人がようやく十年ほど前から居住するようになったところで、先住民が多く住み、ジョニは男の子と外で遊ぶことが好きで、一日に一本通る列車を眺めるのが楽しみだったといいます。

当初ジョニは地元西部カナダやトロントのナイトクラブなどで歌っていましたが、その後合州国へ移住します。一九六八年に作詞作曲した『青春の光と影』（*Both sides, now*）がジュディ・コリンズの歌によって大ヒットします。彼女自身はアルバム『青春の光と影』（*Clouds*, 一九六九年）の中で歌っています。そのジャケットの自画像を含め、ジョニは自分のアルバムのデザインを手がけ、画家・写真家としても知られています。四作目のアルバム『ブルー』[10]（一九七一年）はフォークロックの名盤として今でも高い評価を受けています。一九七〇年代後半にはジャズに傾倒し、アルバム『逃避行』[11]（一九七六年）ではフュージョン系のミュージシャンと共演、ニール・ヤングがハーモニカで参加している曲もあり、CSN&Y[12]との親交でも有名です。『ミンガス』[13]（一九七九年）では、ジャズ・ベーシストのチャールズ・ミンガスと共演しています。一九九七年にジョニはロックの殿堂入りを果たしています。

多くのアーティストに影響も与え、二〇〇七年ハービー・ハンコックがジョニに捧げたアルバム『リヴァー』に本人もゲストとして参加して、最優秀アルバム部門でグラミー賞を獲得しています。これを含めて、一九六九〜二〇〇九年にかけて九回グラミー賞を受賞しています。

さて、『ブルー』の中の一曲、「川」の歌詞をみてみましょう。

川⑭

クリスマスが近づいている
皆がツリーを切ってきて、
トナカイを飾りたて、
喜びと平和の歌をうたう。
私は川があったらと思う
スケートして去って行ける川が。

しかし、ここでは雪が降らない
緑が残っている
お金もできるだろう
だから、私はこの馬鹿げたシーンから去っていく。
私は川があったらと思う
スケートして去って行ける川が。
私の川があったらと思う、長い川が。

私は足に飛べるんだって教えられるのに
私は川があったらと思う
スケートして去って行ける川が。
私は彼を泣かせてしまったの。

彼は懸命に私を助けようとしてくれた
くつろがせてくれた
彼は私をいたずらに愛してくれた
立てないくらいに。
オー　私は川があったらと思う
スケートして去って行ける川が。
私は扱いにくい女
わがままで、悲しい女。
私は去ってきた、これまでで一番の彼をおいて。
オー　私は川があったらと思う
スケートして去って行ける川が。
私は彼にさよならを言わせてしまったの。

クリスマスが近づいている
皆がツリーを切ってきて、
トナカイを飾りたて、
喜びと平和の歌をうたう。
私は川があったらと思う
スケートして去って行ける川が。

『ブルー』はジョニが「人生の中でも最も不幸な時期」[15]にレコーディングされています。われわれは憂鬱な時に明るい歌を聞くとかえって、意気消沈してしまうものです。アトウッドのサバイバル論にあてはめるならば、「自分たちは頑張っているから犠牲者ではない」という第一の態度をみせつけられては、「お前たちが落ち込んでいるのは、頑張っていないからだ」と自分を責められている気になるのは当然でしょう。その点、『ブルー』は落ち込んでいるものの側に立ち、多くの者の心を癒してきました。

このアルバムの雰囲気以上に、それがアメリカから見たイメージであることも含めて、カナダ的なものがあるでしょうか。つまり、アメリカから見れば「暗い、ブルー」な雰囲気です。しかし、それをしっかりと見つめる態度こそがカナダ的なものです。ブルーな気分に閉じこもるだけではなく、自分の置かれた状況を確認している点は前節の「アラスカのアザラシの嘆き」とも共通しています。

皆が楽しむクリスマスの季節に、「私」は故郷を、そして、そこに残してきた人を思っています。ここではクリスマスに雪も降らず、緑が残っています。「ここ」とは、当時ジョニが暮らしていたカリフォルニア[16]だと考えられます。「川」をライヴで歌っているジェイムズ・テイラーは「この曲は、カナダから来た女の子がロスアンジェルスのラブレアで、そこに住む人たちがクリスマスの準備をしている様子を眺めているところから始まる[17]」とコメントしています。

さて、この歌における川はスケートで故郷へと「私」を運んでいきます。ジョニは故郷サスカチュワンの川を思い浮かべていると思われますが、オタワを知っている人ならば、この川から「リドー運河」を連想するでしょう。リドー運河は冬になると凍結して、ギネス・ブックにも登録されている世界一長いスケート・リンクとなり、多くの人が通勤や通学でも利用します。

ともかく、冬の川はカナダ人にとって、遊びにしろ、実用にしろ、特別な意味を持っています。「私」は「ここ」のクリスマスの虚飾を見て、孤独感を募らせ、故郷へと思いを馳せています。しかし、そこにあるのは幼年期の無垢な景色ではありません。恋人を置き去りにしてきた苦い思い出です。「私」が泣かせて、さよならを言わせてしまった「彼baby」は、恋人ではなく、文字通り「赤ちゃん」だと考えるのは、読みすぎでしょうか。ジョニ・ミッチェルは高校を卒業すると、保守的な風土のサスカチュワンから逃げ出すようにカルガリーの美術学校に入学し、そこで知り合ったブラッド・マックマスと一九六四年秋に音楽での成功を夢見てトロントに出てきます。ジョニは妊娠していましたが、出産前にブラッドと別れてしまいます。当時はシングル・マザーが子育てをするにはまだ非常に困難な時代でした。ジョニはやむなく娘を養子にだします。この辛い想い出が「川」にも秘められているのではないでしょうか。

『ブルー』には「小さなグリーン」という曲も入っています。この曲で、カリフォルニアに行ってしまった彼に「目は青い」と「あなた」が手紙で報告する「彼女」も別れた「赤ちゃん」だとは考えられないでしょうか。続いて、「彼女」は「あなた」にとって「失われて」いることが明らかにされます。歌の冒頭では「彼女をグリーンと名付けよう、彼女をグリーンと呼べば、冬も彼女を色あせさせることはできない」と歌われます。グリーンは「あなた」にとって小さな希望なのです。しかし、「オーロラや氷柱や誕生日の服」に喩えられるように、それははかない夢でもあるようです。

故郷や、そこに置いてきた赤ん坊や恋人、そこには懐かしさとともに、苦い記憶も関わっています。「一ケースのあなた」という曲では、別れる彼に対して「あなたは神聖なワインのように私の血の中に入っている／そんなにも苦くて甘い味がする／一ケースでもあなたを飲み干せるわ／それでもまだ立ってられるわ」と歌われます。そして「私」はコースターの裏にカナダの地図に重ねて「あなたの顔」を二度スケッチします。

成功を夢見てカナダを去って合州国に行く若者は実際少なくありません。彼らの憧れの地の一つがカリフォルニアでしょう。先に述べた「小さなグリーン」では、「彼はカリフォルニアに行ってしまった／すべてがここより暖かいって聞いて」という歌詞があります。しかし、カリフォルニアもパラダイスではありません。夢に酔ってしまうことがないのが『ブルー』の特徴でしょう。

その名も「カリフォルニア」という曲では、世界をもっと見ようとパリへ行った「私」が、寒さと古さから逃れてカリフォルニアへ戻ろうとします。「私」は「一番のカリフォルニア・ファン」ですが、「通りは知らない人でいっぱい」だし、「読むニュースは気がめいる」ものばかりです。この曲に次の一節があります。

Will you take me as I am　あるがままの私を連れていってくれる？[18]

厳しい状況の中や、あるいは虚飾や幻想の中で自分を見失わずに、あるがままの自分を見つめることは他者への寛容も生み、それがカナダの多文化主義の基礎になっています。伝統的なサバイバルでも、合州国のキッチュな熱狂でもない、現代カナダの可能性はそこに成り立っているのではないでしょうか。

【注】

（1）*Gens du Pays*, Gilles Vigneault, Polydor, 1975.

（2）Fête de Saint Jean-Baptiste.　ケベック州の守護聖人洗礼者ヨハネにちなんだお祭り。七月一日のカナダ・

デイがカナダ連邦の祝日であるのに対して、ケベックではこの日がナショナル・ホリデーとして、毎年六月二四日に盛大に祝われる。

(3) 小畑拙訳。

(4) *L'Hymne au printemps*, Félix Leclerc. Polydor, 1951.

(5) 小畑拙訳。

(6) Cabane à sucre (仏語), Sugar hut (英語)。直訳すれば、「砂糖小屋」。メイプル・シロップはさらに煮詰めて、固形になると「砂糖」と呼ばれる。メイプル・シロップに関しては第二部第五章二節も参照。

(7) La complainte du phoque en Alaska, アルバム *Beau dommage* 所収。Capitol, 1974.

(8) Université du Québec à Montréal, 略称 UQAM。ケベック大学は、モンレアルのほかに、トロワ・リヴィエール、シクーチミなどに、九つの機関・組織を持つネットワークである。「静かな革命」期の一九六八年に、州内の各地に高等教育の機会を平等に与えるために、ケベック州政府によって設立された。

(9) 小畑拙訳。

(10) *Blue*, Warner Bros. Records. Inc. 1971.

(11) *Hejira*, Electra/Asylum, 1976.

(12) クロスビー、スティルス、ナッシュ&ヤングの略。アメリカのロックバンド。ちなみに、メンバーのニール・ヤングはカナダ人で、ジョニと同じように、一九五一年の大流行の際にポリオに感染している。

(13) *Mingus*, Electra/Asylum, 1979.

(14) "River". 小畑拙訳。

(15) ミッシェル・マーサー『ジョニ・ミッチェルという生き方—ありのままの私を愛して』中谷ななみ訳、ブルース・インターアクションズ、二〇一〇年、一六九頁。原著 *Will You Take Me As I Am : Joni Mitchell's*

Blue Period, Michelle Mercer, Simon & Schuster, Inc. 2009.

（16） 当時、ジョニはロサンジェルス郊外のローレル・キャニオンに住んでいた。そこは、一九六〇年代後半から多くのアーチストが集まる場になっていた。映画界では、ピーター・フォンダやジャック・ニコルソンが、ミュージシャンでは、ママズ&パパスのジョン&ミシェル・フィリップス、シンガーソングライターのキャロル・キングらが住んでいた。本書におけるジョニ・ミッチェルの伝記に関する記述は特別な注記がない限り、『ジョニ・ミッチェルという生き方』（前掲書）によった。

（17） 『ジョニ・ミッチェルという生き方』前掲書、一二三頁。

（18） この一節は、ミッシェル・マーサーがインタヴューに基づいて著した前掲書のタイトルにもなっている。

第四章

抑圧への反抗

——『石の天使』と『やぁ、ガラルノー』

J. ゴドブー『やぁ、ガラルノー』
Seuil

一九六〇年代は、カナダにとって大きな転換点でした。「大英帝国の忠誠な長女」は、二つの世界大戦を経て、イギリスよりもアメリカ合州国との関係を深めていきます。ヨーロッパ系移民を優遇してきた「差別的移民制限」が段階的に撤廃されて、カナダが世界に開かれていくのもこの時代です。こうした状況を反映して、伝統的価値観に反発する人物が現れてきます。

本章では、『石の天使』[1]と『やぁ、ガラルノー』[2]を例としてとりあげてみたいと思います。注目しておきたいことは、両方の作品の主人公とも、決してヒロイックに描かれているわけではなく、現状と必死に格闘する姿はどこか滑稽でさえある点です。サバイバルにとどまらず、陳腐なものであろうとも、現実に幸せをつかもうとする人物をそれでは考察してみましょう。

1 『石の天使』

1-1 作者

『石の天使』の作者マーガレット・ローレンス[3]は、一九二六年にマニトバ州の小さな町ニーパワに生まれています。幼いうちに両親に死なれ、伯母の手によって、長老派の厳しい雰囲気の中で育てられました。町の高校を卒業して、州都ウィニペッグのカレッジで英文学を学びます。高校時代から作品を発表し始め、故郷ニーパワがモデルだと思われる、マニトバの平原の架空の町マナワカを舞台にした作品を五作書いています。カレッジを卒業後、新聞記者になり、その後結婚して、土木技師の夫の赴任地に同行し、当時イギリスの保護領だったソマリアで二年（一九五〇～一九五二年）、ガーナ[4]（一九五二～一九五七年）で五年過ごし、貧困や植民地支配を目の当たりにします。その体験に基づいて、カナダ帰国後に『ヨルダンのこちら側』（一九六〇年）などの作品を著しています。

一九六二年に夫と別居して、イギリスに渡り、離婚してカナダを舞台にした小説を書き始めます。こうして、一九六四年に『石の天使』が出版されます。この作品はイギリスやアメリカ合州国でも好評を博し、外国語にも訳されて、作者の国際的な評価を高めました。ローレンスは、『神の戯れ』（一九六六年）と『占う者たち』（一九七四年）とで、二度カナダ総督文学賞を受賞しています。煙草好きで、肺ガンに罹り、一九八七年に他界しています。

1-2　伝統的サバイバルからの脱却

『石の天使』は、九〇歳になる主人公のヘイガー・シプリーが、自尊心にかられながら厳しい現実の中でひたむきに生きてきた人生を振り返って、一人称（「私」）で語る小説です。舞台はマナワカ。そこの墓地にある石の天使像は、ヘイガーが生まれてすぐに亡くなった母のために、父ジェイソン・カリーが買ったものでした。町で一番大きく、一番お金がかかったというその像は、父の「支配権を永遠に主張する」（五頁）プライドを象徴しているようです。「誇りは荒野だった」（三四五頁）という言葉がヘイガーの一生を要約しています。

ヘイガー・シプリーは伝統的価値観が支配的な環境で、厳格な父によって育てられます。父は開拓第一世代に属していて、町で最初の店を出し、商人として成功した人物です。アトウッドのサバイバル論にそっていうならば、第一の犠牲者の典型でしょう。頑張って財産を成したのはいいけど、自分のこどもに鞭をふるい、ハーフブリード(5)らに対する差別意識をむき出しにしています(二五頁)。彼の主義主張は牧師の説くプロテスタント的禁欲主義に基づいているようですが、それは表面的な精神主義にすぎず、実際は他者に対する優越感や、プライドに裏打ちされたものです。

それに対して、ヘイガーと彼女の夫であるブラムは偏見や先入観にとらわれず現実をみているようです。彼女たちは美食や服装に興味を示し、性や排泄や病についても恥じることなく語り、より現世的、より肉体的なことに関心があるのだということもできるでしょう。父とは異なった価値観を持つヘイガーですが、プライドだけは変わらずに持ち続けています。あるがままの自分を受け入れるのはかくも難しいものなのです。

ヘイガーの話は十代の思い出から突然、脈絡も説明もなく、現代へと飛びます。年老いたヘイガーは長男のマーヴィンと嫁のドリスとともにヴァンクーヴァーに住んでいます。ドリスは料理は上手ですが、服装には無頓着です。それに対して、ヘイガーは「本物の絹」(三五頁)の服を持っているし、牧師のトロイ氏が訪問して来るときには派手すぎない「グレーの花柄のドレス」(四九頁)を着て、気をつかっています。

マーヴィン夫婦は、子供たちが独立したので、広い一軒家を売って、管理しやすいアパートに引っ越したいと思っています。しかし、ヘイガーはなじんだ家を手放す気にはなれません。一七年間息子夫婦と暮らし、お荷物にならないよう努めてきたヘイガーですが、寄る年波には勝てず、「この家ではもう何かの役に立つふりすら出来やしない」（四六頁）ことを認めざるをえなくなってきています。家政婦をしていた家の主人であるオートリー氏が死んだ際に受け取った遺産で購入した家の管理を息子に任せたことも忘れてしまっていました。

ヘイガーの話は、過去と現在をいったりきたりします。ヘイガーはトロントの女子専門学校で学び、二年後に帰郷し、その三年後に一四歳年上で、奥さんと死に別れたブラムトン・シプリーと出会います。ブラムは粗野で、「不潔で、ハーフブリードの娘と付き合っている」（五八頁）と幼なじみのロチに言われます。しかし、父の反対にもかかわらず、ヘイガーはブラムと結婚します。

マーヴィン夫妻はどうやらヘイガーを老人養護施設に入れたいようです。牧師も遠まわしにそれを勧めているようです。台所のテーブルの上に広げられていた新聞広告には施設の案内が載っています（六五頁）。実際ヘイガーの物忘れはひどくなっています。そのために、部屋に引きこもりがちになります。

ヘイガーはブラムとの新婚生活を回顧します。ブラムは「口さえきかなかったら、誇りに思えた」（八四頁）くらい外見はいい男でした。しかし、彼は、粗野で、「イートン百貨店や、ザ・ベイ百貨店[6]のカタログのほかは、一年を通じて何も読みは[7]」（一五〇頁）せず、ヘイガーのわずかな教養にもおよびません。新しい牧師の長い説教に閉口して、「あの坊主め、黙らないかな」（一〇七頁）と口走ってしまうほどです。ヘイガーは世間体を気にして、その後教会に行かなくなってしまいます。

モンレアルの繁華街サント・カトリーヌ通りにあるザ・ベイ百貨店

結局のところ、ブラムはヘイガーの「行儀作法と話し方が気に入ったのだし」、ヘイガーはブラムが「それ（行儀作法）を馬鹿にするところに引かれた」（九六頁）のでした。しかし、気遣いのまったくないブラムの態度に、ヘイガーは次第に閉口し始めます。マーヴィンとジョンの二人の子供を授かりますが、ブラムは息子たちに関心を示さず、相変わらず身勝手で放蕩な生活を続けるのでした。

ある日、ヘイガーはマーヴィンとドリスによってドライブに連れ出されます。しかし、それは口実であって、実際は老人養護施設を下見するために仕組まれていたのでした。マーヴィン夫妻はいよいよ本気でヘイガーを老人施設に入れる気になっているようです。ヘイガーはそれを嫌って、家出をして海岸へ辿りつきます。そこには昔家族で来た思い出がありました。彼女は今は廃墟となっている古い灰色の建物で寝泊まりすることにします。彼女の記憶は、平原からヴァンクーヴァーに出てきて、オートリー氏のところで家政婦として働いていたころの思い出に飛んでいきます。ヘイガーの意識は乱れ、過去の記憶と現在とが錯綜して、語られるようになってきます。

海岸への逃避行は、ヘイガーの頭の中で、マナワカを飛びだした記憶と重なります。「新しい土地へ移って来ることほどわくわくすることはない」（八三頁）とヘイガーは述懐し、海岸の廃屋から、家政婦をしていたオートリー氏の家へとヘイガーの語りは飛びます。

マーヴィンは体格は立派ですが愚鈍な青年に成長します。第一次大戦に若くして加わり、戦争後もマナワカには戻らずヴァンクーヴァーで生活しています。マナワカでの生活に耐え切れなくなったヘイガーはブラムを残して、一二歳のジョンと西海岸に旅立ち、家政婦として暮らし始めます。ジョンも、ヘイガーが思うような「いい子」には育ってくれません。ガールフレンドにオートリー氏の邸宅を自分の家だと嘘もつく高校生になります。大学へも行かず、その後失業して、マナワカに帰って、父のブラムと暮らし始めます。ある時、ブラムが病気になったというので、ヘイガーはマナワカに戻ります。彼女がそこに見とめたのは、荒れた家、酔ったジョン、そして、ヘイガーを認識すらできない、やつれたブラムでした。結局ブラムは健康を回復することなく死んでしまいます。

ヘイガーはきれい好きで、ブラムの死後、家中を掃除して回ります。屋根裏で前妻クララの遺品をみつけて、それをジェス（クララとブラムの娘）のところへ持っていくと、ジョンがいます。彼はここでも飲んだくれています。彼はまるで浮浪者のようになっています。ロチの娘のアーリーンとジョンは付きあっているようです。ヘイガーは反対しますが、ジョンはアーリーンと結婚するといいます。

家出して隠れていた缶詰工場跡に一人の男がやってきます。マーヴィンに頼まれて探しに来たのだとヘイガーは最初勘違いしますが、その男はマーレイ・F・リーズという元保険会社員で、彼も家庭から逃げるようにここにやってきたのでした。リーズといろいろ話をしているうちにヘイガーはジョンが死んだことを打ち明けます。ジョンはトラックで鉄橋を渡れるかどうか賭けをして、渡り切ったが運行表になかった臨時列車が思いがけずに通りかかったのです。いっしょに乗っていたアーリーンは即死でした。病院に運ばれたジョンも「子供みたいなことやったんだよね、僕、うまくいかないことぐらい、もうわからなきゃいけない歳なんだ」（二八三頁）とヘイガーに告げて、息をひきとります。ヘイガーは息子の埋葬に立ち会いません。そこには、ヘイガーの父親とブラムも眠っているからでした。

そうした話をリーズはじっくりと聞いてくれます。寒さで二人体を寄せ合って寝ますが、目覚めたヘイガーは気分が悪く、リーズとジョンを混同して、アーリーンとの交際を禁じたことを悔やんで、「あの娘をここへ連れてきちゃいけないって、あれ本気で言ったんじゃないよ」（二九一頁）と言います。リーズに見守られながらヘイガーは再び眠りに陥ります。

目覚めると、マーヴィンとドリスが助けにやってきます。ヘイガーの様態がおかしいので、リーズが通報したのでした。ヘイガーは結局病院に入れられ、自由を失ってしまいます。夜には拘束衣を着せられてしまいます。「はじめは自分がどこにいるのかわからない。それからわかってくる。私は捕まったんだ。そしてここに入れられて、出られないでいる」（三〇二頁）と嘆きます。看護師から薬を差し出されますが、素直に受け取って飲むことができません。トイレにも看護師の手を借りずに一人で行こうとします。また、プライドの高いヘイガーは病院でも身なりに気遣っています(8)。ヘイガーのこうした反抗は無駄かもしれません。自尊心が強い彼女はあるがままの自分を受け入れることができません。しかし、とるにたらないものであれ、ともかく彼女の抵抗が描かれる点は大いに注目しておくべきでしょう。それは伝統的なサバイバル精神に焦点を当てた作品と好対照をなします。

夜は、同室の老女たちの、いびき、寝言、悲鳴、小声の歌声などにヘイガーは悩まされます。昼は昼で、隣のベッドのエルヴァ・ジャーディーンはひどいおしゃべりです。ヘイガーは大部屋から二人部屋の準個室に移してもらいます。そこで、サンドラという盲腸の手術をする女の子と同室になります。看護師がなかなか来てくれないので、動けないサンドラのために、ヘイガーはオマルを取りに行ってあげます。看護師がヘイガーに拘束衣を忘れたため、ヘイガーはトイレまでなんとか歩いて行けたのでした。驚いている看護師に「看護師さんたちが（拘束衣を着せるのを）忘れたんですよ、みなさんいい仕事をしました」（三五八頁）とヘイガーは言います。看護師がいなくなったあとで、サンドラとヘイガーは二人で笑うのでした。

いよいよヘイガーは痛みを我慢できなくなり、助けを呼びます。しかし、最後まで彼女はプライドを捨てていません。薬を飲ませるために、「私のためにコップを人が持つのを黙認」（三六五頁）できず、自分の手にコップをとって支え、そのまま、意識が薄れていく場面でこの小説は終わります。

1―3　老女のあるがままの姿

第一部で見てきたサバイバル論に従っていうと、ヘイガーのプライドは父から受け継いだ第一の犠牲者の態度の反映でしょう。しかし、第一の犠牲者が持つプロテスタント的禁欲を彼女は貫くことができません。彼女も肉欲を抑えようとしますが、実際には快楽を感じていたことを思い返して打ち明けます。

結婚後それほど長くたっていない頃だった。私は初めてあの人との交わりで血が騒ぎ、器官が躍動した。あの人はそれに一度も気づかなかった。私が気づかせなかったのだ。声を上げて何も言わなかったし、けいれんは体内にすっかり押さえた。（九八頁）

ヘイガーはもはや第一の犠牲者の態度をとることはできなくなっています。かといって、第二の態度のように、彼女は自分の置かれた環境にただ甘んじているわけでもありません。右の引用に見られるように、ヘイガーは自分の性欲をありのままに打ち明けるようになっています。(9) また、自分の老いに伴う失敗も排泄も隠すことなく語られます。

なぜここに来たかを思いだす。その目的のためにしゃがんで力む。通じ薬を持って来るのを全く考えなかった。（二二六頁）

もちろん、この小説はヘイガーの一人称の語りで、モノローグなのだから、恥ずべきことを告白できるのだということもできるでしょう。しかし、ヘイガーの口を借りて、作者ローレンスが読者に語りかけていることも否めないでしょう。そこには、伝統的サバイバルに甘んじることなく、性や排泄など、人間の根源的な行為を赤裸々に示そうとする態度がかいま見えるのではないでしょうか。

いつも、いつも私はそれを願ってきたに違いない。それはただ喜ぶことなのだ。（…）夫に、子供に、また単なる朝の光に、地上を歩くことに抱いたかもしれない喜びは、みなもっともらしく見せたいブレーキによって窒息してしまう。（三四五頁）

あるがままの自分を受け入れるのを妨げているのは、ヘイガーの場合、プライドです。右の一節で喜びの「ブレーキ」になっているのは、「もっともらしく見せたい」気持ちです。そうしたプライドが自己を解放することを難しくしているのです。人生の最後にヘイガーもようやくそのことに気付いたのです。

彼女は「九〇年間に自分のしたことで、ほんとうに自由にできたことを思いだそう」（三六三頁）とします。そして、それらしいことを二つ考えつきます。そのどちらも最近起こったことです。一つはサンドラを笑わせたことです。もう一つは、息子のマーヴィンを喜ばせるために、「お前は意地悪じゃなかったよ。いつもわたしに親切にしてくれた」（三六〇頁）と嘘を言ったことです。喜びはプライドから来るのではなく、他者への思いやり、好奇心から生み出されるものなのでしょう。

2 『やぁ、ガラルノー』

2－1 ジャック・ゴドブー・人と作品

ジャック・ゴドブーは一九三三年にモンレアルで生まれた作家です。彼の小説では、『ダムール、P．Q．』におけるジュアル[10]と呼ばれるモンレアル俗語の使用、『竜の島』での幻想性というように、いろいろな手段が用いられています。彼の小説は、ユーモアを絶えず背景にしつつ、『アクアリウム』に見られる植民地問題、『ダムール、P．Q．』におけるケベック独立運動、『竜の島』での放射性廃棄物の問題など、現実の社会問題を積極的にとりあげ、そこに「参加」しようとしています。実際、ゴドブーはエコロジスト・グループを組織し、『竜の島』のミシェル・ボーパルランが放射性廃棄物処理施設の建設に反対したように、彼がわずかばかりの土地を所有する島が米国系企業によって超大型タンカー基地に変えられようとしたことに反対運動を展開したといいます。また、彼は一九六〇年代に教育のカトリック教会からの自立を主張して、世俗化運動において積極的に行動したことでも知られています。

ゴドブーはエッセイスト、劇作家、ジャーナリスト、映画家でもあり、カナダ総督賞（一九六七年）をはじめ多くの賞を受賞しています。

2-2　あらすじ

二七歳の誕生日を迎えるフランソワ・ガラルノーは、モンレアルの学校を中退し、中古のバスを改造して、ホット・ドッグの店を開いて暮らしています。彼の家族は祖父のアルデリック、母マリーズ、兄のジャックとアルチュールです。父は、彼が一六歳の時に、ワグナーⅢ世号という愛用の小船が沈没して湖に投げ出され、助けられましたが、肺炎で死んでしまいました。

ジャック・ゴドブー（**1998**年の来日の際に京都で）

母は、ガラルノー家の住む町、サンタンヌになじめず、父の生前すでに、昼間寝て、夜起き、父とはすれちがいの生活をおくっていました。父の死後は、妹の住んでいるマサチューセッツに移住してしまっています。

ジャックは、パリ留学経験があり、今はプロの作家としてテレビの仕事をしており、要領がよく、女に手が早い。もう一人の兄アルチュールは、生真面目で宗教関係の慈善事業の仕事をしており、すでに、相当な財を成しています。祖父のアルデリックは父代わりのつもりで、少々お節介気味ではありますが、フランソワに忠告を与えてくれたり、大人になる手ほどきを親切にしてくれます。

主人公のフランソワは、カトリック教会が牛耳る教育が現実とかけはなれていると感じ、興味を持てなくなっていました。彼は、父の死をきっかけに、兄たちの説得にもかかわらず、高校を退学してしまいます。祖父の働くホテル・カナダに一年ちょっと勤めますが、満足できず、やめて、旅に出ます。吹雪で列車が動かなくなったため、偶然降りたレヴィ[11]という田舎町の電気器具店で、彼は働くようになります。フランソワは、その店の社長の姪ルイーズ・ガニョンと付き合うようになります。ルイーズが妊娠していると知ったフランソワは彼女と結婚します。しかし、ルイーズの妊娠が嘘であり、スキャンダルを恐れたガニョン家による、結婚を促すための策謀であったことを知るや、フランソワはルイーズをおいてレヴィの町を離れ、サンタンヌに戻ってきます。

サンタンヌでホット・ドッグ店を始めたフランソワは、兄ジャックと行ったバー・エッジウォーターで、母と同じ名のマリーズという娘と知り合い、同棲しはじめます。彼に本を書くように最初に勧めたのはマリーズでした。しかし、目的のはっきりしないフランソワに嫌気がさしたのか、彼女の気持ちは徐々に彼から離れていきます。

ある日、マリーズが交通事故で負傷して病院に運ばれたという知らせをフランソワは警察から受けます。彼はすぐに駆けつけますが、彼女はもう病院にはいませんでした。「ガラルノー氏が引き取って行った」と病院はいいます。兄のジャックと親しくなっていたマリーズは、大したけがでないとわかると、フランソワ・ガラルノーではなく、ジャック・ガラルノーに電話して、退院し、ジャックの家に身をよせていたのです。

ショックを受けたフランソワは、家の回りに壁を築いてもらい、一人で閉じ籠もってしまいます。そこで、しばらくの間、自分を見つめる機会を得たフランソワは、コミュニケーションの必要を再認識し、自分を取り戻し、壁を越えて外に出て、自分の本を皆に読んでもらう決心をします。

この小説は、フランソワ・ガラルノーにより、一人称「私」で語られています。全体は大きく二部に分けられ、彼の店の名前「ホットドッグの王様」Au Roi du hot dog の綴りを順に章の番号がわりに置いた二五章からなっています。各章はそれぞれが覚書きのようになっており、因果関係や時間順序によって並べられているのではなく、無秩序に配列されています。例えば、マリーズの名が原書の二八頁に突然でてきますが、彼女が二年前から「僕」と同棲している娘であることは、次の章（原書三一頁）にならないとわかりません。彼女との初めての出会いは、さらに先の章で語られることになります。

冒頭で本を書くことや、退学したことが話題になりますが、出し抜けに兄ジャックからの手紙が挿入され、あちこちに話が飛んでいきます。主人公フランソワ・ガラルノーは筋道立てて物語るより、自分の感じることや頭に浮かぶことを大切にして、そのままノートに綴っています。彼は自分の小さな体験を「冒険として語る」だけでなく、それを語りながら「書くという冒険」を体験しているのです。

この小説全体が、フランソワがホット・ドッグを売りながら書いているノートであり、一見無秩序に見える全体は、彼が本当の言葉を獲得するにいたる過程を構成しているのです。その言葉とは、彼が以前からノートに書いていた詩ではなく、他人に読んでもらう言葉なのです。

言葉に関して言えば、『やぁ、ガラルノー』は話言葉で書かれています。ただし、典型的なケベック方言というよりも、ケベック固有の表現を適所におりまぜながら、全体としてはスタンダードなフランス語の話し言葉が用いられています。「くそっ」Stie! などの罵り言葉がケベックではよく用いられますが、それを随所で使ってケベックらしさを演出しているともいえるでしょう。ともかく少しでも自分の言葉で表現しようとする若者のノートからこの小説はなっています。

2-3 コミュニケーションの回復・「書く」ことと「生きる」こと

フランソワにとってアイデンティティ探求は言葉に関わっています。つまり、自分の言葉をみつけることが問題なのです。彼は他者とのコミュニケーションが信じられなくなって、壁の中に閉じ籠もります。彼は最後に、書くこと、自分の本を皆に見せることを決心して、外に出ていきます。

> 僕は、ここ、マホガニーのテーブルに、戻ってきて座り、もっと、ノートを書くよ（…）、デュガの梯子を借りて、ホテル・カナダに一走りして、それから、僕の本を持って町にでかけ、ジャック、アルチュール、マリーズ、アルデリック、ママ、ルイーズ、そして、この世のすべてのガニョン一族にそれを読んでもらうのだ。(p.158)

本項では、コミュニケーションの重要性に目覚めたフランソワの、書くことに対する認識をさらに詳しく検討してみたいと思います。

この小説では「書く」ということに、二つの対立があります。一つは、自分のために書くことと、人に読んでもらうために書くこととの対立です。もう一つは、書かれたことと現実自体との対立です。勿論、この二つの対立には重なる部分も少なくありません。まず、自分のためなのか、それとも、人に読んでもらうためなのかということについて検討してみましょう。

フランソワは、壁の中に閉じ籠もるまで、自分のためにしか書いていません。彼は以前から詩を書いていますが、「隠れて詩を書いている」(p.28) ことからも理解されるように、他人に読んでもらうために書いているのではありません。本を書くという試みが自発的に生じたものではなく、最初マリーズから、次にジャックから勧められたものであることを述べている箇所で、フランソワは次のように書いています。

ずっと以前から、僕にはそうすること〔本を書くこと〕が必要だったに違いない、僕はあまりいっぱいに詰まりすぎて、空になれないでいたのだが、勇気がなかったのだろう。(p.26)

この直後にフランソワは、体験記を出版したタクシー運転手の話をしています。彼は吐露したいことが「いっぱいに詰まりすぎている」のに、社会に対する漠然とした疑問とアイデンティティの喪失から、タクシーの運転手のように、人に自分の話を打ち明けることができないでいるのです。[12][13]

さらに、フランソワは、ルイーズとの離婚手続きが長引いていることに対する不満を新聞の読者欄に書いて送ったとき、梨のつぶてであったことにも触れています（p.82）。フランソワは、人と言葉によって結びつき、理解しあう可能性が信じられなくなっているのです。

それでは、「他人に頼ることは簡単すぎ」（p.34）、「誰を信じればいいのか、つまり、誰にすべてを本当に打ち明けることができるのか」（p.41）、「僕は何であれ誰にも頼んだことがない」（P.59）、「ノアは夫婦を信じたが、僕はわれわれは一人ぼっちなのだと思う」（p.63）というようなフランソワの言葉は単に彼の孤独を表すものでしょうか。

フランソワは、書き始めたノートをマリーズに読ませてくれと頼まれたとき、次のように断っています。

「たくさん書いたの？」

「ノートを一冊仕上げたよ。ジャックは二冊書けって言ってたよ」

「もう書いてしまったのは読んでもいいかしら。見るだけでいいから」

「そうして、どうなるって言うんだい」

「あなたに対する考えが変わるかもしれないわ、たぶん」

「僕はいつだって同じガラルノーだよ」(p.81)

この部分はフランソワが人に見せるために書いているのではないことをよく示しています。そうではなく、彼は安易な馴れ合いを排し、真に独立した精神を希求しているのです。フランソワはコミュニケーションの持つ創造性にまだ目覚めてはいませんが、自分を見つめ直し、自分を取り戻すために、「鏡の上に落ちたかのように自分をさらけ出すノート、若々しい芝生の上でのように自分がくるまるノート」(p.157)に、書くのです。彼は、壁の中に入る前、そのノートを人に見せる気はまったくありませんでした。捨てようと思っていたのです(p.91)。

現行教育に対する不信感や女性の裏切りを通して、フランソワは他人との交流・接触が信じられなくなっています。しかし、彼はマリーズがジャックのもとに去ったあとでも、悲観的に絶望するのではなく、「冷静になるんだ、ガラルノー。つまり、自分を見つめ、少しよく考えろ。お前の心は奪われたが、頭は残っているんだ」(p.118)と考え、「何か肯定的な、建設的なこと」(P.118)をしようとしています。こうして、フランソワは壁を「建設」して、そこに閉じ籠もります。他の人と接触を断つことは彼にとっては自立の表現でもあるのです。

しかし、自立・独立が孤立に陥ってしまっては何にもなりません。外部との交流を断ち、自分を見つめなおしたフランソワは「一人で歌うなんて馬鹿みたいだ」(p.156)と思うにいたります。

僕は出会いや花や人が必要なのだ。孤立するより、だまされるほうがましだ。(p.156)

こうして、フランソワは自分の書いた本を皆に読んでもらうことを決意して外に出て行きます。この結末は、人に読んでもらうために書くが現実に無批判なジャックと、現実を見つめてはいるが人との交流を疑問視しているフランソワとに分裂してしまうことを回避し、両者を融合させることを予見させるものでしょう。

さて、もう一つの対立、現実と書かれたこととに関して、次にみてみましょう。

自分に起きた何かを書くとき、すべての感情もいっしょにもう一度それを体験しているみたいで(…)(p.107)

フランソワは、マリーズが交通事故にあったことを知らせに来てくれた友である警官のアルフレッドに、何を書いているのか尋ねられたとき、初め、このように答えています。しかし、直後に彼は次のように言います。

でも、おかしいんだ。書けば書くほど、自分が引っ込んでいき、話すことができなくなるんだ。まるで、ノートの中で生きているようで、本当にはもう生きられないみたいなんだ。君が制服を着て生きているようにはね。マリーズが本当に傷ついているとしても、僕のノートの中では、彼女はまだ生きているんだ。（p.108, 傍点小畑）

フランソワは、彼自身そう感じているように、実際、ノートを書き進めるにしたがい、現実から離れていきます。ここで、フランソワは「本当に」という語を用いていますが、「本当」か「嘘」かという問題設定の仕方をする限り、書かれたことは「嘘」でしかありません。ところが、「書かれたこと」とは現実と書く人との関わりの表現なのだとしてみれば、違った様相が見えてくるでしょう。

そのとき、現実と比較して「本当」か「嘘」かということはほとんど問題ではなくなるでしょう。そういう次元で論じるならば、小説はドキュメントと化し、映像・音響資料より、劣ることになるでしょう。

さて、『やぁ、ガラルノー』に話をもどせば、「僕はノートの中に潜り込んでしまおう」（p.130）と一時は考えたフランソワですが、「孤立するより、だまされたほうがましだ」（p.156）と言って壁から外に出る決心をするとき、「僕は出会いや花や人が必要なのだ（…）僕は話をし、（…）誰かに嘘をつきたい…」（p.156, 傍点小畑）と言っています。

「嘘をつく」ことは「書く」ことが必然的に抱えていることであり、現実と「書かれたもの」との違いに問題はあるのではなく、それを突き抜けて、現実と自分との関係をどう表現していくのかが重要なのです。こうして、フランソワは、この小説の末尾で、自分の生と書くこととの融合にようやくいたるのです。

二つに一つだってことはよく分かっているさ。生きるか、それとも、書くか。僕は、生き書き（vécrire）したいのだ。（p.157）

以前、「生きる」(vivre) ことと「書くこと」(écrire) はフランソワにおいて分裂していました。「だんだん、生きたくなくなる」（p.91）と、すでに一冊書いたノートも「僕はそれを全部、野菜くずといっしょに、ごみ箱におそらく捨ててしまうだろう」（p.91）と考えざるをえなかったでしょう。しかし、壁の中で「自分と向き合って暮らし」(p.125)、「生き書きする」[14]ことを学んだフランソワは、自分の本を皆に見せに外に出ていくことが決意できるようになったのです。

2-4　等身大の自画像と大衆文化

第一部第四章でみた『マリア・シャプドレーヌ』では、カトリック教会に象徴される崇高な精神性が社会の中心にありました。それに対して、『やぁ、ガラルノー』では教会が牛耳っていた教育がまずやり玉にあげられます。

冒頭でフランソワは高校を中退した理由を次のように述べています。

自分の受けた教育が役に立つかどうか確かめてみるのはいいことに決まっている。僕の場合、押しつけられた教育は、国外旅行どころか、ヒッチハイクの役にも立たなかったけれどね。仕事を探し、世間を眺め、幸福をつかもうとして、僕はそれを確かめたんだ。
頭の問題じゃない。どう考えても頭の問題じゃない、僕が学校をやめたのは。勉強がおもしろくなくなったからなんだ。勉強は教会の聖像みたいで、目は据わり、肩にほこりをかぶり、僕の密かな咳払いなど気にもかけない。（pp.13–14）

さらに、フランソワはカトリック教会が認めていなかった離婚を経験します。現在ケベックで離婚は珍しくありませんが、女性の社会進出とあいまって、それが増え始めるのも一九六〇年代からです。

現実に対する問題意識が理路整然と書かれるのではなく、そこら中にいる一人の若者の視点から語られているのが『やぁ、ガラルノー』の特徴です。それは、兄ジャックのようなプロの作家ではなく、フランソワというありきたりの青年の言葉で書かれています。

『やぁ、ガラルノー』には現実が溢れています。そこにあるのは卑小な日常であり、俗っぽい大衆文化です。ファースト・フードや大衆雑誌の世界です。もはや栄光あるフランス文化にすがるのでなく、アメリカナイズされた文化を自覚することなくして、現代ケベックのアイデンティティはありえないのです。

大衆文化の一つの現れは固有名詞でしょう。『やぁ、ガラルノー』には、実在の商品名や人物名が豊富に現れます。チョコレートのブラック・マジック、ハインツのケチャップ、ノース・ライトのボールペン、ウォーターマンの万年筆、バッキンガムやマチネといったタバコ、モルソン・ビール、ファミリー・レストランのサン・チュベール、クラフトのマヨネーズ、歌手のヨランド・ゲラール、推理小説作家のピーター・シュネー、タップダンサーのフレッド・アステアー、女優のエスター・ウィリアムズ、新聞ラ・プレス紙、大衆雑誌のナショナル・ジオグラフィック・マガジンやリーダーズ・ダイジェスト、女性誌シャトレーヌなど枚挙に暇がありません。

壁の中に閉じこもったフランソワは他者との関係を断ち、テレビのコマーシャルだけを見続けています。フランソワが見続けるテレビのコマーシャルは彼の妄想と一体化していきます。フランソワは恋人マリーズに次のような想像を話しています。

ほら、僕は戦争の犠牲者だって分かったところなんだ。ベトナム戦争みたいに望まないのに始まっちゃった変な戦争だよ。ジェネラル・モーター(15)がジェネラル・エレクトリックに相談してこう言ったんだ。アメリカ大陸を支配しましょう。が、大作戦に移る前に、実験をしてみましょう。社会学者が平均的市民を選び、その肖像を社会心理学的にわれわれに描写してくれます。(…)実験はすでに三週間続いています。学者たちは結論に近付いていますよ。大がかりな事業が計画されています。五大湖の水を、例えば、コカ・コーラで置き換えて、サン゠ローラン河岸、ソレルで、サン゠ジャン゠ポール゠ジョリで、リヴィエール゠デュ゠ルーで、水遊びする子供たちを砂糖漬けにしようというのです。(pp.75-76)

ここでも、コカ・コーラや自動車に代表されるアメリカ大衆文化の侵入から逃れられないケベックの現状が語られています。この場面では、風刺が、「芸術」や「文学」といった高尚な衣を着せられるのではなく、ユーモアで味付けされています。また過剰なくらいの想像力が働いています。アルデリックじいさんがフランソワを導くイニシエーションもそうした例として挙げることができるでしょう。それは夜中に泳ぐことで、何やら伝統的な通過儀礼のようですが、大衆誌のリーダーズ・ダイジェストからアルデリックが思いついたものなのでした。洒落やパロディー、過剰な想像力、そういったものが一層この小説の俗っぽさを強調しています。

ありふれた日常、卑俗な現実をしっかりと見つめ、自分が立脚している地点を認めることができたとき、ガラルノーは自ら築いた壁から出られるようになるのです。フランソワ・ガラルノーのアイデンティティ探求は、新たな時代を迎えたケベック人の物語に重なっているようです。作者自身次のように語っています。

『やぁ、ガラルノー』は、一九六〇年代「静かな革命」と呼ばれた改革期のまっただ中で書かれました。この時期、ケベックのフランス系住民は、世界の大きさを知り、閉鎖的精神から脱却して、自分たちの州を近代化しようと努めました[16]。

カトリック教会の教えは精神性を尊び、現実世界を直視することを避けてきました。しかし、一九六〇年代には、フランソワ・ガラルノーのような普通の青年たちが伝統的価値観に異議を申し立て、現実社会での自己実現を目差すようになります。そうした現実を描くには旧来の文学や言葉では不可能です。自分たちの言葉で、自分たちの視点で、等身大の自分たちの姿を描く必要があったのです。

【注】

（1）*The Stone Angel*, Margaret Laurence, first published in 1964 by McClelland and Stewart. 邦訳『石の天使』浅井晃訳、彩流社、一九九八年。邦訳と引用頁数は邦訳書のものである。

（2）Jacques Godbout, *Salut Galarneau!*, Ed.Seuil, 1967. 引用文は小畑の本書のための拙訳。下記の翻訳書とは異なる。頁数は、次の版のもの。*Salut Galarneau !*, Collection Points, Ed. Seuil, 1995. 邦訳『やぁ、ガラルノー』小畑精和訳、彩流社、一九九八年。

（3）ローレンスの略歴に関しては、邦訳書の後書きと、カナダ百科事典を参照した。『石の天使』、前掲書、三六七～三七二頁。

The Canadian Encyclopedia Web 版。http://www.thecanadianencyclopedia.com/articles/margaret-laurence、二〇一二年一二月五日閲覧。

（4）当時はイギリスの植民地でゴールド・コースト Gold coast と呼ばれていた。

（5）half-breed. 先住民とフランス系白人の混血。フランス語ではメチス métis. 彼らは主にフランス語を話し、ルイ・リエル Louis Riel を指導者として、一九世紀後半に二度連邦政府に対して「反乱」を起こしている。なお、英系と先住民との混血はあまり進まなかった。

（6）The Bay（英）, La Baie（仏）。カナダで一番古い百貨店チェーン。母体はハドソン湾会社（Hudson's Bay Company, HBC）。同社は植民地時代にビーバーなどの毛皮交易のために一六七〇年に設立された。東インド会社やノースウェスト会社と同様に国策会社であった。勅許により独占権を与えられて、ハドソン湾を取り囲むルパーツ・ランドと呼ばれる広大な地域を所有していた。同地域は一八六七年に成立したばかりのカナダ連邦に譲渡され、一八七〇年にノースウェスト準州となった。同社は現存する北米最古の私企業。現在でも同社のトップは総督（Governor）と呼ばれている。

（7）一三四頁にも「ブラムは気晴らしにイートン百貨店のカタログを読んでいたものだ」という記述がある。

（8）「そうだ、ドリスにサテンの寝巻を持って来るように頼んでくれないかい。薄いピンク色のよ。それに青いのも。こんなガウン着られないよ。まるでずた袋だね」（三〇八頁）。

（9）他の個所でもヘイガーは自分の性欲を告白している。たとえば、「そのこと（ジョンの男の性）が昼間の間私が隠し持っている部分を思い出させたのだろう。つまり今でも眠れないで横たわっている空虚な夜のことだ」（一八八頁）。

（10）モンレアルの民衆が「シュヴァル cheval（馬）」を「ジュアル joual」となまって発音していたためにこう呼ばれる。本来はモンレアル地域に限定されたものだったが、転じて、ケベック方言全体をいう場合もある。

（11）ケベック市と、サン・ローラン河を挟んで対岸に位置する町。
（12）「僕が学校をやめたのは、勉強にもう興味がもてなくなったからだ。（…）教科書は空虚で、黒板は退屈で、僕の頭は三日たったケチャップの瓶みたいに空っぽだった」『やぁ、ガラルノー』（p.14）。
（13）「彼（アルフレッド）は一二才になると、警察学校に入った。彼には職がある（…）奴は一角のものだ。僕はと言えば、何者でもない」（前掲書、p.108）。
（14）Vécrire: vivre「生きる」とécrire「書く」の合成語。
（15）自動車会社のジェネラル・モーターズと、電気機器から軍需産業までてがけるコングロマリットのジェネラル・エレクトリックを将軍〔ジェネラル〕にひっかけたしゃれ。
（16）邦訳『やぁ、ガラルノー』に寄せられた「日本の読者のために」より（前掲書、三頁）。

第五章

近代化への警告——フレデリック・バック

フレデリック・バック展カタログ表紙。バックが描いたエルゼアール。

1 『木を植えた男』

フレデリック・バック(1)は一九二四年にザールブリュッケン（現在はドイツ領）で生まれ、一九四八年にカナダに移住して結婚、現在もモンレアルに住んで活躍しているアーチストです。一九八一年に『クラック！』で第五四回アカデミー賞短編アニメ賞を受賞しています。彼は、一九八七年にジャン・ジオノの短編『木を植えた男』をアニメ化した作品によって、世界中の注目を集めることとなりました。この作品もアカデミー賞短編アニメ賞を受賞し、日本でもフレデリック・バックの名は知られるようになりました。

『木を植えた男』は、南仏プロヴァンス高地で羊飼いがひとりでこつこつと何十年も木を植え続け、荒れ地を緑の楽園に変えた話です。その羊飼いの名はエルゼアール・ブーフィエ。山歩きをしていた「私」がはじめてエルゼアールに会ったとき、ローマ時代から人が住んできた土地も、炭焼きのために木が切られ、水は枯渇し、草木は枯れ、人の心は荒《すさ》び、家は捨てられてしまっていました。しかし、「私」が訪れるたびに木々は成長し、森となり、水が流れ、人も戻って来ます。それはすべて、二つの大戦の危機にもかかわらず、エルゼアールがたった一人で木を植え続けたおかげでした。

それまでの作品で現代文明を批判するのと同時に人間が本来持っている力の素晴らしさを描いて

いたバックがジオノのこの短編に惹かれたのは当然でしょう。日本でもバックのアニメから採られた絵がふんだんに使用された『木を植えた男』が徳間書店から出版されています。和訳とともに原文も掲載されているのが嬉しいところです。しかも、訳と解説は、『火垂るの墓』を監督し、『風の谷のナウシカ』をプロデュースした高畑勲です。同書にはバックと高畑の対談も収録されています。

人間が自然を破壊してきたのは現代に限ったことではありません。炭焼きやその他の利用のために木々が伐採され、そのために消滅した森林は古来数限りがありません。そして森林の再生には何十年もかかります。人間は目先の利益を考え、短絡的で愚かですが、同時にまた、真摯に自然と向き合い、地味な努力を持続する力も持っています。歴史はそれを繰り返してきました。

しかし、現代文明による自然破壊は規模が違います、というよりも、次元が異なると言ったほうが正確かもしれません。話題になっているドキュメント映画『一〇〇〇〇〇年後の安全』が示しているように、われわれはもはや能力的にも時間的にも保障できないものを作りだしています。津波は天災ですが、原発事故は人災です。

ところで、人間の思考は習慣化しやすく、また、ご都合主義でもあります。原子力が人間の手でコントロールできるものでないことは今回の福島の例をみれば明らかでしょうが、「電力不足」が叫ばれると、原発は必要悪だと考えられがちになってしまいます。有害物質の大気中や水中への垂れ流しはかつて「公害」と呼ばれ、環境破壊だと考えられ、その責任は厳しく追及されてきました。ところが、環境問題として喧伝されると、われわれが共有すべき問題となり、一人一人が節電しなければならないように、責任は皆のものとなり、問題の本質が見失われてしまいます。われわれはしばしばそうした考えに慣らされています。そしていつの間にか原発の存在が消極的にではあれ肯定されるようになってしまうのではないでしょうか。

思考を大勢に順応させるばかりでなく、パラダイム変換などとおおげさなことを言わなくとも、一粒一粒木の実を植えることでもいい、考え方を時には根本的に変える必要があるのではないでしょうか。これは原発だけにあてはまることではありません。地球温暖化が問題になるとき、なぜ自動車に乗るのをやめようと誰も言わないのでしょうか。さらに自動車に限らず、われわれの周りにはそれほどでもないのに必要だと習慣的に思っている（思わされている？）ものがあふれています。それは、どこかの知事がいったように、パチンコや自販機だけではないでしょう。

問題は自動車やパチンコや自販機が本来不必要かどうかなのではありません。現代文明に浸っているわれわれが喜び悲しむ力、苦しみ楽しむ力、そして何よりも考える力を見失っていることなのです。電車の中でひたすらボタンを押して、ゲームにふけっている人の姿を見るのは悲しい。芸能人の死を報じるテレビを見て、涙する自分は滑稽です。しかし、誰が、自動車に乗るたびに地球を汚しているのだと思いを馳せるでしょうか。パチンコと自販機をやり玉にあげた知事はなぜ自動車に言及しないのでしょうか。大企業は電気の使用量カットに協力さえすればよいのでしょうか。節電は免罪符ではありません。

2 『大いなる河の流れ』

バックの作品の一つに『大いなる河の流れ』（一九九三年）があります。そこでは河が育む生命の豊かさと人間の関係が描かれています。「大いなる河」とはバックが一九四八年にカナダへ移住して来てからずっと暮らしているケベック州を流れるサン・ローラン河のことです。先住民は「マグトゴーグ（大いなる河）」と呼んでいたそうです。

一五三四年、フランス人探検家ジャック・カルチエがこの大河を初めて遡《さかのぼ》ったのが八月一〇日、聖ローランの日だったので、それにちなんでサン・ローラン河と名付けられたと伝えられています。

大西洋を渡って来たクイーン・メリー2号と雄大なサン・ローラン河の流れ。ケベック市付近。

バックの短編映画では、魚、海獣、鳥、陸の獣などなど多くの生命がこの河のもたらす豊かさを享受していることがまず美しいアニメーションで描かれます。先住民たちは必要以上に獲物をとることはなく、彼らも大自然の一部でした。しかし、白人がやってきて、脂をとるためにオオウミカラスやセイウチやクジラを獲り、多くの動物が彼らによって大量に殺されるようになります。白人はまた毛皮を先住民から買い取り、先住民たちは伝統的な狩り場を奪いあい、争いが増加します。銃を手にした彼らの戦いは激しさも増しました。

この河は、英仏植民地戦争の舞台ともなりました。そもそもフランス人は、アパラチア山脈とカナダ楯状地に挟まれ、この河の両側に広がる肥沃な谷を中心に入植し、さらに遡って五大湖に達し、その西側のミシシッピ河を下って、ヌーヴェル・オルレアン（ニューオリーンズ）まで辿りつきました。一八世紀には北米大陸の大半がフランス領となり、英領になるまで「ヌーヴェル・フランス」（新フランス）と呼ばれていました。

一八世紀中葉の植民地戦争にフランスがイギリスに敗れ、「河」の流域も英領になってしまいました。しかし、今にいたるまで、ケベック市、トロワ・リヴィエール、モンレアルなどケベック州の都市の大半はこの河に面しています。モンレアルは実はこの大河に浮かぶ島なのです。

通常ケベコワ（ケベック人）からサン・ローラン河は単に「河」Le Fleuve と呼ばれています。それほど、この河はケベコワ達に親しまれています。京都で「川」といえば鴨川、「山」といえば比叡山のことを指します。モンレアルで「山」は「モン・ロワイヤル（王の山）」と呼ばれる丘のことです。この地に辿りついたジャック・カルチエはこの丘をフランス国王フランソワ一世に捧げ、「王の山 Mont Royal」と名付けました。中世フランス語では「王の」を意味する形容詞として「ロワイヤル」と並んで「レアル」も用いられていました。丘の名としては前者「モンロワイヤル」、町の名としては後者「モンレアル」が残りました。「モントリオール」と発音してしまうと、こうした歴史の香りが消えうせてしまいます。

京都で「花」といえば桜です。しかし、モンレアルは花のまちではありません。ケベックの春と夏は短い。この町が色づくのは紅葉の時期です。日本のように色とりどりではなく、一面真っ赤になります。それはカナダの国旗にもなっているカエデ（仏語 érable、英語 maple）のためです。この樹の葉は大きく、また、ケベックではこの樹が群生している林がたくさんあります。そのために、山全体がみごとに赤一色に染まります。モンロワイヤルの丘も例外ではありません。

カエデの中には樹液にわずかに糖分を含むものがあります。それを煮詰めたものがシロ・デラーブル（sirop d'érable、メイプル・シロップ）です。その世界生産のおよそ四分の三をケベック州は生産しています。このシロップはケベックでは単に「シロ」とか「砂糖 sucre」とも呼ばれ、お菓子としてだけではなく、オムレツやハム・ステーキなど様々な料理の上にソースのようにかけて食されています。

シロは雪融けの復活祭のころのわずかな期間しか採れません。最低気温が零度以下、最高気温が一〇度以上になると、冬の眠りからカエデも覚め、樹液を活発に巡らせるようになります。この時期になるとケベコワたちは、「砂糖狩り」にでかけます。森にある「砂糖小屋 Cabane à sucre（英語では Sugar Hut）」は樹液を集めてシロを作る小さな工場ですが、近年では観光客に食事を出すところも多く、春先にそこへでかけてあらゆるものにシロをかけて食べ、飲んで、歌うのが、日本の花見に代わるケベックの風物詩となっています。それは長くて厳しい冬に耐えてきた者が味わえる春の喜びなのです。

そのカエデを育てる雪融け水が集まって川となったのが、サン・ローラン河に注ぐ多くの支流です。かつては、その流れを利用して、冬の間に伐採した木材を流して運んでいました。厳しい寒さの中での伐採もさることながら、木を流す作業も過酷で危険な仕事でした。アメリカのカウ・ボーイに相当するカナダ人の荒くれ男のイメージが「樵《きこり》」です。

バックの映画では木の伐採も人間による自然破壊の面が強調されます。それは『大いなる河の流れ』だけではなく、『木を植えた男』でも同様です。このような文明批判はバックの作品の大きな特徴でしょう。それは子どもの頃から「とにかく描くことが好きだった」というバックが自然をそして人間をじっとみつめてきた結果なのでしょう。何枚ものスケッチを重ねていったようなバックのアニメーションは単に冷たい批判に終わることなく、温もりも感じさせてくれます。

人間による河の侵害は近代になるとより深刻になります。工場排水、生活排水によって、毒を河に注ぎこみます。それに対して、フレデリック・バックの映像は生命の豊かさを忘れずに伝えようと、淡々としたスケッチのような映像で河の歴史を映し出していきます。ゆったりとした流れが岸と水の境界を曖昧にする湿地帯は多くの渡り鳥を引き寄せます。そこに現れる人間の影と余韻を残す銃声のシーンが印象的です。

富に心を奪われた人間たちは河の大切さを忘れてしまいがちになります。「河に支えられた経済が今では河を脅かす」とバックが警告を発したのは一八年前でした。

3　サン・ローラン河紀行

フレデリック・バックの『大いなる河の流れ』を見て、サン・ローラン河が持つ意味を再認識させられたのは私だけではないでしょう。私はこの河に沿って旅したことが何度かあります。しかし、美しさにばかり気を取られ、河の歴史に興味はもっていましたが、それが抱える問題にまで考えを深めることはあまりありませんでした。

まず、河口のガスペ。この地は大西洋を渡って探検に来たJ・カルチエが上陸した最初の地であることで知られています。カルチエは、ケベックではコロンブスのような存在で、誰もが知っていて、広場や通り、橋などに名前を残しています。ガスペ半島の先端に、ペルセと呼ばれる穴のあいた大岩があります。バックのアニメでは、カルチエがやってきた時代そのままに穴が二つあります。現在では一つの穴の天井部が崩れ落ち、穴は一つだけになっています。こうした細部にこだわるのもバックのアニメの特徴でしょう。小さなモーテルのレストランで夕食をとりながら、この岩を背景に見た夕陽は今でも忘れられません。しかし、カルチエの上陸から、白人の「侵略」は始まるのです。ペルセ岩のすぐそばにボナヴァンチュール島があります。この島は絶壁に守られ、シロカツオドリなど海鳥の繁殖地として名高い。人間が来るまでは楽園だったでしょうが、逆にひとたび足を踏み入れられればまったく彼らは無防備です。今では柵で観光客から守られていますが、バックのアニメにでてくるように、かつては棒を振り回すだけで簡単にこれらの鳥を捕獲することができたでしょう。

ジャック・プーランの『フォルクス・ワーゲン・ブルース』(2)はガスペから始まって、フランス人探検家の足跡を辿りながら、失踪した兄を探し求める興味深い小説です。この小説の結末で、サンフランシスコでようやく巡り合えた兄は弟のことも認識できないほど不具な状態になっています。アイデンティティ探求とともに、白人によるアメリカ大陸の「探検」を再考させる作品です。

河口から遡って北側にサン・ポール湾があります。湾といっても支流のグーフル川がサン・ローラン河に交わるところにできた入江のような穏やかな地で、多くの画家を引きつける美しい景色、特に紅葉で名高いところです。

北岸を少し上流に行くとタドゥーサック。この地も支流サグネイ川が「河」に注ぐところに位置しています。かつては毛皮交易の拠点としてヨーロッパに繋がる貿易港でした。今では小さな町で、映画『ホテル・ニューハンプシャー』(3)にでてきた赤い屋根の洒落たホテルで有名になっています。ケベックの冬は厳しいが、短い夏はそこそこ暑い。このホテルのデッキ・チェアーに寝そべって日光浴をしながら河を眺め、まったりと過ごしたひとときは私にとって至上の贅沢でした。しかし、そのとき、毛皮交易に思いを馳せることはありませんでした。まして、そのために一時絶滅の危機に瀕したビーヴァーのことなどまったく考えることはありませんでした。

ここらあたりまで「河」は対岸も見えず、潮の満ち引きもあり、「海」のようで、鯨もやってきます。今ではその見物の遊覧船で有名ですが、私は結局お目にかかれませんでした。繁殖期の九月ごろに一番集まるそうです。その代わりに、ここに定住しているシロイルカの姿はしばしば目にしました。シロイルカは、かつて柵をたてて導きいれられ、潮が引いたときに大量に捕獲されました。バックと異なった視点から、失われた伝統を取り戻すために、この猟を復活させようとし、それをドキュメント映画にしたのが、シネマ・ヴェリテの名作『世界の存続のために』(4)です。

続いてケベック市。ケベックとは先住民の言葉で「狭い所」を意味します。実際、この市のすぐ下流にオルレアン島があり、川幅は急に狭くなります。しかし、狭いと言っても、下流が海のようなのですから、ケベック市より上流でも川幅は日本の通常河川の河口ほどあります。ともあれ、この地は港として、また、ヌーヴェル・フランスの中心として栄えました。モンレアルに経済の中心は譲っていますが、今でもケベック州の政治の中心であり、中世ヨーロッパの趣を残す北米唯一の城壁に囲まれた旧市街地は世界遺産になっています。中世のお城を模したシャトー・フロントナック・ホテルが聳《そび》える崖には「テラス・デュフラン」と呼ばれる木張りの遊歩道があり、ここから見下ろす河は雄大です。この遊歩道はケベックを守るシタデル（砦）まで続いています。シタデルに隣接して、アブラーム草原があります。ここは、英仏両軍の将軍がともに戦死するという激戦を繰り広げた地です。英軍が結局勝利をおさめ、ケベック市は陥落します。今ではそんな歴史を感じさせない、のどかな原っぱが広がっています。

ケベック市とモンレアルの中間に位置しているのがトロワ・リヴィエール。ここに在住しているのが旧ユーゴスラヴィアからの亡命作家ネゴヴァン・ラジック。彼は『モグラ男』(5)という小説でいくつかの文学賞を受賞しています。この小説は、日常の下で蠢《うごめ》いている不気味な活動を語っています。それは祖国の偽善的な社会主義を批判したものでしょう。しかし、それはまた、近代化の名のもとに自然を破壊してきた現代人全般に向けられたものかもしれません。事実、ここは木材加工、製紙の町として発展してきました。先述のように、これはバックが取り上げてきた問題でもあります。

ここまで遡ってきたカルチエはすでに酔っぱらっていて、サン・ローラン河に注ぐサン・モーリス川が三つに見えたので、「トロワ・リヴィエール Trois-Rivières(三つの川)」と名付けられたと、「ネゴさん」(右記のネゴヴァン・ラジックの愛称)は、突然訪問した私にユーモアを交えて語ってくれました。ちなみに、ネゴさんを私に紹介してくれたのは詩人で明治大学名誉教授の安藤元雄さんです。

トロワ・リヴィエールとモンレアルの間にジョリエットという田舎町があります。近代化が伝統的な生活を激変させていく様子を描いた名作が第一部第五章でとりあげた『三十アルパン』です。作者ランゲは医者で、ジョリエットにある病院とモンレアルの病院で働いていました。つまり、彼はジョリエットという農村とモンレアルを比較できたのです。伝統的なケベコワの姿は、カトリック信仰にすがり、世の流れから距離をおいて、ひたすら自分たちの生活・文化を守る農民です。映画化もされた小説『マリア・シャプドレーヌ』がそうしたケベコワを世に知らしめました。

そしてモンレアル。この都市は実は大河の中の島なのです。この島だけでなく、近辺には大小多くの島が大河に浮かんでいます。北にはラヴァル島が子どものように寄り添っています。長く計画どまりだった地下鉄がようやく延長されて、この町はモンレアル島と結ばれ、今では一大都市圏を形成しています。前章でとりあげたジャック・ゴドブーの小説『やぁ、ガラルノー』の主人公がホットドッグ屋を道端で営んでいるのもペロー島という、モンレアルとトロントを結ぶ二〇号線が通る島です。

モンレアルの中心にあるマギール大学

先述のようにモンレアルの中央には王の山「モンロワイヤル」があります。歩いて簡単に登れる丘で、パリのモンマルトルの丘のように市民から親しまれています。丘の東の中腹に、カナダで最も古い、英系のマギール大学があります。西にはその名も「ウェスト・マウント」と呼ばれる英系の高級住宅街があります。今では地図が塗り替えられ始めていますが、このようにモンレアルの中心は英系によって占められていたのです。仏系のモンレアル大学、仏系の高級住宅街ウートルモンが丘の反対側の北側斜面にあるのは英系と仏系の関係を象徴的に表しています。

第一部第七章でみたガブリエル・ロワの『東の間の幸福』は、

こうした英仏両住民の間の格差を描いています。第二次世界大戦勃発時、産業化とともに田舎からモンレアルにでてきたケベコワは貧しい生活を下町のサン・アンリ地区でおくっています。彼らはウェスト・マウントをただ見上げながら、日常に追われ、すぐそばにある「山」が視野に入ってこない。河をさらに上流へと繋ぐラシーヌ運河のほとりで彼らはもくもくと働くばかりです。ラシーヌとは「中国」La Chineのことで、J・カルチエは、コロンブス同様、この地をアジアの一部だと思い、中国に続いていると信じていたといいます。そのためこのあたりは「中国」と呼ばれるようになったそうです。

北米大陸を覆っていた分厚い氷が氷河期の終わりに融け始め、大西洋に押し流されたときに大地を削り取ってできたのがこの大河。川幅が広く、深く、流れはおだやかです。谷はU字型で広い。そのため、大西洋を渡ってきた大きな船が何百キロも上流のモンレアルまで入って来ることができました。この町は港町として発展してきたのです。モンレアルから上流は、急流になり、浅く、大きな船は入れませんでした。今では、ラシーヌ運河をはじめ、いくつも運河ができ、多くの水門によって一八〇メートルの高低差を克服して、五大湖から大西洋を、シカゴやデトロイトとヨーロッパを繋ぐ一大水路ができあがっています。しかし、そのため、サン・ローラン河は北米工業地帯の「下水」と化してしまいました。「河に支えられた経済が今では河を脅かす」と『大いなる河の流れ』のナレーションは警告を発しています。

モンレアルの上流に注ぐのがウータウウェ（オタワ）川。この川はオンタリオ州とケベック州の境を流れています。首都のオタワは仏系の中心モンレアルと英系の中心トロントとほぼ等距離にあります。オタワはオンタリオ州側にありますが、対岸のケベック州ガティノーとともに首都圏を形成しています。ケベック側にある文明博物館から眺める国会議事堂の丘は素晴らしい眺めです。また、ウータウェ川は急流下りラフティングでも有名です。一日かけて、ときには何日もかけて川をゴム・ボートで下るのはスリルがあり楽しい。このスポーツは「森を駆ける男」の伝統から生まれた遊びなのでしょう。「森を駆ける男」とは、開拓時代に定住を好まず、森にわけいって先住民と交易をしていた冒険者のことです。彼らも「樵」と並ぶケベコワの象徴です。

『大いなる河の流れ』は『木を植えた男』と併せてCDで販売されています。そのタイトルバックに使用されているのが、「澄んだ泉で」というフランスで昔から親しまれてきた歌です。これは一種のしりとり歌で、「澄んだ泉に、散歩に行って、水があまりにきれいだったので、水浴びをした、永く君を愛してきた、決して君を忘れない」という一番の歌詞はフランス人なら誰でも知っています。

この歌はケベックに渡って、特に「森を駆ける男」に愛されていたと言われます。『マリア・シャプドレーヌ』でジャン・ギャバンは典型的な「森を駆ける男」であるフランソワの役を演じています。この映画でも「澄んだ泉で」が歌われていました。

この歌の結末で、男は恋人が摘んできたバラの花束を拒んだために、失恋してしまいます。男は、

「バラはバラの木に咲いていて欲しかったし、僕の恋人はまだ僕を愛していて欲しかったのに」と歌います。フレデリック・バックがこの歌を使った理由は「澄んだ水」だけにあるのではなさそうです。

【注】

（1）フレデリック・バック展が二〇一一年七月二日から東京都現代美術館で開催された。そこでは彼のアニメ作品や、カナダへ移住してくる前に描かれたスケッチなどが多数展示されていた。それを辿ると、文通相手に会うためにモンレアルにやってきて、一年後には結婚し、カナダに定住する経緯がわかる。『フレデリック・バック展図録』（日本テレビ放送網株式会社発行、二〇一一年七月）参照。

（2）*Volksuagen Blues*, Jacques Poulin, Québec/Amérique, 1984.

（3）『ホテル・ニューハンプシャー』、ジョン・アーヴィング原作、トニー・リチャードソン監督、カナダ・イギリス・アメリカ合州国合作、オライオン・ピクチャーズ配給、一九八四年。（日本では松竹配給で、一九八六年公開）。

（4）*Pour la suite du monde*, réalisation par Michel Brault, Marcel Carrière et Pierre Perrault, scénario de Michel Brault et Pierre Perrault, Office national du film du Canada, 1963.

（5）第二部第七章第二節を参照。

第六章

日系作家のカムアウト

J. コガワ『失われた祖国』（原題は *Obasan*）**Penguin Canada**

1　日系移民のカムアウト

カナダへ最初の日系移民は一九世紀末にサケ漁などのためにバンクーバー島やフレーザー川周辺にやってきました。しかし、非ヨーロッパ系の移民は制限されていたため、日系コミュニティーも大きくは発展しませんでした。真珠湾攻撃後、二万人を越える日系カナダ人は、彼らの大半がカナダ生まれで、カナダ国籍を持っていたにも拘わらず、「防衛上の理由」により、財産を没収され、自由を大幅に奪われました。戦後も彼らの権利は回復されず、ロッキー山脈以東の地域へ移住させられ、または日本帰国を命じられました。

サバイバル精神は、確かに被支配者を支配者から守りもしますが、現実から目を逸らさせ、近代化を妨げる結果ともなりえます。多くの日系移民も第二次大戦中の「強制移住」の事実にひたすら耐え、戦後も沈黙を保っていました。戦後すぐにこうした措置に対して賠償を求める運動が始められましたが、活発になったのは一九七〇年代で、「リドレス」（redress、損失の修復、補償）運動と呼ばれるようになりました。一九八八年にようやくカナダ連邦政府は彼らの主張を受け入れ、強制移住等が不当であったことを認め、個人に二万一〇〇〇ドル、日系カナダ人コミュニティーに一二〇〇万ドルなどの補償を決定しました。このリドレス運動において、ジョイ・コガワやロイ・ミキたち日系作家たちが声を挙げ、重要な役割を果たしました。

2　ジョイ・コガワの『失われた祖国』(1)

この作品はリドレス運動の高まりを一人の女性の目を通してよく反映しています。ナオミは日系移民一世や二世の寡黙で清楚な苦しい生活を見て育った日系三世です。第二次世界大戦中、少女だったナオミは、突然家族と引き離され、イサムおじさんとアヤおばさんと暮らさなければならなくなりました。日系人はカナダ国籍を持っていても、敵国人だと見なされ、紙切れ一枚の命令で転居しなければならなかったのです。ナオミは、太平洋戦争勃発直前に日本へ帰国したまま音信不通になり、カナダへ戻って来ることのなかった母のことを尋ねても、教えてもらえません。少女は三〇年近く経って母からの手紙を初めて読むことになります。

冒頭の場面が印象に残ります。おじさんは毎年語り手のナオミを連れてカナダ中部平原の小高い丘にやって来ます。どうして毎年来るのかナオミが尋ねても、おじさんは海原のような草原を眺めながら「Umi no yo」と呟くばかりです。実はアルバータ州の大草原地帯に住むおじさんたちは、ヴァンクーヴァーから強制移住させられてきたのでした。船大工だったおじさんは草原を見ては海を思い出していたのです。しかし、おじさんはなにも説明してくれません。一九七二年にはもう三〇を越えているナオミであっても、おじさんにとっては「幼なすぎる」と思われるのです。おじさんがなくなった後もこの言葉は回想されます。おじさんの沈黙は忘却に終わってしまうことがありません。冒頭と同様に、最後の場面でもこの「Umi no yo」という言葉が回想されます。それはおじさんやおばさんたちが沈黙し、語れなかったことをナオミが書き綴っていきます。それはおじさんやおばさんの沈黙を通しているだけに、余計に重く、力強い小説となっています。

第一部「屋根裏で見つけた小包」において、一九七二年、三六歳になり小学校の教員になっていたナオミはある日電話でおじさんが亡くなったことを知り、グラントンに戻ります。ナオミはアルバータ州のこの村へ戦争中にヴァンクーヴァーから強制移住させられて、おじさんとおばさんと七年間暮らしました。アヤおばさんは、ナオミのもう一人のおばさんであるエミリーが送ってきた小包をナオミに渡します。そこには過去の謎を明かす手紙や日記が入っていました。アヤおばさんはそのときに一枚の見慣れた写真を持ってきてナオミに見せます。それは、二、三歳だったころのナオミが母の脚に片方の手でしがみついている写真でした。

第二部「エミリーおばさんの日記帳」で、ナオミはアヤおばさんが見せてくれた写真から、まずヴァンクーヴァーでの幸福だった生活を回顧します。ナオミたちの住む家は「バンクーバーでもとくに環境のいい住宅地」にあり、「そのあと住んだどの家よりもすばらしかった」（一〇一頁）のです。また、「バンクーバーの家の内部は安らぎと笑い、音楽と食事の時間と遊びとお話とに満ち満ちて」（一一五頁）いました。

ナオミは過去のことを思い出したくありませんでした。それに対してエミリーおばさんは、過去を否定することは腐敗の根源であり、つらいことも記憶に留めなければ現状から抜け出すこともそこに安住することもできなくなると言い、ナオミに戦争中のことを思い出すことを促します。小包を送ってきたのもそのためなのでした。

それをきっかけにして、ナオミはようやく過去を語りだします。第二部は「エミリーおばさんの日記帳」と題されていますが、そこに描かれているのはナオミが過去と向き合う過程なのです。九六頁から始まる第二部で、ナオミが実際に「日記」を読み始めるのは一五六頁になってからです。その間六〇頁にわたってナオミは自分の過去を語っていきます。

こうして一九四一年の九月に母が日本へ行く場面が回想されます（一三〇頁）。港には父、エミリーおばさんとアヤおばさん、母方の加藤のおじいちゃん、父方の中根のおじいちゃんとおばあちゃん、一族全員が見送りに来ていました。育ててもらった祖母（ナオミからみれば曾祖母）が病気なので母は加藤のおばあちゃんと日本へ行くことになったのです。その後太平洋戦争が始まり、戦争が終わったあとも母はカナダに戻ることはなかったのです。

母が日本へ行ってしまってからは楽しい想い出はなくなります。日系人に対する人種差別は日増しに強まっていきます。そして多くの日本人が収容所へ送られていきます。エミリーおばさんの日記にはその悲惨な様子が描かれています。

けさ父さん（中根のおじいちゃん）は起きるとすぐプールの男性収容所（元女性パビリオン）

に行ってきました。悪臭ともうもうたる埃、それに嘆かわしいプライバシーの侵害に、まったく吐き気を催すほどだったそうです。

家畜小屋（女性と子供たちが収容されている）はもっとひどい状態でした。家畜の排泄物の臭いがあたりにまだ充満しており、藁を詰めたふとんは腐ってじとじとしています。新鮮な果物や野菜なんてもちろんありはしません。父さんはどんなものを食べさせられているのか、ちょっと試食してみたのだそうです。（一八四頁）

収容所の暮らしはひどいものです。ナオミは、ヴァンクーヴァーを追われ、病気の父とも引き離されて、兄のスティーブンとアヤおばさんとイサムおじさんとスローカンで生活するようになります。いまは廃墟になった昔の銀鉱あとの鉱夫小屋に、日系人の何世帯かが住みついていました。ナオミたちの家は貧しい二部屋の丸太小屋でした。

（スティーブンが天井を指さして）「あれは草と糞だよ」

天井はとても低く、あの七人のこびとの家を思い出させた。壁に並べて貼られた新聞紙がところどころめくれており、下からザラザラした板がのぞいている。錆びた釘が何本も壁からつき出している。窓の桟のところを、スズメバチが一匹はいまわっている。暗くもなく、涼しくもないのに、どことなく地下室にいる感じがした。（二三〇頁）

戦争が終わっても、ナオミたちはヴァンクーヴァーへ帰ることはできず、大草原の中の家に引っ越しさせられます。

第三部「長崎から届いた手紙」で、イサムおじさんが死んで、ナオミはアルバータ州の大草原の家に戻ってきますが、エミリーおばさんが残していった書類を読む気になれません。「事実をはっきりさせるためにはそれが必要なのよ」とエミリーおばさんは言いますが、ナオミは「私もきっと疲れているのだと思う。すべてのことから逃げ出したくてたまらないから。過去からも、書類の山からも、今のこの状態や、たくさんの思い出からも、いろんな人の死からも、エミリーおばさんとその言葉の洪水からも」（三四三頁）と考えています。

ひとたび引き裂かれ、別れ別れになってしまった家族は、永遠にもとどおりにはなりません。戦時中、日系人は、ロッキー山脈の東へ行くか、日本へ帰るかの選択を迫られ、離れ離れになっている両親や子供と相談する時間すら与えられませんでした。選択に迷っていると非協力的とのレッテルを貼られたのでした。エミリーおばさんによれば、日系人をヴァンクーヴァーから追放するために、公式に、非公式に、あらゆることが行われていました。ありとあらゆるレベルで、日系人は消えろ、というメッセージが二世の心に深くしみとおり、骨の髄まで達してしまったのです。

ナオミは、「ええ。それはいやだったわ。なにもかもが。あのハエでさえ」（三六四頁）と、アルバータでの苦しかった生活をエミリーおばさんに告白します。冬の厳しい寒さ、気持ちの悪い南京虫、中でも炎天下のビート畑での過酷な作業は耐えがたいものでした。しかも、母からはなんの連絡もなかったのです。

ナオミは次のように聞かされていました。再入国申請に対して、おばあさんはカナダ国籍がなかったので、戦後も戻れない、母は、従妹の子を養子にし、その子にカナダ国籍がないため、戻れないと。しかし、ナオミとスティーブンになぜ何の連絡もないのか当時のナオミには納得がいきませんでした。

ナオミはなぜ母が手紙をくれなかったのか繰り返し尋ねてきました。しかし、悪夢の中で、ナオミは「母を殺せば殺すほど沈黙は深まるばかりだった。／大審問官が知らなかったこと、それは沈黙の道にこそ対話の道があるということだった」ことを知ります。目覚めたナオミは「なぜ、それを知らなければならないの？　なぜ、母の愛を信じないの？　なぜ、そんなに母を責めるの？」（四二四頁）と考えるようになります。

そして、イサムおじさんの葬儀にきていた牧師の中山先生に、母とともに日本に帰ったおばあさんから来ていた手紙を読んでもらうことになります。

母とおばあさんは長崎にいとこのお産の手伝いにいき、被爆していたのです。戦後そのことを沈黙したまま母は死亡します。「おばあちゃんは、沈黙を守りつづけることと、絶えず悪夢に襲われることにやがて耐えきれなくなって、この恐怖をせめて夫と分け合うことができたら、過去の呪縛からも逃れられるのではないかと考える」（四三六―七頁）ようになり、手紙を書いてきたのでした。

おばあさんからの手紙には長崎の惨状も細かく語られていました（四三八―四三頁）。

母は、「スティーブンとナオミには言わないで」、「あの子たちには絶対に知られないように祈っています」と言い続けていたのでした。原爆に対する当時の偏見を思えば母のことばの重さが理解されるでしょう。エミリーおばさんたちはその母の遺志を尊重して子供たちに話さずにいたのでした。アヤおばさんの沈黙は母の沈黙に裏打ちされていたのでした。

3　國本衛『再びの青春』との比較

強制収容に関してわが国ではハンセン病患者の国家賠償請求訴訟がありました。一九〇七年の「らい予防法」以来約一世紀にわたって続けられた患者の無念は、二〇〇一年五月熊本地裁での患者側勝訴判決によって、初めて晴らされたのです。政府の控訴断念があたかも小泉純一郎首相の英断であるかのように報じられましたが、患者たちの粘り強い長年の運動の成果であることは言うまでもありません。この間の事情をドキュメントとして伝えているのが國本衛の『再びの青春』[2]（新日本文学賞受賞）です。患者たちの長い沈黙を忘れ去ることなく受け継いできた者ならではの力作でしょう。この作品も『失われた祖国』同様、抑えた筆致で書かれているのが印象的です。新日本文学賞選者の一人である鎌田慧は「これだけ冷静に書くまでに費やされた、絶望の深さと人生のほとんどにわたる長い時間を考えさせられた」と評しています。

國本は『再び の青春』の最後で、「一つの闘いが終わった。しかし、また新たな闘いが始まる」と書いています。この作品は、彼の胸に秘められた「燃える炎」が深く長い沈黙によって醸成されたものであることをよく表しています。國本の作品を始めとして「ハンセン病文学」と呼ばれる文学が注目を浴びるのも、それらの作品が「闇と沈黙」を突き抜けて現れてきた力を備えているからでしょう。

テレビで何でも報道されているという錯覚は根強いものです。そこで流される映像はすべてをすくいあげているかのようなフリをします。その結果秘められたものに目を向け、沈黙に耳を傾ける努力をマスコミは時に忘れさせることもあります。自国を守るのは当然であり、「備えあれば憂いなし」とかで「有事」に備えなければならないといいます。他方、個人情報保護法により、過剰な情報合戦から人権を守るともいいます。しかし、「国を守るため」に他国を侵略した例は枚挙に暇がないし、「人権を守るための規制」により、「報道規制」や「人権侵害」した例もしかりです。あの悪名高き「らい予防法」にしても、「らい患者の楽園を造る」と当初喧伝されていました。「大きな声」は伝わりやすいものです。

それに対して「小さな声」は取り上げられることがあっても、それによってアリバイが造られ、忘れ去られる結果となっては元も子もありません。「継続は力なり」という言葉はマイノリティにとって非常に重要でしょう。

二〇〇一年の九・一一事件とそれに続く「戦争」は現代社会が抱える多くの問題を顕在化させま

した。最新装備を施した強力な軍隊と、限られた武器で「非合法」な攻撃に頼らざるをえない「テロリスト」たち。非合法な占領地から撤退しようとしないイスラエル軍と自分の家にすら帰ることのできないパレスチナ人。数々の報道によって、様々な情勢が伝えられますが、貧困にあえぐ民衆の存在と、他方にある「繁栄」の格差は誰の目にも明らかであるだけに、既視感を与え、見過ごされがちになります。

パレスチナやアフガンの物語らぬ声に応えるのは時間がかかり、容易なことではないでしょう。しかし、その困難を越えて、初めて『失われた祖国』や『再びの青春』といった作品は生まれてきたのです。沈黙を忘却に、闇を無に帰してはなりません。

4　アキ・シマザキの連作「秘密の重み」

アキ・シマザキは日系カナダ人作家で、一九五四年に生まれ、若いころから文学に親しみ、幼稚園の先生になってからは、子どもたちに話を作って聞かせるのが好きだったそうです。日本社会の女性に対する抑圧に耐えられず、一九八一年にヴァンクーヴァーへ移住。その後トロントを経て、一九九一年からモンレアルに住んでいます(3)。

シマザキはモンレアルでフランス語を習い始め、アゴタ・クリストフの『悪童日記』を知り、影響を受けたといいます。当初『日加タイムス(4)』に短編小説を日本語で書いていましたが、文体が重くて、感情が過多だと批判されます。それで、俳句[5]からヒントをえて、極度に切り詰めた文体[6]を用いてフランス語で書き始めたそうです。

現在まで、「秘密の重み」五部作として、『ツバキ』[7]『ハマグリ』『ツバメ』『ワスレナグサ』『ホタル』の五冊の中編小説をフランス語で出版し、二〇一〇年までに他に三編の小説を刊行しています。簡潔な文体と巧みなストーリー展開で、出版当初から現地で注目を集め、二〇〇五年出版の『ホタル』で、カナダでもっとも重要な賞の一つである総督文学賞を受賞しています。二〇〇四年には『ワスレナグサ』でカナダ＝日本文学賞を、二〇〇一年には『ハマグリ』でランゲ賞を受賞しています。

彼女の五部作は、ユキオとユキコの異父兄妹を中心に戦時下の日本を舞台に運命に弄ばれる人物模様を描きだしています。彼らの母のマリコは在日朝鮮人の私生児であり、関東大震災のときに母によって孤児院に預けられ、その後母と再会することなく、日本人として成長したマリコはホリベと恋に落ち、身ごもりますが、旧弊な家庭で育ったホリベは裕福な他の女性と結婚してしまいます。

子供ができないために離婚したタカハシは清楚なマリコにひかれ親の反対を押し切って子連れ（ユキオ）のマリコと再婚し、長崎へ移住します。タカハシの両親は子どもができないことで嫁を責めましたが、実際は彼らの息子が無精子症だったのです。

タカハシと同じ製薬会社で働くホリベは自身の結婚後もマリコと肉体関係を持ち続けていましたが、マリコの結婚を知って嫉妬し、妻と娘（ユキコ）とともに長崎へ転勤します。策をめぐらして、タカハシを単身で満州に行かせ、自分が後釜に座ったのです。ユキコはユキオが異父兄と知らずに育ち、淡い恋心を抱くようになりますが、あるとき父（ホリベ）がユキオの母（マリコ）と関係しているところを盗み見し、真実を知り、父を毒殺しようとします。敗戦間近の日本では青酸カリが簡単に手に入ったのです。父に毒を盛ってから家を出たその日に、原爆が落とされ、家は破壊され、彼女の父殺しは人に知られぬところとなりました。こうした悲劇が差別や戦争の問題を絡めながら、ユキコ、ユキオ、マリコ、タカハシによって語られます。様々な人物の視点から語られることによって、この連作は簡潔な文体にもかかわらず深みをもつようになっています。

第一作の『ツバキ』は娘のナミコに対するユキコの告白の手紙からなっています。父ホリベと隣人であったマリコとの不倫、異母兄ユキオの存在、そして父殺しが暴かれていきます。告白の後、ユキコは睡眠薬を大量に飲んで自殺します。

二作目の『ハマグリ』はユキオの独白の形をとっています。末尾でユキオは母マリコが死ぬまで持っていたハマグリの殻の中にユキコの名を見つけて、幼いころ遊んでいた記憶のある少女が実はユキコで、自分の異母妹であったことを知ります。

第三作の『ツバメ』はマリコの告白で、マリコの母が在日朝鮮人であり、関東大震災の直後にツバメと呼ばれる神父にマリコは預けられ、その孤児院で育ったことが語られます。そして、マリコはハングルを知らないので、母によってハングルで書かれた日記を知人に読んでもらおうとしますが、その裏に「わが愛する娘、ツバメ氏の子」と書かれていたことが最後に明かされます。その後生涯彼女は母の日記を開くことはありませんでした。

第四作の『ワスレナグサ』はマリコの夫タカハシの視点から語られています。この作品の最後で、タカハシは彼の父親自身も無精子症であり、彼が実は乳母のソノの子であったことを知ります。最後の作品『ホタル』では、年老いたマリコが孫のツバキに過去の罪を打ち明けます。そこで、マリコはツバキに「蛍のように、甘い水に落ちてはいけない」と教えます。ホリベに強制されてのこととはいえ、彼女は夫が不在の間ホリベと肉体関係を持ち続け、結果としてユキコに殺人を犯させてしまったのでした。

「秘密の重み」五部作にはこのように秘密が溢れています。ユキコによる父殺し、三人もの私生児（マリコ、ユキオ、タカハシ）、マリコとホリベの不倫、ユキオとユキコの許されない恋、タカハシと彼の父の無精子症、自殺などなど。

なぜこれほどの秘密があるのでしょうか。一つには隠す行為があります。その最たるものが「公の歴史」でしょう。ナショナル・ヒストリーは何かを隠そうとします。それに対して「文学は何かを思いださせることができる」と言われます。日本の歴史が隠そうとするものをシマザキは文学に書きとめようとしています。日本は朝鮮、中国や他のアジアの国々を侵略してきましたが、それを認めたがらず、また、犠牲者の数も少なく見積もろうとします。また、朝鮮人差別も日本の歴史が隠したがるものの一つでしょう。

今では日本人の大半がこれらの事実を知っていますが、日本が国外にそれをきちんと発信しているとは言い難いでしょう。ここでアキ・シマザキの作品が日本人ではなく、フランス語読者に向けて書かれていることを思い起こしておきましょう。それでは、シマザキは日本が犯した罪をフランス語読者に対して暴きたかったのでしょうか。

確かに連作「秘密の重さ」で暴かれる秘密は日本社会の抑圧と関わっています。しかし、戦争の悲劇もあるでしょうが、それだけではなく、旧弊の下で苦しむ人々を作者は描きたかったのではないでしょうか。見合い結婚に代表される自由のない生活に息を詰まらせる女たちばかりでなく、男は会社に振り回され(8)、家のためには何よりも子どもを作ることが優先されます。「秘密の重さ」の女性登場人物、マリコもユキコも自由を求めながらも、「秘密」の重荷に耐えて苦しい生活を送らざるをえません。希望はマリコの孫ツバキにあります。ツバキは祖母のマリコの忠告を聞き入れて、しつこく言い寄る教授の要求を拒む決意を固めます。

5　苦しむ力と好奇心

苦しみを表現するときの痛みは様々な形で「語り」に反映されます。J・コガワの『失われた祖国』では、二人の対照的な「おばさん」が登場します。「一方は音の世界に住み、一方は石の世界に住んでいる。アヤおばさんの言葉は地下深くに埋もれているが、文学士で文学修士のエミリーおばさんはまるで言葉の戦士(9)」です。第二次世界大戦中に日系人は敵国人であるとしてアメリカ合州国でもカナダでも強制収容されました。その苦渋に満ちた体験をアヤおばさんはなかなか語ろうとしません。エミリーおばさんの口からだけ語られていたのではこの作品がこれほどの重みを持つことはなかったでしょう。簡単には言葉にならない痛みと向き合う苦渋がこの小説を名作たらしめています。

コガワの作品と比べ、シマザキの連作は、筋が複雑な割に、あっさりと秘密が明かされていくような印象を与えます。簡潔な文体と同様、ある意味で「秘密の重み」の語り自体が切り詰められています。つまり、第二次世界大戦末期に封印された秘密が現代になって突然暴かれます。その間にユキコやマリコが「重み」に耐えて生きてきた様は直接描かれることがありません。

しかし、シマザキの作品では一連の事件が一作ごとに異なった人物の視点から丹念に描かれています。そこで痛みは様々な人物の口を通して、淡々と簡潔で平明な言葉で表現されるだけに、「暴かれる」という過激な言葉がそぐわない一種独特の味付けが施されています。死や孤独と向き合って、それを深くするどく刻もうとすることなく、多くの視点を通して「癒し」を求めていると言えるかもしれません。

医療技術・知識が専門家に独占されている近代社会において、われわれは苦しむ力が欠如していると指摘したのはイヴァン・イリッチでした。シマザキの小説は現代医学的な治療ではない「癒し」の可能性を示しているのでしょうか。

イリッチは「医学は、(…)他の人間の苦痛、不具、そして死さえも社会として認めることを拒否する権威さえもつのである(10)」と指摘しています。近代社会は、何が望ましく、何が適切であり、何が病気であるかを定義していき、個人の苦痛、死までも管理下においてしまおうとします。病かどうか医者に判断され、治療方法を決められ、現代人は自分で苦しむ力を失っていきます。『失われた祖国』のアヤおばさんの沈黙の重さにはこの苦しむ力が潜んでいました。連作「秘密の重み」ではその苦しみを秘密として葬ってしまうのではなく、また暴くという過激な仕方でもなく、様々な視点を通してそれと向き合おうとしていました。二つの作品に共通しているのは苦しみに対する一種好奇心ともいえる「知への意志」でしょう。

苦しみを表現するときの痛みは様々な形で「語り」に反映されます。石田甚太郎は一九八八年から一年間マニラに住み、『ワラン・ヒアー―日本軍によるフィリピン住民虐殺の記録』（現代書館、一九九〇年）と『殺した、殺された』（径書房、一九九二年）の二冊の記録作品を書いています。その後、彼は『マンゴーの花咲く戦場』（新読書社、一九九五年）からフィリピンに関する長編小説を書き続け、八〇歳を超えて、八作目の『夜明け』（新読書社、二〇〇五年）でようやくこの連作を完結させています。そこでは、太平洋戦争末期から現代にいたるまで、苦しみにさらされてきたフィリピン人の人生が「一作ごとに壁にぶち当たりながら」[11]不安とともに紡ぎだされています。それは石田が「痛み」から目を背けずに「苦しむ」ことを選択し、粘り強く取材を繰り返してきたからこそなしえたことなのでしょう。

石田の連作ほどフィリピン人の痛みがわれわれに響いてくる作品が他にあるでしょうか。そこには他者の痛みに対する石田の強い「知への意志」が感じられます。

石田の作品と同様に、簡単には言葉にならない痛みと向き合う好奇心がコガワやシマザキの作品を名作たらしめているのではないでしょうか。

【注】

（1） Joy KOGAWA, *Obasan*, Lester & Orpen Dennys, 1981. 邦訳『失われた祖国』中公文庫、一九九八年。引用文とその頁数は邦訳書のものである。

（2） 『新日本文学』二〇〇一年九月号掲載。二〇〇二年五月号再掲。

（3） シマザキの経歴に関しては、『ケベックの女性文学』（山出裕子、彩流社、二〇〇九年）と以下のサイトにあるインタビューを参照した。http://ecrivains.lettres.collegemv.qc.ca/noticeshimazaki.htm

（4） カナダで発行されている日本語新聞。

（5） シマザキは彼女の作品のタイトルが季語のようにある季節を象徴的に表していると注（3）のインタビューで答えている。

（6） 二〇一一年二月七日付Le Devoirインターネット版に*Du pur, du vrai Aki Shimazaki*と題された記事が載っている。そこでも彼女の簡潔な文体について触れられている。

De petites phrases courtes, épurées. Une puissance d'évocation qui agit sans se faire remarquer. Une froideur apparente, une cruauté trompeuse.

Puis, la tendresse émane de petits gestes, tout à coup. L'émotion surgit sans s'annoncer, sur le bout des pieds. Derrière cette écriture remarquablement sobre, compacte, contrôlée, on le sent, un volcan couve.

http://www.ledevoir.com/culture/livres/232108/du-pur-du-vrai-aki-shimazaki より。

（7） Aki Shimazaki, *Tsubaki*, *Le Poids des Secrets* 1, Leméac/Actes Sud, 1999. 邦訳『Tsubaki　椿』アキ・シ

マザキ著、鈴木めぐみ訳、森田出版、二〇〇二年。

（8）「秘密の重さ」でタカハシは家族を置いて満州へ転勤させられ、何年も帰ってくることができない。シマザキの別の小説『ミツバ』（*Mitsuba*, Aki Shimazaki, Leméac, 2006.）において会社への従属はさらに重要なテーマとなっている。会社への忠誠心は西洋人には驚きだと、アンドレ・ブロシュは評している。André Brochu : « *La Fille aux Trois Feuilles* », compte rendu de Mitsuba, 2007.

（9）『失われた祖国』前掲書、六四頁。

（10）Ivan Illich, *Medical Nemesis*, 1975. 邦訳『脱病院化社会—医療の限界』金子嗣郎訳、晶文社、一九七九年。

（11）連作を終えたときの本人の挨拶より。

第七章　移民作家の見る現実

M. オンダーチェ『イギリス人の患者』（映画のタイトルは『イングリッシュ・ペイシェント』）DVD, Miramax Film

1　アイデンティティ神話の問い直しと移民作家

今日のカナダは、移民に触れずに語ることはできません。一九六〇年代に差別的移民制限が撤廃されて、一九七〇年代になると移民の出自が多様化してきます。文化シーンでも、まず、ヨーロッパ系の移民作家が現われます。本章では旧ユーゴスラビア出身の作家ネゴヴァン・ラジックによる『モグラ男』をそうした移民作家の例としてみてみましょう。

一九八六年には、イタリア系の作家を中心に『ヴィス・ヴェルサ』（Vice Versa）という雑誌が創刊されます。彼らはトランスカルチャリズムを提唱しました。既存の文化概念が帰結すべき拠り所を前提とするのに対して、それは文化の相互浸透作用による新たな創造を意味し、既成の枠を超えようとするものでありました。

トランスカルチュラルな状況は単なる主義主張ではなく、自然進行していくものであることが明確になっていきます。一九八〇年代になると移民作家の出身地も多様になり、アトム・エゴヤン（アルメニア）、マイケル・オンダーチェ、ワジディ・ムアワッド（レバノン）らが注目を浴び始めます。九〇年代になると、前章でみたジョイ・コガワらに加えて、イン・チェン（中国）、ウック・チョン（韓国）、アキ・シマザキ（日本）など、アジア系の作家も多く登場するようになります。

もともと、文化の創造性は、あらゆる境界を越えようとするところにあります。アイデンティティの模索も、見方を変えれば、既存のアイデンティティからの脱却でありましょう。文化にナショナルな拠り所を与えようとするのは「政治」であり、その括《くく》りから逃れようとするのが作家の本来の創造力ではないでしょうか。

人間社会には制度があります。文化には言語があります。そもそも言語は高度に制度化された文化だと考えられます。移民はホスト社会との緊張関係が強いだけにそのことに敏感になるでしょう。そして相互作用によって、ホスト社会の側でも移民によって既存のアイデンティティが新たな形で問い直され、複数の疑問が培われることになります。本章では、まず、そうした複数性が表現されている作品として、マイケル・オンダーチェの『イギリス人の患者』を考察してみます。

ところで、複数の疑問が無関心のうちに放置され、交流がなければ、文化の豊かな発展は望めないでしょう。複数性が認知されても、好奇心がなければ交流に発展することは難しいものです。さらに、交流には不安と期待が入り混じるものです。本章では、その好例として、『中国人の手紙』を考察してみます。

異文化交流によって、アイデンティティは絶対的に固定されているものではないことが自覚され、問い直されていくことになります。流動するアイデンティティは、二〇〇九年度メディシス賞を受賞して話題になったハイチ出身の移民作家ダニー・ラフェリエールの『帰還の謎』でも顕著に現れています。「私は国を去った。そしてまだどこにも定住していない」というラフェリエールの言葉はそれを象徴しています。

2　ネゴヴァン・ラジックの『モグラ男』[1]

移民の記憶は簡単に語れるものではありません。それは多くの場合直線的に語られず、ストーリーとは無関係に思える描写がながながと続いたり、挿話や脱線があちこちで見られます。例えば、前章でみたジョイ・コガワの『失われた祖国』では、第二次世界大戦中に強制移住させられた日系人の体験を語り継がねばならないと促すエミリおばさんと、なかなか語ろうとしないアヤおばさんの対比によって、戦中の悲劇が単に記録されるだけでなく、それを生きた人間の苦渋に満ちた記憶が浮き彫りになってきたのです。

ここではネゴヴァン・ラジックの『モグラ男』をとりあげ、「キッチュ」という概念を用いて、この小説に見られる語りについて論じてみたいと思います。

まず、作者を紹介しておきましょう。[2]ネゴヴァン・ラジックは一九二三年六月二四日、ベオグラードで生まれました。第二次世界大戦中は学業を断念して、レジスタンス運動に参加していたといいます。戦後ベオグラード大学に入学しますが、学生会への入会を強制され、それを拒否したため大学から追放されそうになります。表では理想を掲げながら、抑圧により支配している体制に耐えられず、彼は結局祖国を非合法に脱出します。そして、オーストリア、イタリア、ドイツの収容所や拘置所を経て、パリにたどり着きます。そこで工学を修め、一九六九年にカナダに移民し、ケベック州トロワ・リヴィエールのCGEP[3]で数学の教授となり、同時に小説を書き始めます。第一作『モグラ男』（一九七八年）で「エッソ・フランス文学賞」を受賞しています。

この小説のあらすじを要約しておくと、ある日、「私」は公園で不思議な光景を見ます。ヒエロニムス・ボスの絵にあるように、一人の男がモグラのように穴に潜って行ったのです。それを知人に話した時から、「私」は監視されはじめたように思いはじめます。警察から呼び出され、見たことをすべて告白するよう迫られ、ありのままを語ります。その結果、ヒエロニムス・ボスの絵は美術館から消え、「私」は精神病院のような施設に隔離されます。「私」が死の間際に残した手記がこの小説の本文なのです。

まず、この小説の冒頭の部分を見てみましょう。

これからとりあげる文章の作者はずいぶん以前に死んでいる。原稿は古い精神病院の解体の際に発見された。（…）、「大いなる思想」の崇拝は、今や知られているように、飽くことなく繰り返される話や身振りの意味を、司祭者自体が理解できなくなった後も盛大に続いていた。ならば、いつ「大いなる思想」は息絶えたのか。（…）この奇妙な文章が書かれた時代を私たちはけっして正確に知りえないだろう。同様に私たちはその作者についても何もわからないだろう。しかし、おそらく、そういったことすべてがおそらく重要ではないのだ。（p.5）

人間はすべての問題を解決できるはずがありません。一つの解決の後には、必ず次の問題があるものです。絶対的な思想などあるはずがありません。しかし、人間は問題があれば乗り越えようとします。生とはそうした葛藤そのものなのであり、何も問題がない状態などありえません。あるとすれば何も問題を感じない状態であり、死なのです。えてして人間はそういう状況に陥りがちですが、それを一番悟っているのが、移民の人々、亡命者や、マイノリティでしょう。ネゴヴァン・ラジックの小説につきまとう生と死のイメージが切実さを失わないのはそのためだと考えられます。「大いなる思想」とは、名指されこそしていませんが、マルクス主義であることは明白でしょう。しかし、作者がここで非難しているのはマルクス主義そのものではなく、それを振りかざして抑圧された社会を作り出す権力者たちです。そうした状況が、『モグラ男』で声高にではなく、独特のユーモアと皮肉を混じえて語られていきます。

一九八〇年代に流行し始めた「ポスト・モダニズム」以後、一つの参照体系に沿って一義的に解釈するのではなく、多様な解釈が尊重されるようになりました。「大きな物語」が死んだ、とも言われます。『モグラ男』の語りはそれを先取りしています。そこでは一見したところ重要でなさそうな要素が多々現れます。

なぜだか分からないが、今晩は、子供の頃のあるイメージが私にまといつく。例えば、私は夏の夕立を思い出す。大粒の雨が屋根板をたたいていた。また、水溜りの水面に泡ができては、すぐに消えていく。水は、家の四隅に置かれた大きな樽から楽しげに溢れ出ていた。（p.7）

子供の頃、窓から外を眺め、雨が踊っているように見えたり、水溜りが生き物のように大きくなっていくのを眺めていた記憶を誰もが持っているでしょう。雨の日は外で遊べず退屈なはずですが、それゆえに想像力を働かして、時を過ごしていたのかもしれません。陰鬱なはずの雨の日も心の持ちようで楽しくなるのです。こうした記憶が祖国から遠く離れても魂を支えているのです。『モグラ男』ではこのような描写が多々見られます。それは作者自身の心象風景から来ているようで、この小説に限らず、ネゴヴァン・ラジックの作品の随所に見られます。

もう五十年以上も私は、幼年期のこの景色が生と死の神秘的で永遠の周期の中で移ろっているのを目では見ていない。しかし、そのイメージはまだこんなにも生々しく、私の亡命生活の中でいつも最も貴重で、最も譲りがたい宝物であり、いつまでもそうあり続けるだろう。(4)

ネゴヴァン・ラジックはここで五〇年も前に去った祖国の追憶を描いています。幼年期・青年期の思い出が、その後人生の葛藤に疲れたときに、活力を取り戻す源になると彼は述べたことがあります。(5)彼の作品には、一つの人生全体を貫き、また幾世代にもわたる生と死の繰り返しの中に、抑圧をはねのけようとする勇気と、それを支える力を読み取ろうとする姿勢が窺えます。そこには、自由へのゆるぎなき信頼が感じられます。

自由とは既成の思想に無批判に迎合しないことです。現代社会において、一方で個人は自由と幸福を求めながら、他方では、拠り所を失って、宗教や果てしなき利潤追求競争に引き寄せられていきます。それを本書では「キッチュ」な態度と呼んでみてきました。

それに対して、『モグラ男』は、感情的熱狂を避けて、淡々と語られていきます。それは、また、既成の体系的な語りと異なり、きちんと整理されることなく、逸脱や反復を繰り返します。簡単に要約して、秩序づけることを拒否する要素がひしめいているかのようです。何が重要で、何が重要でないのか、それは誰が決めるのか、手記の筆者が問うているのはまさにその点であるようです。

移民の語りはしばしばキッチュの対極にあります。それは、個人の記憶を慈しみ、ナショナル・ヒストリーのように一元的な物語に収斂していくことはありません。

3　マイケル・オンダーチェの『イギリス人の患者』(6)

3-1　あらすじ

看護師のハナは、「イギリス人の患者」と呼ばれている男をたった一人で看病しています。第二次世界大戦の末期、連合軍がナチス・ドイツを追って、イタリア半島を北上します。男は戦争が勃発したところ、北アフリカの砂漠で飛行機が墜落して、全身にやけどを負い、奇跡的にベドウィンに助けられましたが、記憶を失い、名前も国籍も思い出せないといいます。

ハナはカナダ人の看護師で、戦争で次々と愛する人が死んでいき、神経症になっています。軍と一緒に移動させられる患者を可哀そうに思い、砲撃で廃墟と化したジロラーモ屋敷で世話をしようと決心します。敗走するドイツ軍はあちこちに爆弾をしかけています。その処理をする工兵がインド人シク教徒のキルパル（キップ）です。ジロラーモ屋敷にも爆弾はしかけられています。そのためキルパルは庭にテントを張ってジロラーモ屋敷に滞在します。

ハナの同郷、トロント（映画ではモンレアル）出身のカラヴァッジョは、スパイで、ナチスに捕まり、拷問にかけられ親指を失っています。彼はそれが「イギリス人の患者」の裏切り行為によるせいだと思い、復讐のために屋敷にやってきたのです。「患者」がナチスのスパイをカイロに導いたために（映画では地図を売って、飛行機の燃料をえたことになっています）、ドイツ軍がカイロに進攻してきたと彼は信じています。カラヴァッジョは患者にモルヒネを打って、真実を白状させようとします。

一方、ハナは患者が断片的に語るサハラ砂漠での想い出に関心を示しません。しかし、そこには素晴らしいラブ・ストーリーが眠っていました。患者はハンガリー人の地理学者アルマシー伯爵で、イギリス王室地理協会とともにサハラ砂漠の調査を戦前していました。彼らはサハラ砂漠のジルフ・ケビールにある岩山の洞窟で泳ぐ人の壁画を見つけます。

調査団に新婚のジェフェリー・クリフトンが妻キャサリンを連れて合流します。患者はキャサリンと恋に落ち、不倫の関係を持ちますが、ついには夫に知られるところとなります。ジェフェリーは復讐のためキャサリンを乗せた飛行機で「泳ぐ人の洞窟」に向かい、突っ込んでいきます。自分と妻の命を絶ち、砂漠から戻る手段を奪うことで患者を殺そうとしたのです。ジェフェリーは即死、キャサリンは重症を負います。患者は「必ず戻る」と約束して、「泳ぐ人の洞窟」にキャサリンを残して、助けを求めに歩いて砂漠を横断します。エル・タジにやっとのことで辿りつきますが、アルマシーの話はイギリス軍に信じてもらえずスパイと見なされて捕まってしまいます。三年たって、アルマシーはカイロにドイツ軍のスパイを送り届けたあとに、ようやく洞窟に戻ることができ、砂に埋もれた友人マドックスの飛行機を掘り出して、約束を果たすことができます。クリフトンが新鋭機をもってきたので、古い飛行機は放置されてしまっていたのでした。キャサリンの遺骸を乗せて飛び立ったものの、機体が老朽化していて墜落してしまいます。

キップはラジオで広島と長崎に原爆が落とされたことを聞き、患者に怒りを爆発させます。カラヴァッジョは患者の過去を知り、復讐を止めることにします。戦争が終わり、キップはインドで医者になり、幸せな家庭を築いていきます。家族とともに夕食のテーブルについているキップがハナを回想している場面で小説は終わります。

3-2　入れ子構造

「入れ子構造」(7)とは、劇中劇や、絵の中の絵のように、作品の中に作品が含まれている構造をいいます。ロシアのマトリョーシカ人形のようなものです。敷衍して考えれば、あらゆる物語は別の物語の中に含まれています。どんな物語でも、誰かが誰かに語っている枠の中にはめ込まれています。小説ならば、作者が読者に語っている外枠に入っているわけです。

私たちは多くの物語に囲まれて生きています。またそれぞれの物語はお互いに関係しあっています。入れ子状の作品はそうした状況を意識化させます。まず『イギリス人の患者』の冒頭部分をみてみましょう。

> 女は庭仕事の手を止め、立ち止まって、遠くを見た。(…)部屋に入ると、中にもう一つの庭園がある。壁と天井に描かれた木々と東屋。その間にベッドが置かれ、(…)(九頁)

部屋の中に壁や天井に描かれた庭がある、そこに患者の寝るベッドが置かれている、この書き出しは入れ子構造を暗示しています。実際、この小説では、ハナが患者を看病する物語の中に、患者のラブ・ストーリーがはめ込まれています。それだけではなく、黙々と爆弾処理をするキップには、イギリスに植民地化されたインドの物語が含まれています。

インド独立運動に加わっていた兄は、「イギリス人を父とも慕い、従順な息子のようにイギリスの流儀に従ってきた」キップを「イギリス人なんかを信用する馬鹿もの」だと言っていました。しかし、キップもただイギリスに従順だったわけではありません。原爆投下のニュースを聞いたキップは患者に次のように言います。

　ぼくは二つの伝統のなかで育った。最初は自分の生まれた国。だが、あとでは、しだいにあなたの国。あなたのひ弱な白い島は、習慣と礼儀と本と宗教と理屈で、世界の他の国々を変えた。いったいどうやったのか。イギリス人といえば、厳格なマナーだ。ティーカップを持つ指だって決まっている。ちがう指で持てば、即座にテーブルから追放される。ネクタイの結び方がちがっても、放り出される。（二七三頁）

　それに対して、戦後インドに帰ったキップの家庭で、「このテーブルでは、誰の手も茶色い。自分たちの流儀に従い、自然に動き回っている。そして、妻が家族全員に破天荒なユーモアを教え」（二九〇頁）ています。厳格なマナーのイギリスと何と違うことでしょうか。植民地支配からの解放の物語も入れ子構造に組み込まれることによって、単純化を免れるとともに、埋もれた物語が孕《はら》む可能性を示しています。
　入れ子構造は、複数の物語が相互に関係してあることを可視化する装置とも言えるでしょう。語りは決して中立ではありません。たとえば、テレビのニュースは、ある放送局の番組制作方針という枠内で作られていることを考えるならば、決してニュートラルではありえません。物語を客観的に中立な観点から語ることは、実際はある一つの解釈に正統性を纏《まと》わせているだけなのです。入れ子構造はそれを意識させることによって、複数の解釈を可能にします。

ラストでは、キップの想像の中でハナがグラスを押し落とす瞬間、キップは左手を差し伸べ、フォークを受け止めます。そして「床から一インチ。娘の指にそっとフォークをもどすキルパルの目は、眼鏡の後ろで縁にしわを寄せている」（二九〇頁）と締めくくられます。この末尾では、想像と現実がみごとに入れ子状になっています。

映画で撮るならば、落ちていくグラスを、カメラがスローで追い、次にキップの左手が伸びていくショットに代わり、そしてその手が受け止めるのはグラスではなくて、娘の落としたフォークだというシーンになるでしょう。

しかし、実際の映画のラストシーンでは、四人で暮らした屋敷をトラックで去っていくハナが荷台で名も知らぬ少女に出会い、その少女の顔が一瞬アップされ、次に微笑むハナの顔にカメラは戻り、キャサリンの亡骸を乗せて患者が飛行機で砂漠の上を飛ぶシーンが挿入されて終わります。

この少女のアップは何を意味しているのでしょうか。わずか数秒映し出される少女の顔にハナは何を思って微笑んでいるのかについては様々な解釈が可能でしょう。ここでは、ハナが少女に潜む物語に思いを馳せているという仮説を立ててみたいと思います。ある意味で『イギリス人の患者』は、戦争で神経症になり、物語を失っていたハナが、看病をしながら素晴らしいラブ・ストーリーを「発掘」することによって、物語を回復していく物語だと考えられるのではないでしょうか。当初、患者の話を聞いても関心を示さず、また、患者に本を読んで聞かせるときも、抜けている部分や順序に無頓着だったハナが、埋もれた物語に興味を示し始めた証がこのラスト・シーンの微笑みなのではないでしょうか。次の項ではこうした埋もれた物語について考えてみたいと思います。

3-3　埋もれた物語

ハナは当初物語に関心を示しません。

　聞いている物語には、あらしでところどころ洗い流された道路のように穴があいていた。虫に食われた綴れ織りのように、あるいは爆弾の衝撃で漆喰が浮き上がり、夜のうちにあちこちはがれおちた壁画のように、いくつもの出来事が抜け落ちていた。（一三頁）

患者は、頭に浮かぶに任せて、サハラ砂漠でおきたことを語っていきます。それは「いくつもの出来事が抜け落ちて」いて、断片的です。ハナはそれに無関心で、時間軸にそって整理しようとはしません。そうした態度は、患者がナチスのスパイではないかと疑って、すべてを語らせようとするカラヴァッジョと対照的です。

また、ジロラーモ屋敷の図書室に残った本をハナは患者に読んで聞かせます。本は爆撃で穴だらけです。

物語にいくら穴があいていても、女は頓着せず、聞いている男への配慮もしない。とばした章の粗筋など語らず、ただ本を持ってきて、「九六ページ」「一一一ページ」と言って読みはじめる。（一四頁）

ハナはここでも物語に無関心です。しかし、好奇心をもってみれば、われわれの周りには物語が溢れています。何もないようなサハラ砂漠に、みごとな壁画が描かれている「泳ぐ人の洞窟」が眠っています。それればかりでなく、患者が語るように、砂漠は「失われた歴史に満ちている。かつて、テブ族やセヌッシ族が縦横に歩き回っていた」（一三四頁）のです。砂漠には「生き残るための手段がすべて地中にある。穴居人の洞窟も、砂中植物に眠る水も、武器も、飛行機も」（一七一頁）あります。

砂漠だけでなく、イタリアの古びた教会にも素晴らしい壁画が描かれています（七〇〜一頁）。瀕死の患者には情熱的なラブ・ストーリーが潜んでいます。イギリスのために黙々と危険な仕事をしているキップには怒りが眠っています。

キップが銃を構える。胸に銃床。（…）

外で何があったのか。（…）

キップはベッドの上に銃を投げ出し、イギリス人に近づく。腰のベルトに鉱石ラジオが揺れる。そのラジオをベルトからはずし、患者の黒い顔に、耳に、イヤホーンをねじ込む。（…）

原爆、また一発。ヒロシマとナガサキ。（二七二〜三頁）

原爆が落とされたことをきっかけに、キップは怒りを患者に向けて爆発させます。(8) 変化を見せるのはキップだけではありません。

継母クララに「父の死についてはまだ語れない」（九二頁）でいたハナも、患者を看病しながら彼の話を聞き、変わっていきます。ハナは、この小説の最後で（二八五頁）、父の死についてクララに手紙で知らせることができるようになります。負傷したパパは部隊によってハト小屋に置いていかれ、ひどい火傷(9)のために死んでしまったのです。ハナは、患者やカラヴァッジョやキップとの交流の中で物語る力を取り戻していくのではないでしょうか。そうした相互作用がコミュニケーションの効果なのだと考えられます。ハナの変化が映画では、ラスト・シーンの少女への視線となって劇的に表現されているのではないでしょうか。

前節で見たように入れ子構造は複数の解釈の可能性を可視化します。それは多くの物語が埋もれていることを示唆しもします。コミュニケーションによって埋もれた物語が発掘されていくとき、相互作用が生まれます。

次の節では手紙の交換というコミュニケーションを通して、いかなる相互作用が生じるのかをみてみましょう。

4　イン・チェンの『中国人の手紙[10]』

『中国人の手紙』はイン・チェンの第三作目の作品です。恋人同士のユーアンとサーサー、二人の共通の友人ター・リー、それにユーアンの父の手紙から成っています。青年ユーアンは、上海に恋人サーサーをおいてモンレアルに出てきました。サーサーはなかなかパスポートが取れないでいます。ユーアンはサーサーがモンレアルに来ることを待ち望んでいます。モンレアルが故郷上海と比べていかに自由であるかを、彼はサーサーに手紙で伝えようとします。

サーサーは上海の人々が嫌いです。その大きな理由は他人が干渉しすぎることです。隣人も親戚も上司も、彼女の周りの人たちは皆、彼女を静かにしておいてくれません。しかし、彼女は生まれた土地を捨てることにこだわりを抱いています。

ユーアンやター・リーもアメリカ的生活の良い面ばかりを見ているわけではありません。上海で犬は人間に食べられるが、モンレアルでは一部の人間以上によい食べ物を食べ、愛されているとユーアンは言います。このユーモラスな比較は、上海人の異様さ、あるいは貧しさよりも、むしろ、欧米人の過度な動物愛護を皮肉っているようです。彼が履修相談室長に図書館の利用法を尋ねる場面も興味深いものです。「私の係じゃないわ」と言われたユーアンは、何にでも干渉してくる上海の室長との違いに驚きながらも、「室長に関係のないことがあって良かった」と思います。この場面は単に上海人のお節介をとがめ、欧米的な合理性を讃えているのではないでしょう。西洋的冷淡さにとまどいを感じながら、サーサーにモンレアルの良さを知らせようと努力しているユーアンの苦労が行間に滲み出ています。

ユーアンに続いてモンレアルにやってきたター・リーは商品の豊富さに驚きますが、スーパーで安売り商品を買いあさる家主の老女を見て、物質文明社会において宣伝広告に抗うことの難しさを実感します。また、彼女は、アルバイト先のレストランで、客たちがデートの相手をしばしば変えるのに、ほとんどいつも同じ料理を注文することに気づきます。正反対に上海人は相手はいつも同じですが、料理の選択はそのときそのときに応じて変えるのです。

どちらが優れているとか、進んでいるとかではなく、モンレアルと上海の相違は価値観の違いによるものでしかないと思われてきます。自由に見える友人のニコラは、授業が終わると「腹をすかせたまま、背をまるめ、矢のようにバスに駆け込んで」アルバイトへでかけます。「遅刻するのも、休むのも彼の自由であり」、しかも「今のを辞めて、他の仕事をみつける自由もある」とユーアンは言います。ニコラは仕事を辞めませんが、あまりボスの話はしたがらず、ただ、「仕事はそう簡単に見つかるもんじゃない。それに、他を探しても時間の無駄だよ。どこでも似たりよったりさ」と言います。

そうしたニコラを見て、ユーアンは次のように思います。

> 上海を捨てて、僕は少し自由になろうとした。そして、今僕はモンレアルでボスを探している。僕は雇われ、しつけられ、賃金をもらい、あるいは解雇されるだろう。そうしたすべてを僕がえらんだのだ。だから、僕は今ほとんど自由だと感じている。しかし、君は他の所よりもここで本当に自由なのだと思うかい。（p.28、傍点小畑）

ユーアンの自由はモンレアルにあるのではなく、上海を捨てることにあります。「僕が選んだのだ」という一点に彼の自由はあります。自由な場所に移ることでなく、彼にとって移動することを自ら決断したことが重要なのです。ユーアンは渡り鳥を例に引いて次のようにサーサーに書きます。「時間と空間を越えて旅するこれらの鳥が僕は好きだ。いたるところに巣を作り、自分たちの歌を唄う。翔ぶためには、捨てることができねばならない。特に、故郷を。鳥たちは巣を所有物だとも、存在理由だとも考えていない」（p.53）。

自由が移動にあるとするならば、アイデンティティは場所に引っ掛かります。サーサーは「根」を持つことを嫌うター・リーに「根のない植物は生きていけない」と手紙で忠告します。彼女はユーアンに対しても同様のことを言っています。アメリカ人との混血で、今はモンレアルで一人暮らしをしているルイーズおばさんは正月もクリスマスも祝わなくなっています。そのことを書いてきたユーアンにサーサーは次のように答えます。「お祭りを失うことはたぶんおもしろいことじゃないし、新しいお祭りを持てないのならなおひどいわ。お祭りがなくなれば人は滑り始めるの。あなたも私も二人とも滑る傾向が強すぎるから、どこかに引っかかるためにお祭りは必要なのよ」（p.42）。

それでは、サーサーは上海にアイデンティティを見出し、そこに「根」を下ろしているから、旅立てないのでしょうか。ことはそう単純ではありません。サーサー自身は、上海にいながらまるで外国人のようだと感じています。「両親、隣人、同僚、上司の前でなんとかうまく振る舞うために」彼女はたいへんな努力を払っていると言います（p.84）。彼女は故郷になじめないけれども、異国の地でも自由を獲得できそうにないことをあらかじめ予感しているのです。

彼女にとって、自由とは他人から見られずに暮らすことです。完全に自己を消すことほど幸せなことはない（p.51）とまでサーサーは言います。アイデンティティの喪失を恐れるどころか、それを彼女はむしろ望んでさえいるようです。モンレアルであろうとどこであろうと、自分の望む静かな生活は得られそうにないとサーサーは考えています。一言で言えば、故郷を離れ、束縛から解放され自由になれると思うのは幻想に過ぎないのだとサーサーはあらかじめ悟っているのです。しかし、その幻想は魅力的であり、壊したくもない。そこに彼女の奥深い苦悩があります。彼女がユーアンやター・リーにアイデンティティを失わないように忠告するのは、逆に、自由に向かって旅立った彼らが「解放の神話」の夢から覚めないよう願っているからなのでしょう。

モンレアルの側でも単に夢に酔っているわけではありません。ター・リーはある青年に恋しているとサーサーに手紙で知らせ、婚約者がいるというこの男のことを何度も書いてきます。ター・リーの相手とは実はユーアンなのです。軽やかで物にこだわらないター・リーとて、モンレアルの「自由な」恋人たちのように振る舞うことはできません。ユーアンと結ばれそうになった夜、彼女は「わたしのことを愛しているの？」と尋ねてしまい、彼に「何て伝統的な女なんだ」と言われてしまいます（p.139）。ユーアンのことを「中国人すぎる」と非難し、西洋人のようでありたいと絶えず思っているター・リーが奥底には「アジア的な心」を引きずっているのであり、彼女もまた苦しんでいるのです。

サーサーはうすうすそのことに気づいていました。サーサーの肝臓は彼女の苦悩とともに悪化し、ついには入院してしまいます。彼女は結局パスポートを得ることができましたが、健康のこともあり、モンレアルに行かず、ユーアンと別れる決心をします。自分を凧に喩えて、その糸を握っているのがサーサーであり、放さないでくれと請うユーアンに対して、糸が放されたからといって飛べない凧は、穴を開けて脱出しようとしている時に壁がなくなっていたので当惑している囚人のようだとサーサーは答えます。それでもユーアンは、自分は落下を恐れない凧であり、壁がなくなっても逃げださない囚人でありたいと言います。サーサーに会いに上海に戻ろうとするユーアンに「地面に落ちた凧は何の価値もない」と言い、帰ることを禁じるサーサーの短い返事でこの小説は終わります。この結末は逆説のように思えます。自由を求めて旅立ったユーアンがサーサーに拠り所を求め、アイデンティティにこだわっていたサーサーがユーアンに自由になることを強いる。その逆説に、いつまでたっても女を自分の支えとしか見なせない男の身勝手を読みとることもできるでしょう。また、自由になることの難しさを思うこともできるでしょう。

アイデンティティの問い直しというテーマは、以下の節でとりあげる『灼熱の魂』や『帰還の謎』でも顕著に現れています。

5　ワジディ・ムアワッドの『灼熱の魂』(11)

W・ムアワッドは一九六八年レバノン・ベイルートで生まれ、その後戦火を逃れて八歳のときに、フランスへ亡命し、一四歳のときにケベックへ移住してきました。フランス語をようやくのことで流暢に話せるようになり、生活にも慣れてきたときに、突然両親からケベックへ行くと言われ、相当なショックを受けたそうです。将来何をすべきか夢も持てず、何にも関心を持てなかったときに演劇に出会ったといいます。(12) カナダ国立演劇学校で学んだあと、俳優、劇作家、演出家として活躍(13)しています。

ムアワッドの作品はどれをみても、昨今地球規模で問題になっている報復戦争の悪循環を、身近にそれを体験したもののみが持ちうる迫真性をもって描ききっています。『夢』(14)はムアワッドの創作活動の原点とも言うべき作品です。ホテルの一室でものを書こうとしている作家の脳裏を去来するさまざまなイメージを具象化したものですが、そこにはムアワッドがなぜ創作活動にたずさわるのかが暗示されています。子供のころ我が家の庭を爆撃で破壊され、「ふるさと」（出生の地、家庭、祖国など多義的な意味）を捨てなければならなかった不条理な仕打ちに対する強烈な「怒り」。それを腹の中に埋めていたのではいけない、外に向けて発信しなければいけないという思い。それが彼の芸術活動の原点・理由となっている経緯がよくわかる作品です。

『灼熱の魂』は、ジャンヌとシモンの双子が母ナワル・マルワンの最期の望みを遺言として受け取ります。それは二通の手紙でした。一つは彼らが死んだと思ってきた父に宛られたもの、もう一通はその存在も知らされていなかった彼らの兄に宛てられたものでした。こうして彼らの曖昧な出生の秘密が暴き出され始めます。シモンは母の気まぐれだとして遺言を無視しようとしますが、ジャンヌは母の祖国レバノンに赴き、危険を冒しながら母の過去を探っていきます。

母の故郷の人にようやく会えても、なぜか彼らはジャンヌに多くを語りたがりません。ナワルは内戦の敵方の若者に恋をし、身ごもったために、出産直後に村から追い出されたのでした。最初は乗り気でなかったシモンも探求に加わり、ナワルの悲しい過去が明らかにされていきます。故郷を離れなんとか大学で学ぶことができたナワルは、十数年がたち、内戦を終わらせるために尽力しますが、イスラーム過激派に捕まり拷問を受けます。そして強姦され、生まれたのがジャンヌとシモンだったのです。そして、ナワルは踵《かかと》の傷跡から強姦された相手が故郷に残してきた自分の息子だったことを知ります。

亡命先のモンレアルで静かな日々を送っていたナワルですが、ある日プールで踵にあの傷跡がある男に出会います。言葉を失くしたナワルは遺言を残して死んでいきます。

この痛ましいストーリーは憎しみの連鎖を衝撃的に描いています。ここでも『五人のアルベルチーヌ』や『イギリス人の患者』と同じように入れ子構造が見られます。ナワルの生涯を悲劇的に描くだけでなく、それが双子の兄妹のアイデンティティ探求の物語に組み込まれることによって、語りは可視化されます。『イギリス人の患者』のところで見たように、可視化はある語りを特権化して、それに正統性を与えることを妨げます。

『灼熱の魂』の場合も、入れ子構造によって、埋もれていたナワルの惨劇が、ジャンヌとシモンの手によって、探り出されていく過程そのものが描かれています。悲劇を語ることは、えてして被害者意識を増幅させ、加害者への憎悪を駆り立てる結果に陥りがちです。入れ子の物語はそれを意識化させることによって、憎しみの連鎖からかろうじて逃れます。

さらに、『灼熱の魂』は、入れ子構造だけではなく、被害者である息子が加害者となって母を犯すことによって、憎しみの連鎖を二重に可視化させています。埋もれて見えない連関に目を向ける好奇心が現実を見据える鍵になっていることをこの映画はよく表しています。

6　ダニー・ラフェリエールの『帰還の謎』(15)

ダニー・ラフェリエールの作品はタイトルがおもしろい。デビュー作は『ニグロと疲れないでセックスする方法[16]』という刺激的なタイトルです。この小説は大変話題になり映画化もされています。日本でも『間違いだらけの恋愛講座』として公開されています。[17]『エロシマ』(一九八七年)や『吾輩は日本人作家である』(二〇〇八年)といった作品もあります。

　こうしたタイトルからも分かるように、ラフェリエールは日本に関心を持ち続けている作家です。しかし、彼は二〇一一年に来日するまで一度もわが国に来たことはなく、芭蕉や谷崎の作品からイメージされたものが彼にとっての日本であったといいます。

　ところで、われわれが現実と思っているものは、すべて五感を通して脳でとらえられたイメージであり、現実そのものではありません。たとえば、われわれは日本の現実を日々目にしていますが、すべてを目にすることはもとより不可能だし、触れることができる現実にしてもそれをそのままイメージすることはできません。そこでは加除修正、加工が必然的になされて脳にとらえられます。また、イメージは現実に投げ返され、その「行き来」によってたえず更新されていきます。かくして各人各様の「日本」のイメージができあがるのです。

邦訳『ニグロと疲れずにセックスする方法』表紙

　さて、本題に戻って、『帰還の謎』は二〇〇九年に刊行された小説で、同年メディシス賞[18]を受賞しています。作者ダニー・ラフェリエールは一九五三年ハイチの首都ポルトープランス生まれで、高校卒業後ジャーナリストとして働き始めていましたが、一九七六年にデュヴァリエ政権の独裁[19]を逃れてモンレアルに亡命してきました。工場などで働いたのち、デビュー作がヒットして、以後、コンスタントに作品を発表しています。

『帰還の謎』は、父の死を電話で知った「ぼく」が、三三年ぶりに故郷へ戻る話です。父も若くして独裁政権から追われ、ニューヨークで亡命生活を送っていました。この自伝的作品は祖国に帰ることなく、家族と再会することもなく亡くなった父のもとへの帰還でもあるし、また、父の死を知らさねばならない母のもとへの帰還でもあります。

さて、「帰還＝戻る」retour とは何を意味するのでしょうか。それは単に元の場所や元の状態に戻ることだけではありません。まして、二三歳のときに独裁政権を逃れて南国ハイチから北国ケベックにやってきた作家にとって、三三年ぶりに帰る故郷は空間的にも時間的にも遠い。全体が「ゆっくりとした出発の準備」と「帰還」の二部に分けられている構成も、二つの場所の距離感を十分に表しています。

父の死を電話で知らされた「ぼく」は、すぐに旅立ちの準備をするのではなく、まずモンレアルから北へと車を走らせます。このように第一部では北国ケベックにあってハイチを思い、第二部では南国ハイチで北国ケベックがたびたび想起されます。その行きつ戻りつがこの書の魅力でありましょう。

なにげなく見える描写にも過去と現在、若き自分と現在の自分の「行きつ戻りつ」が窺えて興味深いものです。たとえば、第一部の「喫茶店で」の章におけるサン・ドゥニ通りの描写。「ぼく」が三〇年来行き来しているあいだに、本屋のあったところに洋服店が開店しています。この界隈は学生街です。店の変化は若者の関心がファッションに移っていることを示しているのでしょう。ビール一杯で昼を過ごせたバーがあったところには、インド料理やタイ料理、中華料理の店ができています。実際、モンレアルでも一九八〇年代以降アジア系の移民が増えています。変わったのはそればかりではありません。「ぼく」が駆け込む学生街の喫茶店でウェイトレスの愛想は悪く、聞こえてくるのはロックバンドのアーケイド・ファイアの曲です。ここで、夫のウィン・バトラーとこのバンドを結成したレジーヌ・サシャーニュの家系がハイチ出身であることは思い起こしておいていいかもしれません。彼女の両親は、ラフェリエール同様、デュヴァリエ独裁政権から逃れてケベックへやってきたのです。

日頃行き来している街をぶらつくことにも「帰還」が伴っています。われわれの日常は「小さな帰還」の繰り返しです。「帰って」くるまでに、それがたとえほんの少しの間であっても、わずかな変化がつきものでしょう。戻った場所は決して同じではありません。あるいは、そこへ戻る自分が同じではないといったほうがより正確かもしれません。

ニューヨークに住んでいた「ぼく」の父はブルックリンとマンハッタンを二〇年間行き来していたといいます。しかし、祖国や家族との「行き来」は完全に断たれていました。「ぼく」が何年か前に会いに行ったとき、この父はドアを開かず、「おれには子どもなんかいたためしがない。妻も、祖国ももったことなんて一度もない」と中でわめいていました。

第二部「社会問題」の章で、祖国に戻った「ぼく」は「すでに知ってはいるけれど／途中で手放してしまったにちがいないものを／学びなおさなければならない」と自覚し、「学び直すよりは、学ぶほうがたやすい」と告白しています。この学び直しが「帰還」の大きな意味でしょう。「行き来」を通してイメージは豊かになっていきます。

「ぼく」はエメ・セゼール(20)の詩集『帰郷ノート』をいつも持っています。しかし、「ぼく」がはじめてセゼールの影をはっきりと認めることができるのは、父の死の知らせを聞いた夜なのです。一五歳のときに詩集を友人から借りて読んでから、四〇年間の「行き来」がセゼールのイメージがラフェリエールの中でようやく結晶したかのようです。

前章で日系作家に関してもみたように、「大きな声」は伝わりやすいものです。それに対して、「小さな声」は大きな声に消され、忘れ去られがちです。あるいは、「小さな声」が「大きな声」によって話題にされるときも、アリバイのためであることがままあります。

カナダの移民作家にはそうした声をすくい上げようとする作品が目立ちます。前節でみたW・ムアワッドの『灼熱の魂』もそうした例に含めることができるでしょう。また、アトム・エゴヤンの『アララトの聖母』(21)はトルコ支配下でのアルメニア人の虐殺を、カナダに移民してきた者の視点から、特定の解釈を押し付ける暴力に対して、なんとかコミュニケーションの回復を図ろうとする困難とともに描きだしています。

日系に限らず移民作家の作品からは、そうした努力こそが暴力の連鎖に対抗する唯一の手段であるといった訴えが響いてくるようです。

【注】

（1）*Les Hommes-taupes*, Négovan Rajic, CLF, 1978. 抄訳「モグラ男」、『新日本文学』一九九二年冬号所収、小畑精和訳。以下の引用文は小畑の拙訳、頁数は原書のものである。なお、作者の姓は、セルヴィア語の発音では「ラジック」よりも「ラジッチ」に近いようだ。

（2）ラジックの略歴は注（7）のインタビューより。

（3）Collège d'enseignment général et professionel の略称。ケベック州特有の学校制度により、日本の高校三年と大学一年にあたる。ケベックの学生はこのＣＧＥＰ（仏語でセジェップ、英語でシージェップと発音される）と呼ばれるカレッジで学んだあと大学に進学する。大学は三年間で、大学終了までに要する年限は日本と同じになる。

（4）「異国で書く二人の作家——ネゴヴァン・ラジックとイン・チェン」、『文学と人間の未来』所収（千年紀文学の会編、皓星社、一九九七年）、小畑精和訳、一九頁。

（5）小畑精和「ユーゴの亡命作家ネゴヴァン・ラジックに聞く」、『新日本文学』一九九三年春号所収。

（7）*The English Patient*, Michael Ondaatje, McClelland and Stewart, 1992.『イギリス人の患者』土屋政雄訳、新潮社、一九九六年。以下の引用文とその頁数は邦訳書のものである。一九九六年にアンソニー・ミンゲラ監督・脚色により映画化され、第六九回アカデミー賞作品賞などを受賞している。映画の邦題は『イングリッシュ・ペイシェント』。作者のマイケル・オンダーチェは一九四三年コロンボ（スリランカ）生まれの作家で、一九五四年にイギリスに移住、一九六二年にカナダへ移住して、ビショップ大学（ケベック州）で学んだあと、トロント大学で学士号（BA）を、クイーンズ大学（オンタリオ州）で修士号（MA）を取得している。一九七一年から一九九〇年までヨーク大学（トロント）で英文学を教えている。

（7）フランス語では mise en abyme（英語も同様）。もともとは紋章学で、紋の中に紋がある紋中紋のことを指す。どんな作品でも、その内部に固有の構造を持つとともに、他のあらゆる作品とともに織りなされる関係性の中に組み込まれている。そうした関係をポストモダン批評では、間テクスト性（英語 intertexuality, 仏語 intertexutualité）と呼ぶ。

（8）映画ではいっしょに爆弾処理の仕事をしてきたハーディーがドイツ軍のしかけていった爆弾のために死んでしまったことがきっかけでキップは怒りを爆発させる。

（9）ハナが火傷を負った患者を部隊から離れて看病しようとしたのは、父と患者の似た境遇がきっかけだとも考えられる。

（10）*Les Lettres chinoises*, Ying Chen, Leméac, 1993. イン・チェンは一九六一年上海生まれの作家で、フランス文学を大学で学んだあとで、一九八九年にマギール大学（モンレアル）に留学、フランス語の習得に打ち込み、一九九二年にデビュー作 *La Mémoire de l'eau*, (Leméac, Arles, Actes Sud) を発表する。現在はヴァンクーヴァーに在住している。本書の引用文は小畑の拙訳、頁数は原書のものである。

（11）*Incendies*, Wajdi Mouawad、初演は二〇〇三年。同年に Actes Sud から戯曲が出版されている。日本では二〇〇九年にピープルシアターが吉原豊司訳で『焼け焦げる魂』として公演している。二〇一〇年にドゥニ・ヴィルヌーヴ監督によって映画化。映画の邦題は『灼熱の魂』、二〇一一年日本公開。本稿では映画版によっている。

また、この作品は、二〇〇九年に『沿岸』*Littoral*、『森』*Forêts* と『空』*Ciels* とともに「血と約束」四部作としてアヴィニョン演劇祭に出品されている。これらの作品では、いずれもルーツ探しが主題となっている。

(12) 二〇〇九年一一月二四日明治学院大学の講演での発言。

(13) 一九九八年、『トイレに閉じ込められたウィリー・プロタゴラス』*Willy Protagoras enfermé dans les toilettes* が一九九八年にケベック演劇評論家協会によってその年の最優秀作品章受賞。現在はカナダの首府オタワでナショナル・アーツ・センター・フランス語演劇部門の芸術監督を勤めるほか、フランス・アビニオン演劇祭の共同芸術監督をも兼務し、国際的な活躍をしている。

(14) Rêves, Wajdi Mooawad, Actes Sud, 2002. 初演は一九九九年。

(15) *L'Énigme du retour*, Dany Laferrière, Boréal, 2009. 二〇一一年作者ラフェリエールが来日したのを機に、『ハイチ震災日記』（立花英裕訳）とともに藤原書店から小倉和子の訳で日本語訳が出版されている。訳者解説にあるように、故郷への帰還は「オデュッセイア」を思わせるし、各地のスケッチは『奥の細道』を想起させる。また、この作品は散文と自由詩が混淆した独特な形式で書かれている。そうした特性を踏まえて、原著の「行き来」する感覚をみごとに訳出できたのは、訳者のフランス近現代詩研究と教養の広さがあってのことだろう。固有名詞をはじめ、丁寧な注がつけられていることも、ケベックやハイチになじみの薄い読者にとってはありがたい。

(16) *Comment faire l'amour avec un nègre sans se fatiguer ?*, Montréal, VLB Éditeur, 1985. 邦訳『ニグロと疲れないでセックスする方法』立花英裕訳、藤原書店、二〇一二年。

(17) Jacques W. Benoit 監督、一九八九年。東京国際ヤングシネマ正式参加作品。日本での劇場公開は一九九〇年。

(18) ゴンクール賞と並ぶ、フランスで最も重要な文学賞の一つ。デビュー作、あるいは他の賞を受賞していない作家に与えられる。

(19) フランソワ・デュヴァリエは一九五七年にハイチ大統領に就任、一九六四年に終身大統領となり、ポピュリズムとナショナリズムを利用して、トントン・マクートと呼ばれる民兵組織により弾圧を行った。一九七一年彼の死後後継者となった息子のジャン＝クロード・デュヴァリエにより、一九八六年まで独裁制が続いた。この間に、数万人の死者が出て、多くの知識人が亡命した。ハイチではフランス語を元にしたクレオール語が話されているために、モンレアルへ亡命した者が多くいた。

(20) Aimé Césaire. フランスの海外県マルチニーク島出身の作家、政治家。セネガルのサンゴールらとともに、フランス植民地主義に対して、「ネグリチュード」(黒人たる自覚)を唱えて、一九三〇年代に黒人文化の高揚をリードした。代表作は *Cahier d'un retour au pays natal*, Revue Volontés no 20, 1939. 邦訳『帰郷ノート／植民地主義論』砂野幸稔訳、平凡社、二〇〇四年。

(21) *Ararat.* アトム・エゴヤン Atom Egoyan 監督、二〇〇二年。オスマン・トルコによるアルメニア人虐殺をアルメニア人監督のサロヤンが映画に撮る物語に、画家アーシル・ゴーキーの生涯や、美術史家でゴーキーの専門家アニとその息子のラフィの確執、ラフィが「フィルムだ」と偽ってヘロインを密輸しているのではないかと疑う税関吏のデイヴィドなどがからまり、多くの入れ子が見られる。アルメニア系フランス人の歌手、シャルル・アズナブールがサロヤンの役を演じているのも一種の入れ子と考えられる。

第八章　ケベックにおける舞台芸術の隆盛

シルク・ドゥ・ソレイユ『アレグリア』DVD、ソニー・ピクチャーズ エンタテインメント

1 ケベック舞台芸術の変容

ケベックでは、ヌーヴェル・フランスと呼ばれていたフランス植民地時代から演劇は好まれてきました。しかし、一八世紀中葉に植民地戦争でフランスが敗れると、フランスの劇団がこの地を訪れることはなくなります。再びやってくるのは、ようやく一九世紀末になってのことでした。中でも、当時の大女優、ラシーヌの「フェードル」等で有名なサラ・ベルナール Sarah Bernhardt は一八八〇年から一九一六年にかけて六回やってきています。

しかし、二〇世紀初頭のこうした演劇勃興は長く続きませんでした。一つには、カトリック教会主導の古いイデオロギーが影響したからだと考えられます。つまり、保守的かつ道徳的な精神が相変わらず幅を利かしていたからです。現実から眼をそむけた、宗教的な、あるいは歴史的な主題が好まれ、道徳的ではあっても、「質」が伴っていなかったのです。

こうした状況で、グラシアン・ジェリナの「フリドラン」が真の意味でケベック演劇の始まりだと言えるでしょう。ジェリナはケベック民衆の日常を初めて舞台に上げたといえます。その後、一九六〇年代に急速に近代化が進んだ「静かな革命」を反映して、現実に目を向けた新たな演劇が次々に生まれてきます。その代表格であるミシェル・トランブレは自分たちの言葉であるジュアル（モンレアルの庶民の言葉）を用いて、「フランス系カナダ人」ではない「ケベコワ（ケベック人）」

意識を醸成させていきました。

しかし、差別的移民制限の撤廃による新移民の増加に加え、一九八〇年に行われた州民投票で主権連合派が敗れると[1]、アイデンティティが新たに問い直されることになります。一九八〇年代に入ると、ケベック演劇も社会的テーマを直接扱うのではなく、自己内省的になります。トランブレの『五人のアルベルチーヌ』（一九八三年）、ミシェル・マルク・ブーシャールの『孤児のミューズたち』（一九八五年）、マリーズ・ペルチエの『執拗な声のためのデュオ』（一九八五年）などの演劇は、「静かな革命」期の熱狂的なアイデンティティ探求を対象化して、それを一つの物語としたメタ演劇を繰り広げるテクニックを発展させています。

現在では、ケベックの舞台芸術といえば、ハイテクを駆使した映像や特殊な効果で知られるロベール・ルパージュの作品[2]や、ラ・ラ・ラ・ヒューマン・ステップスなどコンテンポラリー・ダンスが世界中で注目を浴びています。それは一九八〇年代以後の脱イデオロギー化の反映ともとらえられますし、また、フランス語使用による言語の壁を越えるために、身体性など言葉以外の要素を重視した結果だとも考えられるでしょう。

2　グラシアン・ジェリナの「フリドラン」[3]

一九三五年にラジオドラマを書いていたジェリナは腕白で馬鹿馬鹿しいが愛される少年のキャラ

クター、フリドランを思いつき、一九三七年にラジオに出し、一九三八年には初めて舞台に登らせました。フリドランは半ズボンをはき、アイスホッケーのモンレアル・カナディアンのシャツを着て、形の崩れた帽子を被っています。この劇は大成功を収めました。一九五六年まで九回上演されています。

フリドランはケベックの日常を民衆の言葉で語りました。フリドランとともにケベック演劇は始まったと言っても過言ではないでしょう。彼が語るのは、平凡な出来事、中流家庭の最も日常的な生活です。勿論、フリドランは道化であり、民衆の完全な鏡ではありません。民衆はフリドランが自分たちより滑稽であるから安心して笑えるのです。しかし、これまでの歴史的なテーマや宗教的・道徳的なテーマと違って、観衆は初めて舞台の上に自分たちの姿を認めたのです。それと同時に、自分たちの存在を意識化するようになったのです。ここに「ケベック人」の意識の目覚めがあります。それまで、英語社会に埋没し、本国フランスの伝統にすがってかろうじてアイデンティティを保ってきたフランス系カナダ人は厳しい現実から目を背けてきました。フリドランはケベックの民衆に自分たちの真の姿に眼を向けさせたと言えるでしょう。そんなフリドランの台詞の代表的なものを次に引用しておきましょう。

「ユダヤ人の悪口は一言もいってはならない。そうすればファシストと見られるから。そして、フランス系カナダ人はできるだけ供応し、もてなすこと。そうすれば、あんたは立派な愛国者だよ」

徴兵制に関して「やつらみたいにこう言っておこう。われわれの軍隊は十分ではないと！　そう、軍隊にはオンタリオの大尉や大佐の軍人には十分ポストがないってことさ！」[4]

3　ミシェル・トランブレの演劇[5]

ミシェル・トランブレは「静かな革命」の真っただ中の一九六五年に『義姉妹』（一九六八年初演）でデビューし、一躍有名になります。『ホザンナ』（一九七三年）、『五人のアルベルチーヌ』（一九八四年）などの劇作品があります。一九七八年には『隣の太った女は妊娠している』でプラトー年代記[6]と呼ばれる連作を小説として書き始めます。劇に登場する人物、アルベルチーヌやエドワードらもそこに登場し、大家族、しっかりもののお母さん、甲斐性なしのお父さん、お節介な小母さん、騒々しい子供たち、そうしたプラトーの伝統的世界が活写されています。

3-1　『義姉妹』[7]（一九六八年初演）

『義姉妹』では、プラトーに住む仏系住民の暮らしが生き生きと描かれています。ジェルメーヌ・ローゾンはある日懸賞で切手が当たります。それを聞いた彼女の義姉妹たちが分け前に預かろうとして押しかけてきて、大騒動が始まります。この劇には女しかでてきません。都会に出てきた仏系住民の男たちは自分の力を発揮できず、酒におぼれるか愚痴をこぼしているばかりです。もはや、『マリア・シャプドレーヌ』のたくましき開拓者である父親サミュエルや、『三十アルパン』の実直な農民ユカリストの時代は終わり、『東の間の幸福』の父親アザリウスの時代なのです。それに対して、女たちはだらしない男たちに代わって、家を切り盛りしますが、彼女たちに現実は見えていず、客観的にみれば滑稽な悪あがきをしているようにしか見えません。ケベック社会の閉鎖性、大家族におけるプライバシーのない生活、軽薄だが元気な女たち、そんな雰囲気をこの作品は良く表しています。

3-2 『ホザンナ』(8)(一九七三年初演)

『ホザンナ』はホモセクシュアルがカムアウトしてくる話です。クレオパトラ姿の女装を脱ぎ捨てて、年増の醜いおかまでも、そのままの姿をホザンナはさらけだします。素っ裸になったホザンナが「俺は男だ」と叫びながら同棲中のキュイレットを抱き上げるラストシーンは象徴的でしょう。ホザンナは転換点の戯曲といえます。『義姉妹』では伝統的ケベックの閉鎖的社会の縮図として、プラトーが象徴的に描かれていました。しかし、現実は変化しています。プラトーに代わって、サン・ローラン通りが舞台になります。そこには仏系住民のみならず各国からの移民が集まっています。サン・ローラン通りは、東には仏系住民が、西には英系住民が住む境界でもありました。ホザンナのカムアウトはフランス系住民のカムアウトでもあります。つまり、閉鎖的社会からの脱却が問題であり、世界の中で自分たちの姿を知ることが重要になってきたのです。

ちっぽけで、何も誇るものがないかもしれませんが、この世界に生きているのです。そうした仏系住民たちの日常を自分たちの言葉で表現したM・トランブレを民衆が歓迎したのは当然でもあるでしょう。次のホザンナの台詞は、あるがままの自分に誇りを持つホザンナの、格好ばかり気にするキュイレットに対する勝利宣言ともいえます。

「(マッチョなキュイレットに向かって)女が怖いって？　あんた、女に指一本でもさわったことあるの？　あんたは大男コンプレックスなのよ。でもね、あんたが私の主婦役をやってもう四年よ。分かってるの？　四年も一緒に暮らしてるのよ。そして、稼いでいるのは私。働いているのは私、あんたに食べさしてやっているのは私。そして、床を磨くのがあんた、皿を洗うのがあんた、スパゲッティを作るのがあんたなのよ。分かってるの？　あんた、私のひもだってあちこちで言いふらしているみたいだけど、あんたが皿洗いしてるなんて誰にも言ってないみたいね。あんたバイク乗り回してるけど、ベーコンエッグ焼いてるのはあんたなのよ。私は昼は美容師で、夜は社交界の女よ。でもね、昼間主婦をやって、夜暴走族やってるよりいいと思うのよ。私たち二人のうち、あんたが女なんだって一度だって考えたことないの？　私は何だと思う？　私が亭主よ、亭主」。(p.170)

3-3 『五人のアルベルチーヌ』(9)(一九八四年初演)

この劇には五人のアルベルチーヌ、すなわち、三〇代、四〇代、五〇代、六〇代、七〇代のアルベルチーヌが登場します。一九八〇年代に発表されたこの戯曲で、現在のアルベルチーヌが七〇代であるのですから、そこから逆算すると、各年代のアルベルチーヌはそれぞれの時代を体現しているようです。三〇代は一九四〇年代の女性が家庭に閉じこめられ、抑圧されていた時代。四〇代は一九五〇年代の超保守的なデュプレシズム(10)の時代。このアルベルチーヌは非常に怒りっぽい。五〇代は一九六〇年代の「静かな革命」期。彼女は自由と解放感を味わっています。六〇代は一九七〇年代の挫折の時代で、薬中毒になっています。七〇代は一九八〇年代、過去を振り返る反省期です。ここでアルベルチーヌの台詞をいくつかみておきましょう。

五〇代「私はラフォンテーヌ公園のレストランで働いているの。公園のど真ん中、皆が通る所、私は世界で一番おいしいマヨネーズ・トマト・サラダ・サンドウィッチを作って、夏には日が沈むのを眺め、冬には子供たちがスケートをするのを見て。自分で稼いでいるの。分かる？生きたいように生きているの、家族も、子供も、男もなしにね。そう、男なしよ、それも自分の意志でね」。(p.358)

ここでは、解放され自由になった喜びが大いに感じられます。それに対して、三〇代のアルベルチーヌは息苦しく、今にも押しつぶされそうです。

三〇代「(娘のテレーズを殺しかけたことを告白したあとで)私の中には破壊的な力があるの。そんなもの欲しくないいんだけど。あるの。たぶん、こんなに不幸じゃなければ、そんなこと忘れるか、飼い慣らすかしちゃっただろうけど」。(p.345)

六〇代は五〇代を皮肉って次のように言います。

六〇代「(五〇代のアルベルチーヌに) さあ、あんたの自由を思い続けるがいいさ。自由があると思って、世界の終わりまで客にマヨネーズ・トマト・サラダ・サンドウィッチを作り続ければいいのさ。あんたの周りの世界が崩れるときには、知らせておくれ。あんたの前には昔の罪があるだけさ」。(p.362)

プラトーの庶民の代表的食べ物、モンレアル式スモーク・ミート・サンドイッチ

各世代のアルベルチーヌはケベックの対応す

る時代を象徴的に体現しているといえますが、女の一生の普遍的な主題をそこにみることも可能でしょう。抑圧と、そこからの解放、そして夢と挫折という主題を。いずれにせよ、七〇代のアルベルチーヌが自分の現実の姿をそのまま捉え直そうとしている点は確かです。

M・トランブレは『五人のアルベルチーヌ』やプラトー年代記を通して、ケベック人の日常をケベック人の言葉で単に生き生きと描きだすだけでなく、自分の現実の姿を見つめる視点を導入し、そこに喜びも悲しみも織り込んでいるのです。

4　世界中から注目を浴びるコンテンポラリー・ダンス

ケベックでは一九八〇年代にダンス・グループが次々と結成されていきます。まず、一九八〇年に、世界的人気を誇る振付家エドゥアール・ロックが「ラ・ラ・ラ・ヒューマン・ステップス」を結成します。ロックは、神業的な動きをこなすルイーズ・ルカヴァリエとともにスピード感と緊張感のあるパフォーマンスで人々を驚かせました。日本でも上演された「アムジャッド」は、「白鳥の湖」と「眠りの森の美女」をモチーフにして、そこにロック独自の視点と手法を織り込んで古典と現代とを結合させています。ルカヴァリエの男性を威嚇するようなパワフルな動きは観客を圧倒します。動きを極限まで追求することによって肉体をあらゆる機能から解放しようとしていると『リベラシオン』紙は評しています。

一九八一年には、ポール・アンドレ・フォルティエがフォルティエ・ダンス・クリエーションを設立します。大学教授でもあるフォルティエの舞台は抽象的な構成のなかに革新性や鋭い批評性が潜む作品が多くあります。一九八四年には、ジネット・ローランが「オー・ヴェルティゴ」を創立します。最新作の「白い部屋」まで、このグループはアクロバティックな動きで知られています。マリー・シュイナールもケベックらしい振付家の一人だといわれています。彼女は「結晶」（一九七八年）をはじめ官能的な振り付けで名声を博してきましたが、一九九〇年にマリー・シュイナール・カンパニーを結成します。その作品の魅力は、プリミティヴな生命の躍動と、歓喜の表現でしょう。代表作「春の祭典」は、言葉以前の「身体」に対する賛美が強く感じられると評されています。シュイナールはヨガにも精通しており、彼女の作品はある意味で西洋の主知主義に対するアンチ・テーゼだとも言えましょう。

このように、ケベック州はコンテンポラリー・ダンスが盛んなことで知られています。その隆盛が始まる一九八〇年代の背景には何があったのでしょうか。視覚性・身体性を重視したルパージュの演劇や、次節で述べるシルク・ドゥ・ソレイユと並んで、コンテンポラリー・ダンスが脚光を浴びるのはなぜでしょうか。

確かに、コンピュータを用いたテクノロジーの進歩や、メディアの多様化がその背景にはあるでしょう。また、それはフランス語を核としながら、言語の壁を越えていこうとする試みとも考えられます。しかし、それは、伝統的カナダ社会におけるキリスト教文化の道徳性、それに継ぐ「静かな革命」以来のイデオロギー性に対する、すなわち精神に対する肉体の復権を求める揺り返しであったともいえるのではないでしょうか。ちょうど、アヴォンリー村においてアンが果たした役割を現代社会において舞台芸術が果たしているといえるかもしれません。

また、言葉の後退と見えるものも、実は言葉の問い直しであり、反省なのだと考えることも可能でしょう。身体性の前進は必ずしも思考の後退ではありません。主知主義に反発してオートマティズムを叫んだのは一九三〇年代のシュールレアリストたちでした。極端な場合、それは思考の死を意味していたかもしれません。また、マルチメディアの時代に活字離れが確かに進んだといえるでしょう。しかし、人間の文化は言語抜きで語れないことも事実で、結局言葉は死んでいません。メールを日々われわれは書いていますし、ＬＩＮＥなどメールのアプリケーションはますます発展しています。

今また文学の危機が叫ばれ、身体性を前面にだしたパフォーマンスがもてはやされているようですが、ジャンルやメディアが変わっても言葉の重要性は変わっていないと楽観的に考えたいものです。確かにわれわれは身体性を忘れて、言葉を偏重しすぎることがあります。しかし、現実社会と言語が築く意味、身体と思考、それは二項対立的なものではないでしょう。どちらかに振れすぎることもありますが、それを修正してバランスを保つのが人間の知恵でしょう。

5　エンタテインメントと好奇心

ここで、ルパージュの作品やシルク・ドゥ・ソレイユが芸術といえるのかどうかを少し考えてみたいと思います。それにはエンタテインメントとは何なのかを明らかにしておく必要があるでしょう。エンタテインメントとは娯楽の中でも「見世物」的要素の強いものを一般には指しています。テレビや映画、サーカスやショーがその典型であり、遊園地やゲームは娯楽性が強くても、エンタテインメントとは区別され、アミューズメントとされます。

一部の小説もエンタテインメントに含めてもよいでしょう。それが「見世物」的である条件は、まず何より、「ウケ」を狙っている点であり、また、それを受けとる側が完全に受動的であることでしょう。

それでは、いわゆるシリアスな映画や演劇とエンタテインメントはどこが違うのでしょうか。観客を楽しませるのがエンタテインメントですが、シリアスな映画や演劇、また、文学にしても、人を楽しませようとしないものはないでしょう。ただ、エンタテインメントがもっぱら「楽しませる」ことだけに専念するのに対して、シリアスと呼ばれるものは何か訴えよう、あるいは考えさせようとします。

裏返して言えば、エンタテインメントは考えさせない、忘れさせようとするといってもいいでしょう。単純化していえば、庶民は難しいことは考えたくない、日ごろの憂さを忘れたい、そのために娯楽を必要とする、といった考えに基づいているのがエンタテインメントです。[11] われわれは快楽を記憶し、それを追体験したくなります。その快楽が強いほど、その願望も強くなります。そんな快楽と欲望の回路に庶民を取り込んでしまうのが近代資本主義社会における娯楽の在り方でしょう。アメリカにはラスベガスやディズニーランドが必要なのです。

ちょっと想像力を働かせれば、あるいは体を動かせば、美術館に行く、散歩をする、本を読む、スポーツをする、などなど、楽しいことは他にもたくさんあるでしょう。しかし、人間は怠惰なものでもあり、自分から積極的に働きかけなくても快楽が得られると、それを忘れられなくなるものでもあります。そして、結構な金額を費やしても求めてしまうようになってしまいます。賭博が麻薬に例えられるのももっともなことです。それは賭博に限らず、娯楽一般に関していえることでしょう。

そうした受動的な快楽に対して、言葉を媒介とするとき、頭を働かさなければ喜びはえられません。そのとき多かれ少なかれ能動的に考えることが必要となります。もちろん、文学を特権化して考える必要はありません。現代では、言語を用いる芸術は文学に限ったものではありません。映画にしろ、テレビにしろ、また、マンガやライトノベルにしろ、考えさせられるものも多くあります。

エンタテインメントと芸術とは完全に二分されるものではなく、ある作品はその両面をもっているものです。ルネ・マグリットの「これはパイプではない」という有名なパイプの絵はそのタイトル抜きに「芸術性」を考えることはできません。タイトルがなければ、マグリットの絵が持つ「考えさせる力」はなくなるでしょう。「考える力」を発揮させるのが本書で繰り返し重視してきた好奇心です。作品自体は両面を備えているものでしょう。

次節ではシルク・ドゥ・ソレイユを例として、この問題を考えてみましょう。

6　シルク・ドゥ・ソレイユの二面性

シルク・ドゥ・ソレイユ(12)（以下、「シルク」と略）は、「サルティンバンコ」や「アレグリア」や「クーザ」などのツアー・ショーで日本でも毎年多くの観客を呼んでいるヌーヴォー・シルク（新しいサーカス）です。また、東京ディズニー・リゾート地区の専用常設劇場では、二〇一一年一二月に終演しましたが、三年間「Zed」の公演を行っていました。

「シルク」は衣装、演出や音楽にミュージカルの要素を取り入れ、照明や舞台ではハイテクが駆使され、華麗なショーが展開されます。観客は、それが極限まで鍛えられた人間の技であることを忘れ、アクロバットの妙技をまるでコンピューター・グラフィックスを見ているかのような錯覚にとらわれて、迫力とスリル満点のパフォーマンスに酔いしれます。

今では、年間の売り上げチケット枚数がおよそ八〇〇万枚におよぶ世界一の興行集団となった「シルク」ですが、もとは、ケベック州のベ・サン・ポールという小さな町で竹馬や火吹きなどをしていた若手大道芸人の集団でした。それを元に、一九八四年に、ギー・ラリベルテが「シルク・ドゥ・ソレイユ」を結成しました。ケベックで大成功を収めた彼らはその後ラスベガスに進出し、今では常設ショーをいくつも持っています。その一つ「O（オー）」は、「水」をテーマにした舞台で、大ヒットを続けています。日本人もシンクロのオリンピック・メダリストが三名参加しています。

アーティストたちの国籍は多様で、上記のようにオリンピックのメダリストも少なからずいます。バトントワリングの世界チャンピオンだった高橋典子は、ラスベガスで上演されている「KA（カー）」の主要キャストとして喝采を浴び続けています。このショーの演出はロベール・ルパージュがてがけています。

「シルク」は単なるエンタテインメントではないとしばしばいわれます。それはわれわれに何か考えさせようと働きかけているからでしょう。まず、伝統的なサーカスとは異なって、動物を一切使いません。どこかうら悲しさを伴っていたサーカスを、動物虐待などにみられるような負のイメージから解放したのが「シルク」です。

そもそもサーカス（英 circus、仏 cirque シルク）とは、古代ローマの円形野外劇場のことであり、サークル（円）などと語源は同じです。ここで、曲馬や猛獣と人間の格闘などが見世物として上演されていました。元来は動物を人間が飼いならす原初の形態の再現である祭祀的なものであったと考えられますが、「劇場」で演じられるようになるとそれはエンタテインメントとなります。

動物に対して人間が圧倒的な力を持つようになると、人間は動物に対して今度は「優越感」や「憐れみ」を感じるようになります。ペットを飼うのは多かれ少なかれこうした心理と関係があるでしょう。もっとも人間も動物であるから、その限りにおいて、極限まで肉体の行使を要求するパフォーマンスは、ある意味で、虐待に近いものであるかもしれません。都会を渡り歩くサーカスでは、それが誤解であったとしても、芸人たちはさらわれたり、買われたりしてきた子供たちなのだと思われてきました。

Tohu の建物。常設のサーカス劇場が設けられている。

しかし、シルクの場合、団員は「アーティスト」と呼ばれ、暗さは感じられません。それは、世界中でオーディションが開かれ、高い倍率の中から選ばれてきたエリートたちの集まりだからでしょう。

また、「シルク」の本部はモンレアルの東部、サン・ミシェル環境総合施設にあります。これも「シルク」の心にくいところです。環境への配慮を重視していることをこれほどシンボリックに表現している例は少ないでしょう。そこには実にさまざまなアイデアが盛り込まれています。

この総合施設には「シルク」の本部以外に、国立サーカス学校、Tohu[13]、環境センター、メタンガス発電所、リサイク

シルク・ドゥ・ソレイユ本部のあるサン・ミシェル環境総合施設のリサイクル処理工場

ル処理工場などがあります。ここにはモンレアル市の広大なゴミ捨て場がありました。その敷地を「リサイクル」をキーコンセプトにして再開発したのがこの総合施設です。この構想において「シルク」の創立者ギー・ラリベルテが重要な役割を果たし、彼のアイデアが随所に取り入れられています。

ゴミ捨て場だったことから今でもメタンガスが地下で発生しています。それを利用した発電所の煙突がまず目を引きます。その隣には「リサイクル処理工場」があります。そこではさまざまなゴミが機械と人間によって分別されています。言い方はよくありませんが、人間の「リサイクル」も図っているそうです。この総合施設があるサン・ミシェル地区は北米でも最貧地区であり、失業率も高い。地下鉄「ジャリ」駅から一九三番のバスに乗ってTohuへ向かうと明らかに乗客の様子が市の中心部と異なります。サン・ミシェルの総合施設はそうした住民の雇用も生みだしているのです。

また、G・ラリベルテは、サーカスを通して貧しい子供たちを救おうと、一九九五年に「世界サーカス・プロジェクト[14]」を立ち上げ、今では世界の八五ヶ所でオックスファム・インターナショナルなどとともに活動しています。二〇〇七年にはNGO「ワン・ドロップ財団」を設立して、途上国の人々が安全な水を飲めるようにする運動を展開しています(15)。

しかし、実際は「シルク」の観客がそんなことを頭に置きながら見ているとは思えません。そのアクロバットと、舞台装置、音楽に魅了されるばかりでしょう。そして、ラスベガスだけで七つの常設公演を行っていることを考えるならば、「シルク」が持つ「芸術性」はますます薄れて見えます。『アレグリア』など多くの移動興業も行っていますが、常設興業はラスベガス以外では、オーランドとマカオにあります。そして昨年末まで東京に先述の「Z」劇場がありました。マカオはラスベガス同様カジノの町、他の二か所はディズニーランドのあるところです。これは偶然ではないと思えます。「シルク」がターゲットにしているのは「考えたくない」人たちでもあるでしょう。

確かに、現代人は難しいことを考えたくなくなることもあります。しかし、環境問題やあとを絶たない国際紛争に無関心でいるばかりでもありません。われわれの関心は眠ることはあっても、死んでしまうことはありません。問題があるとすれば、庶民の側ではなく、重大なことがらを「難しいこと」として庶民に考えさせないようにしてしまう側にあるでしょう。「シルク」をエンタテインメントとして見るのか、芸術とみるのか、鍵はむしろわれわれの好奇心にかかっているのです。

【注】

（1）一般に「独立」を問う州民投票といわれるが、厳密には「ケベック州が主権を持って、他のカナダと新たな連邦を組むことを連邦政府と交渉すること」を問う投票だった。結果は、五九・五六：四〇・四四で否決された。この後、一九九五年にも同様の州民投票が行われ、このときは五〇・五八：四九・四二の僅差で否決された。

(2) 日本でも『ヒロシマ―太田川七つの流れ』や『エオンナガタ』など多くの作品が上演され好評を博している。

(3) Gratien Gélinas, *Fridolin.* 一九三八年初演。*Fridolinades: 1938-1940*, Éditions de l'Hexagone, 1988.

(4) G・ジェリナ前掲書、p.47-48. 小畑拙訳。オンタリオは、トロントやオタワのある英語系の州。

(5) ここでの引用やページ数などは次の版によった。Théâtre I, Michel Tremblay, Leméac et Actes de Sud, Montréal et Paris, 1991. 邦訳は小畑の拙訳である。

(6) モン・ロワイヤルの丘の東に連なる小高い地域。元来仏系の庶民が住んでいた地域であるが、近年は二〇世紀初頭の町並みが残っているため、芸術家やインテリにも人気のある地区になっている。

(7) Belles-soeurs, dans *Théâtre I*, op.cit.

(8) Hozanna, dans *Théâtre I*, op.cit.

(9) *Albertine en cinq temps*, *Théâtre I*, op.cit.

(10) 一九五〇年代ケベックでは、カトリック教会と手を結んで伝統的価値観を重んじながら、経済的には合州国など外国資本と癒着した政治が州民を苦しめた。この圧政は、時の州首相モーリス・デュプレシーの名から、デュプレシズムと呼ばれている。

(11) ここで注意しておきたいのは、「庶民は難しいことは考えたくない」とするのはエンタテインメントを制作する側の考えだという点である。庶民は必ずしも難しいことを考えるのを嫌うわけではない。

(12) Cirque du Soleil. 直訳すれば、「太陽のサーカス」。

(13) 「トユ」と発音する。二〇〇四年に創立されたＮＰＯサーカス芸術シテの愛称。

(14) 「世界サーカス・プロジェクト」に関しては以下のサイトを参照。

http://www.cirquedusoleil.com/en/about/global-citizenship/social-circus/cirque-du-monde.aspx

(15)「ワン・ドロップ財団」に関しては以下のサイトを参照
http://www.onedrop.org/en.aspx

結論にかえて

『赤毛のアン』DVD メモリアルボックス、バンダイビジュアル

1　国境を越える文化――グローバル時代の『赤毛のアン』

カナダの文化を語る困難は二つあります。第一に、文化を「カナダ」という枠で語ることが可能かどうかです。「カナダ」という枠はやっかいです。まず、公用語が英語とフランス語の二つあります。一〇ある州にそれぞれ政府があり、首相がいて、教育制度なども異なる連邦国家です。先住民もアメリカ・インディアンと呼ばれる人たち、イヌイット、白人との混血のメチスと多様です。そこへさらに種々様々な民族が世界中から集まっています。

一九六〇年代後半、伝統的カナダから脱して、N・フライやM・アトウッドらが「カナダとは何か」と問い始めるときまさに、差別的移民制限の撤廃により、アジアやアフリカからの移民も増え、一九七一年にはトルドー首相が議会で「多文化主義宣言[1]」を行います。議会でも承認せざるをえない多様な文化にカナダという統一したレッテルを貼ることは不可能でしょう。

第二に、多文化国家カナダに限らず、国を越える視点がなければもはや現代の文化は論じられません。マンガやスシは確かに日本生まれですが、世界中でそれを越えて受容されている共通の背景を抜きにして、クール・ジャパンだとはしゃいでみたところで大した意味はないでしょう。同様に、『赤毛のアン』やシルク・ドゥ・ソレイユをカナダ文化として語るのには限界があります。交通・通信の発達、ハイテクによるヴァーチャル化の進歩、メディア・ミックスなどによって、従来の国や言語の枠とは異なる共通の基盤を考察する必要はますます増しています。

たとえば、『赤毛のアン』の再評価にテレビアニメ版[2]が果たした役割を忘れてはならないでしょう。日本からカナダへ逆輸入されて、アンはすっかり可愛い女の子に変身しました。原作によると、アンは痩せっぽっちで、そばかすだらけで、赤毛で、「大人びた家なしの少女[3]」で、外見は少しも可愛くない。けれどもおしゃべりで、想像力が豊かで、失敗ばかり繰り返すが、懸命に生きていて、どこか憎めず、皆に好かれる女の子なのです。ところが、アニメ版では「可愛いアン」のイメージが先行してしまっています。このアニメ版に影響されてか、一九八五年にカナダで制作された実写版[4]でもアンは可愛くなってしまっています。

原作では、親友のダイアナよりもアンのほうが背が高い[5]のですが、実写版ではダイアナのほうが背も高く、お姉さんっぽく描かれています。アンを演じたミーガン・フォロウズは美人でないかもしれませんが、誰もが可愛いと思える役者です。こうして、厳しい環境の中で生き残ってきた「サバイバルのアン」から「可愛いアン」ができあがります。

ストーリーもそのイメージに沿って変えられているところがあります。実写版のストーリーは全体として原作にかなり忠実に作られていますが、マシューの死の場面が異なります。原作では、アベイ銀行が破産したことを新聞で読んで、心臓発作をおこしてマシューは亡くなってしまいます(pp.413–414)。これは当時のカナダに市場経済が浸透し始めていることの表現でもありますが、「可愛いアン」が安住する牧歌的な光景とはあまりそぐいません。そこで、実写版で、マシューは牧場で牛をひいている時に発作をおこしてアンの腕に抱かれて息をひきとることになります。[6]

タイトルに関していえば、原題（*Anne of Green Gables*）を直訳すれば、「グリーン・ゲイブルズ（緑の切り妻屋根）のアン」です。このタイトルはアンが「グリーン・ゲイブルズ」と呼ばれるカスバート家の一員に成長していくことを示しています。実際、最初マリラは男の子と間違えてやって来たアンを引き取るかどう迷い、試験的にいっしょに暮らしてみて、その後にようやくアンを家族の一員として迎えることを決断します。『赤毛のアン』が好評で、続編を出版することになった際、第二作が『アヴォンリーのアン』[7]、第三作が『島のアン』[8]と題されていったことからも、アンがまずカスバート家に、次にホスト社会であるアヴォンリー村に、さらには「島」に受け入れられていくストーリーが重視されていたと考えられます。

第一作目のタイトルに戻って、アンは自分の赤毛を非常に嫌っていました。レイチェル夫人やギルバートに赤毛をからかわれた時のアンの怒りを考えるならば、「赤毛」をタイトルにまで出した村岡花子の訳は無神経なようにも思えます。しかし、日本人は西洋人のように赤毛に対して悪いイメージを持っていません。昨今ではわざわざ赤毛に染める若者も少なくないくらいです。「赤毛」は西洋人の代名詞であり、日本人にとってはむしろある種の憧れをもってさえ迎えられたと考えられます。かくして「可愛い」赤毛のアンのイメージは流布していくこととなります。

このようにみてくると「可愛いアン」のイメージが作られていくのには、多分に日本文化の影響があったことがわかるでしょう。現代社会で『赤毛のアン』は本書の第一部でみたカナダ的サバイバルの文脈を越えて、世界中でけなげな可愛い少女の物語として受容されているのです。同様のことが『マリア・シャプドレーヌ』に関してもいえるでしょう。映画化されて、ジャン・ギャバン主演によって、国境を越えてフランスで制作・上映されるとき、本書で考察したケベックの固有性を超えて、この作品は厳しい環境で耐え忍ぶ美学として一般化されることでしょう。シルク・ドゥ・ソレイユやセリーヌ・ディオンにいたっては、カナダにおいてこそ、「カナダ的なもの」と認知されているかもしれませんが、多くの場合、カナダ生まれのものだということすら知られずに消費されているのではないでしょうか。「カナダ的なもの」という枠でとらえるだけでなく、他の観点からも考察しなければ、こうした表象が持つ豊かな意味を享受することはできないでしょう。

2　多文化共生の幻想

多文化主義を標榜する国はカナダだけではありません。共生論はいたるところにあります。異質なものがぶつかり合う現代を競争原理が支配する弱肉強食の社会としてとらえるのではなく、違いを認め合って共に生きるという考えは心地よいものです。しかし、健常者と障害者、同胞人と外国人、多数派と少数派が理解し合うことはそれほど簡単なことではないはずです。そうした現実を幻想と置き換えて、問題を隠蔽してしまう行政の側の便利な道具に「共生論」がなってはならないでしょう。

だから、現実と向き合うことが大切になります。多文化主義を美化するのでもなく、格差は仕方がないと諦めるのでもなく、「共に生きる厳しさを実感すること」が重要となるのです。それを自覚せずしては共生論も机上の空論にすぎなくなってしまいます。共生論を活かすも殺すもそこにかかっています。

内閣府が二〇〇四年に行った「共生社会に関する基礎調査」によれば、「共生」と聞いて思い浮かべることは、「高齢者と若い世代」五八・三%、「近所の人どうし」四二・一%、「障害のある人とない人」三七・五%、「自然環境と人間」二九・四%、「子どもと大人」一八・八%、「男性と女性」一八・三%、「日本人と日本にいる外国人」一二・九%、「仕事と家庭生活」一〇・八%、そのほかの項目は一桁という回答結果でありました。(9)

こうして見ると「共生感」は多岐にわたっています。しかし、「自然環境と人間」以外の項目、つまり人間関係における共生は、世代差にしろ、性差にしろ、それは価値観の違い、つまり文化の差に由来するといえるでしょう。多文化共生という言葉がわが国で広くつかわれるようになるのは、一九九五年の阪神・淡路大震災で外国人支援を行った多文化共生センター（当時は外国人地震情報センター）の活動によるところが大きいようです。それ以前に共生が異文化交流の問題としてとらえられるようになるのは、一九九〇年代に入って、主にブラジルやペルーから日系人を中心に外国人労働者が増加し始める頃であります。

本家ともいうべきカナダの多文化主義の背景にも外国人労働者の問題があります。文化的差異は国民統合の妨げになるとカナダでも考えられ、英語・イギリス文化への同化主義がもともとは主流でした。しかし、一九六〇年代にケベック・ナショナリズムの台頭によって、フランス語文化もカナダを構成する重要な要素として組み込まなければ、分裂してしまう危機にカナダは直面しました。そこで、二言語二文化主義が模索されますが、そうなると、イタリア系、ウクライナ系、ドイツ系、ギリシャ系など、英仏系以外の民族集団も声を上げ始めます。そこに差別的移民制限の段階的廃止により、アジア系やアフリカ系など、文字通り世界中の国・地域からの移民が加わってきます。その結果、先述のように、一九七一年にトルドー首相によって「二言語多文化主義」の政策的導入が宣言されるのです。民族間の不平等をなくして、異なった民族集団がもたらす多文化を積極的に承認、発展させようとするのが表の狙いであります。こうした多文化主義をただ標榜するだけでなく、カナダは世界に先駆けて、一九八二年憲法とそれに継ぐ多文化主義法（一九八八年制定）で法制化し、実践してきています。

ここで注意しておきたいのは、「ヨーロッパ系民族集団」の文化認知・保護育成から始まるカナダ多文化主義は、一九六〇年代に段階的に実施されてきた「差別的移民制限の撤廃」と対になっている点です。グローバル化が進む経済による必然性がそこには関係しています。

それまでカナダはアジアやアフリカ系に対してヨーロッパ系より厳しい条件を設けて移民を制限していました。しかし、経済発展のためには、広く世界に開かれた国としてカナダも国際社会の仲間入りを果たしていかねばならなくなってきました。差別撤廃という人道的な理由ばかりでなく、労働力を移民に頼らなければならない実情があったのです。端的に「安い労働力」が必要だったということもできるかもしれません。

賞賛されることの多いカナダ多文化主義でありますが、その陰でカナダ社会が抱えている問題を見ずして、「共生」を賛美しても仕方がありません。二〇〇六年にはムスリムの若者が首相暗殺計画や国会議事堂爆破を含む未遂事件を引き起こしています。前年のロンドン連続爆破事件はカナダ人にとっても他人ごとではなかったのです。カナダでも非西欧地域出身移民の失業率・貧困率は高く、人種別経済格差が解消されていないことをこの事件は物語っています。

3　市場原理主義と「共生」

二〇一二年三月、カナダ・ケベック州で、学費値上げ反対のストライキが全土に広がりました。三月二二日にはケベック史上最大とも言われる二〇万人の学生がモンレアルで大規模なデモを行っています。カナダは連邦国家で教育は各州の権限に委ねられています。大学のほとんどは州政府の助成で成り立っている「半州立」のような存在です。ケベック州は他州に比べて学費が安く、二一六八カナダドル(10)（二〇一一―一二年度。日本円でおよそ一七万円）であります。そのため五年間で段階的に計一六二五ドル引き上げ、三七九三ドルにしようというのが州政府の案です。

他州並みに上げるだけであり、受益者負担の原則からして当然だという声もあります。しかし、ことの本質は単なる値上げ反対ではありません。教育が市場原理に委ねられてよいのかというより根本的な問題が問われているのです。これをきっかけに、産学共同がますます進められ、学問の自由、大学自治が脅かされるのではないかといった危惧も聞かれます。資本主義社会で教育だけ特別扱いする必要はないと考えられるかもしれませんが、教育は物を作るのではなく、人間を作ります。人間を商品のように考えて、大学を「学位」生産工場にしてしまってよいのかと問いかけ、多くの教員組合も値上げに反対し、学生運動に連帯を表明しています。

「警棒はわれわれを黙らせることはできない」ケベックの学生が値上げ反対運動のときに州議事堂前で掲げていた横断幕。

市場原理に任せられれば、経済的に豊かな者はより質の高い教育を保障されますが、一方で貧しいものは高等教育を受けることができなくなります。これでは格差はなくなりません。「共生」を実現するには行政が現実を見据えて是正することが必要でしょう。これは実現不可能な絵空事ではありません。現に、フランスやドイツでは、大学でも学費は「登録料」程度で、広く門戸が開かれています。

連邦政府をみると、保守党ハーパー政権の誕生(11)以来、ケベック州以上に文教予算の大幅なカットが続いています。(12) 多文化主義を国是とするカナダで、受益者負担の原則や市場原理と多文化共生のバランスをどうとっていくのかは、大きな課題になっています。

4 「幻想」と自覚的に対峙する

カナダの近代化は一九六〇年代に急速に進みます。そこでは伝統にすがるのではなく、現在の自分の姿をまず見つめ直そうとする作品が現れます。第二部第四章でとりあげたM・ローレンスの『石の天使』や、J・ゴドブーの『やぁ、ガラルノー』を例として挙げることができるでしょう。演劇では第二部第八章第三節でみたM・トランブレの『義姉妹』がモンレアルの下町のことばであるジュアルを用いてフランス系住民の姿を活写して注目を集めました。ケベックの庶民がはじめて自分たちの姿を舞台の上に認めたのです。

こうして生じた現実を見つめる姿勢は、一九八〇年代に入ると、それぞれの文化集団の中でも差異があることを認め、その多様性も含めてあるがままの姿をとらえようとする作品に繋がっていきます。特に移民作家たちの作品にそうした傾向は強く見られます。第二部第七章でとりあげたM・オンダーチェ『イギリス人の患者』はその好例でしょう。そこでは全身火傷を負った瀕死の患者に素晴らしいラブストーリーの記憶があります。黙々と爆弾処理をするインド人工兵のキップには植民者イギリスに対する怒りが潜んでいます。愛する人を次々と戦争で亡くし、人の話に無関心になっていた看護師ハナはこうした人々と接することにより、物語を回復していきます。一人一人にストーリーがあり、それに思いを馳せるとき、何と世界は豊かに見えてくることでしょうか。何もないように見えるサハラ砂漠にも、泳ぐ人が描かれた洞窟が眠っています。古びたイタリアの教会には素晴らしい壁画が待っています。

　女は、昔、父親から手の話を聞かされたことがある。手というか、イヌの足の裏のこと。（…）たしかにイヌの足の裏は驚異だった。泥の臭いのかけらもない。これは大聖堂だ、と父は言う。誰それさんの家の庭に、野原に、シクラメンの中も歩いているぞ、と。その日一日、イヌが歩いてきたすべての場所がここに集約されている。一日、イヌが歩いてきたすべての場所がここに集約されている。(13)

犬の足の裏にさえ「物語」があります。それは大冒険かもしれません。しかし、それは犬に関心を払う者がいなければ想像されることすらないのです。移民してくるものの過去にも同様のことがいえるでしょう。彼らのいうことに耳を傾ける者がいなければ、それは永遠に知られざる物語となるでしょう。

　A・エゴヤン『アララトの聖母(14)』も複数の物語を孕んでいます。トルコへルーツ探しの旅に行って来たアルメニア移民の青年ラフィがトロントの税関でフィルムケースに麻薬を入れているのではないかと疑われる話を中心に、トルコ軍によるアルメニア人虐殺をトロントで映画化する監督サロヤン、アルメニア人画家アーシル・ゴーキーの絵「芸術家と母」をめぐる解釈、ゴーキーの専門家である美術史家の母アニーとラフィの確執、ラフィと義姉セリアの愛憎などが並行してストーリーを成しています。

エゴヤンらの作品は、公の歴史からこぼれる個人の記憶や、一般化される中で捨象されていくことがらを逃すまいと現実を見つめる真摯な姿勢が特徴となっています。多文化主義を支えるのは「共に生きる厳しさを実感する」こうした態度でしょう。

映画『イングリッシュ・ペイシェント』のラスト・シーンはそういう意味からも印象的です。患者をみとったハナはカラバッジョたちと屋敷を去ります。彼女の乗るトラックの荷台で、見知らぬ少女の顔がクローズ・アップされます。この少女はこの場面のこの一瞬しか登場しません。それは何を意味しているのでしょうか。

このシーンはハナの視点から描かれています。物語を失っていたハナが、患者の断片的な話から、サハラ砂漠の洞窟に眠る壁画のように素晴らしいラブストーリーを「発掘して」、物語を回復したのだとは考えられないでしょうか。彼女の少女を見つめる視線には、「この娘にはこの先どんな物語が待っているのだろうか」という希望と優しさが込められているように思えます。

最後に、ジョニ・ミッチェルのヒット曲「青春の光と影(15)」の一節をあげておきたいと思います。

私は人生を両側から見た
上からも下からも、そしてまだ
私が思い浮かべるのは人生の幻想
私は人生をまったく知らない

現実を人間は完全にとらえることはできません。逆に言えば、われわれの頭にあるのはすべて現実に対するある種の「幻想」にすぎないのです。現実を見ることは困難ですが、そのことに少なくともこの歌は自覚的です。

一つの解釈に拘泥するのではなく、いくつもの見方を受け入れ、現実を見つめ、そこからイメージを形成し、また、そのイメージを現実と照らし合わせる、その絶えざる行き来を通して、現実はより豊かな姿をわれわれにみせてくれるものでしょう。他者に目が向けられても、好奇心をもって見つめる姿勢がそこになければ、それは無関心に陥ってしまうでしょう。両側からも、「上からも下からも」見ても、まだ「私が浮かべるのは人生の幻想」であり、「私は人生をまったく知らない」。そこに潜む謙虚な好奇心こそがカナダ的寛容のもとなのでしょう。

【注】

（1）一九七一年一〇月八日。下院で「二言語枠内での多文化主義」a multicultural policy within a bilingual framework を宣言する。

（2）フジテレビ系の「世界名作劇場」枠で一九七九年に五〇回放映された。高畑勲が演出（監督）、宮崎駿が作画という豪華スタッフであった。

（3）『赤毛のアン』前掲書（第一部第三章注（1）参照）、二〇頁。原文は、"this stray woman-child", p.14。

（4）一九八五年。CBC放送。Kevin Sullivan プロデュース、Megan Follows 主演。

（5）『赤毛のアン』前掲書、二二八頁。

（6）フジテレビ版アニメは原作のストーリーにより忠実である。この場面でも、原作通り、マシューの死因は、銀行の破産を新聞で読んだことになっている。

（7）*Anne of Avonlea*, 1909. 邦題は『アンの青春』。

（8）*Anne of the Island*, 1915. 邦題は『アンの愛情』。

（9）http://www8.cao.go.jp/souki/live/syosai-pdf/pdf/siryo1.pdf#search='共生社会に関する基礎調査'

（10）TVANouvelles のHP、二〇一二年二月一四日より。カナダ統計局HPによれば、ケベック州で二〇一二—一三年度学費の平均は約二五一九カナダドル。後者はフルタイム学生のみの平均だからだと考えられる。http://tvanouvelles.ca/lcn/infos/national/archives/2012/02/20120214-142208.html

（11）二〇〇六年二月六日に第二二代首相に指名される。長年にわたる自由党連邦政権に対抗するために、右派政党のカナダ同盟 Canadian Alliance の党首だったハーパーは中道右派の進歩保守党と二〇〇三年に合併。二〇〇六年一月の総選挙で少数与党ながら政権を奪取。二〇〇八年一〇月の選挙では過半数にいたらなかったものの議席数を伸ばし、二〇一一年五月の選挙では念願の単独過半数の議席を獲得している。

(12) たとえば、二〇一二年には外国におけるカナダ研究の助成金「Understanding Canada プログラム」が廃止されている。このプログラムに支えられたカナダ研究者は日本にも多くいる。
(13) 『イギリス人の患者』前掲書（第二部第七章注（8）参照）、一四頁。
(14) 第二部第七章注（23）参照。
(15) 原題は *Both Sides, Now*。一九六七年にジュディ・コリンズが歌って大ヒットした。作詞・作曲のジョニ・ミッチェル自身は一九六九年のアルバム『Clouds』の中で歌っている。J・ミッチェルに関しては、第二部第三章第四節を参照。ミッチェルはそのジャケットの自画像を含め、自分のアルバムのデザインを手がけ、画家・写真家としても知られている。

あとがき――現実と向き合う難しさ――

本書は明治大学政治経済学部の「アメリカ文化研究（カナダ）」と「アメリカ地域論（カナダ）」および「ケベック講座」（ケベック州政府寄附講座）で行ってきた講義をもとに、そこにいくつかの項目を付け加えたものです。

もとよりきちんとした講義ノートがあったわけではありません。しかし、長年の研究成果と、そのもとになった素材は相当な量になっていました。その中から毎年いくつかを取り上げて授業を行ってきました。第一部でとりあげた作品の多くはすでに『ケベック文学研究』[1]で論じていましたが、新たな考察も年々加わっていました。明大叢書の設立をきっかけに、二〇一一年五月、いざそれを一冊の本にまとめようとし始めた矢先に、首にしこりがあるのに気づきました。検査を受け、CT写真を見せられて、腫瘍の可能性を示されても、「最悪を想定」してのことだろうと楽観的に考えていました。腫瘍があることを正式に宣告され、ようやくことの重大さを認識できたしだいです。

日頃、リアリズムに関心を持ち、人間は現実そのものをとらえることはできず、現実をイメージして生きているにすぎない、そのことを忘れて「リアリストの幻想」に陥ってはならないと、教室で講義してきました。イメージに慣れ親しみすぎるとそれを現実そのものと取り違えてしまいます。芸術作品は日常化してしまったイメージと現実の関係を問い直す優れたきっかけです。イメージを現実に投げ返し、照らし合わせることが必要だなどと、偉そうに説いてきた者として、恥ずかしい限りです。自分に対しては、現実を見ずに、病気になるわけがないと勝手な幻想を抱いていたのです。

思えばその一年前に喉に何かつかえるので、いろいろと調べてもらっていました。下咽頭の腫瘍は見つかりにくいそうで、結局何もわからずじまいでそのときは終わりました。各種検査を経て「特に異常は認められず」と結果がでると、いわば「お墨付き」を貰ったような気分になってしまいました。喉の違和感にもいつしか慣れてしまい、放蕩な生活をあらためずにいました。生まれつき身体が丈夫で、今回の入院まで病気やけがで休んだことはほとんどなく、自分が病気だと思った記憶はまずありませんでした。自業自得といってしまえばそれまでで、ここで書きたいのは、いかに現実が見えていなかったかについてです。

それぞれの要素を個別に見るのではなく、様々な関係性の束として意味は現れるのだと学生に言ってきました。精神的・肉体的要因が多様に関係しあって人間もたえず変化しています。さらにわれわれは自分を取り巻く環境から大いに影響を受けています。分かっていながら、そうした関係性を無視して、六〇近い年齢を考慮することなく、二〇代とまではいかなくても、四〇代かそこらのつもりになっていました。

自分の身体に限らず、われわれは見たくないものから無意識のうちに目をそらし、都合のいいように見てしまう傾向があるようです。しかも、せっかく絶好の機会が与えられても、真摯に見直そうとしない。

これは、本書で紹介したアトウッドのサバイバル論に照らしていえば、第一の態度にあてはまります。「犠牲者であることを否定」し、自分は努力して成功しているから犠牲者ではないという態度です。自分のストレスを認めず、頑張っているのだという自己満足に陥っていたのです。第一の態度につきものの差別意識は、私の場合、「健康を気遣いすぎて、検査ばかり受けている者」に向けられていました。

幸い治療の効果があって、こうして現在本書を書けるにいたっています。第二の態度に留まってこれも運命だと諦めるのではなく、今後第三の態度に立って「等身大の自画像」をたえず見失うことなく、生きていくことができればと思います。

自分に対して「俺は丈夫なたちで、病気などとは無関係」と楽天的なイメージを作ってしまうように、われわれは無意識のうちに勝手なアイデンティティをでっちあげ、日々刻々変化している状況を無視して、それを固持しようとしてしまう傾向があります。

あとがきが、闘病記のようになってしまって申し訳ありませんが、現実と対峙する難しさと同時にまたその重要さを再認識させられたことを書きたかったのです。われわれが現実をそのままとら

1998年度「北米フランス語普及功労章」授章式で。ルイーズ・ボードワン文化コミュニケーション大臣、同時受章者の歌手のザッカリー・リシャール（第二部第二章参照）らと著者。

えられないことは明白です。だからこそ、既成のイメージを問い直し、現実に視線を投げ返すことが絶えず必要なのです。

異文化共生を実現しようとする多文化主義も幻想かもしれません。だからこそ、実践として、繰り返し問い直されることが必要なのです。「多様性の叡智[2]」を重視するカナダにおいてもそれは容易いことではありません。一九七〇年代のトルドー政権の時代に始まり、一九八二年の新憲法で世界に先駆けて謳われ、一九八八年には法制化されたカナダの多文化主義も、好奇心を失わず、マイノリティの現実を直視することなしには内実が伴わないでしょう。

カナダの多文化主義はマイノリティに対する「寛容」tolerance, tolérance を大切にしてきました。それは少数派の文化を絶滅危惧種の生物のように希少価値から単に守ろうとする態度ではありません。異文化交流において、差異を尊重する好奇心からそうした寛容さは生まれるものでしょう。それに対して、コミュニケーションの欠如による「無関心」indifference, indifférence は差異を放置し、格差を助長します。

現実を直視することはたやすいことではありませんが、好奇心をもって対峙すれば、世界はより豊かに見えてくるものです。そのことを、ケベックやカナダの文化を紹介・研究しながら、私自身実感してきました。不十分なところが多々あるにもかかわらず、拙い活動に対して一九九八年にはケベック州政府より「北米フランス語普及功労章」Ordre des francophones d'Amérique をいただくことができました。また、二〇〇三年には先述の『ケベック文学研究』でカナダ首相出版賞審査員特別賞をいただきました。あらためてカナダ連邦政府とケベック州政府に感謝の意を表したいと思います。本書はそうした表彰によって激励されたその後の研究の成果であります。

本書が、好奇心をもって他者を、そして世界を見つめるあらたなきっかけになってくれれば幸いです。タイトルをどうするのか、どの写真を使用するのかなど様々な点で助けていただいた明治大学出版会の須川善行氏にお礼を申し上げます。

最後に、闘病中励まし続けてくれた妻の智郁子、長男の陽太郎、長女のさやかに本書を捧げます。

二〇一二年一一月一五日満六十歳の誕生日に

小畑精和

【注】

（1）『ケベック文学研究—フランス系カナダ文学の変容』小畑精和、御茶の水書房、二〇〇三年。

（2）Wisdom of diversity, Sagesse de la diverrsité. カナダが二〇〇五年愛知地球博の際に掲げた標語。

参考文献

本書で取り上げた作品（年数は初版ではなく、本書で使用した版の発行年）

第一部　第一章

・*Survival*, Margaret Atwood, McClelland & Stewart Inc. 1996.

・『サバイバル』マーガレット・アトウッド、加藤裕佳子訳、御茶の水書房、一九九五年。

第二章

・DVD『タイタニック』ジェームズ・キャメロン監督、20世紀フォックス、二〇〇六年。

・「マイ・ハート・ウィル・ゴー・オン」、CD『タイタニック　オリジナル・サウンドトラック』所収、セリーヌ・ディオン、ソニーレコード、二〇〇〇年。

第三章

・*Anne of Green Gables*, Lucy Maud Montgomery, Penguin Books, 1994.

・『赤毛のアン』ルーシー・モード・モンゴメリ、村岡花子訳、新潮文庫、第一二七刷、二〇〇七年。

・DVD『赤毛のアン』ケリー・サリバン監督、バップ、二〇一一年。

・アニメ・DVD『赤毛のアン　DVDメモリアルボックス』高畑勲監督、バンダイビジュアル、二〇〇〇年。

第四章

・*Maria Chapdelaine*, Louis Hémon, Bibliothèque québécoise, 1990.

・『白き処女地』ルイ・エモン、山内義雄訳、新潮文庫、一九六四年。

・DVD『白き処女地』ジュリアン・デュヴィヴィエ監督、ジュネス企画、二〇〇八年。

第五章

・*Trente Arpents*, Edition critique, Jean Panneton avec la collaboration de Roméo Arbour et Jean-Louis Major, Les Presses de l'Université de Montréal, 1991.

第六章
・*Agaguk*, Yves Thériault, Les Quinze, 1981.
・『アガグック物語』イヴ・テリオー、市川慎一・藤井史郎訳、彩流社、二〇〇六年。
・DVD：*Shadow of the Wolf*, Jacques Dorfmann, Paradox, 2003.
第七章
・*Bonheur d'Occasion*, Gabrielle Roy, «Québec 10/10», Stanké, 1978.
・VHS：*Bonheur d'Occasion*, Claude Fournier, Imavision Dist, 2000.
第二部　第一章
・*Fire and Ice - The United-States, Canada and The Myth of Converging Values*, Michael Adams, Penguin Canada, 2003.
第二章
・*Pélagie-la-Charrette*, Antonine Maillet, Bibliothèque québécoise, 1999.
・『荷車のペラジー：失われた故郷への旅』アントニーヌ・マイエ、大矢タカヤス訳、彩流社、二〇一〇年。
・"Acadian Driftwood", in *Northern Lights - Southern Cross*, The Band, EMI Music Canada, 2001.
・「アケイディアの流木」、アルバム『南十字星』所収、EMIミュージックジャパン、二〇一一年。
・"Ma Louisianne", Zachary Richard, in *Travailler c'est trop dur - Anthologie*, Audiograme, 1999.
第三章
・«L'Hymne au printemps», Félix Leclerc, in *Le P'tit bonheur*, PHILIPS, 2002.
・«Gens du Pays», Gilles Vigneault, in *Gilles Vigneault*, Sony Music Canada Inc, 1991.
・«La complainte du phoque en Alaska», Beau Dommage, in *Beau dommage*, Capitol, 1974.
・«River», Joni Mitchel, in *Blue*, Warner Bros, 1971.
第四章
・*The Stone Angel*, Margaret Laurence, McClelland and Stewart, 2008.

・『石の天使』マーガレット・ローレンス、浅井晃訳、彩流社、一九九八年。
・*Salut Galarneau!*, Jacques Godbout, Collection Points, Ed.Seuil, 1995.
・『やぁ、ガラルノー』ジャック・ゴドブー、小畑精和訳、彩流社、一九九八年。

第五章

・DVD『フレデリック・バック傑作選〜「木を植えた男」「大いなる河の流れ」「クラック!」』フレデリック・バック監督、ジェネオン エンタテインメント、二〇〇七年。
・『木を植えた男』ジャン・ジオノ、フレデリック・バック（イラスト）、寺岡襄訳、あすなろ書房、一九八九年。

第六章

・*Obasan*, Joy Kogawa, Penguin Canada, 1983.
・『失われた祖国』ジョイ・コガワ、中公文庫、一九九八年。
・*Tsubaki*, Aki Shimazaki, *Le Poids des Secrets* 1, Leméac/Actes Sud, 1999.
・Hamaguri, Aki Shimazaki, *Le Poids des Secrets* 2, Leméac/Actes Sud, 2000.
・Tsubame, Aki Shimazaki, *Le Poids des Secrets* 3, Leméac/Actes Sud, 2001.
・Wasurenagusa, Aki Shimazaki, *Le Poids des Secrets* 4, Leméac/Actes Sud, 2003.
・Hotaru, Aki Shimazaki, *Le Poids des Secrets* 5, Leméac/Actes Sud, 2004.
・『Tsubaki　椿』アキ・シマザキ、鈴木めぐみ訳、森田出版、二〇〇二年。

第七章

・*Les Hommes-taupes*, Négovan Rajic, CLF, 1978. 抄訳「モグラ男」、『新日本文学』一九九二年冬号所収、小畑精和訳。
・*The English Patient*, Michael Ondaatje, McClelland and Stewart, 1992.
・『イギリス人の患者』マイケル・オンダーチェ、土屋政雄訳、新潮社、一九九七年。
・*Les Lettres chinoises*, Ying Chen, Leméac, 1993.
・*Incendies*, Wajdi Mouawad 原作 , Denis Villeneuve 監督 , Eone Entertainment, 2011.
・『灼熱の魂』ワジディ・ムアワッド原作、ドゥニ・ヴィルヌーヴ監督、ビデオメーカー、二〇一二年。

・*L'Énigme du retour*, Dany Laferrière, Boréal, 2009.
・『帰還の謎』ダニー・ラフェリエール、小倉和子訳、藤原書店、二〇一一年。
・*Ararat*. Atom Egoyan, Alliance/Vivafilm, 2003.
・『アララトの聖母』アトム・エゴヤン監督、アートポート、二〇〇四年。

第八章

・*Belles-soeurs*, Michel Tremblay, Leméac, 2006.
・*Hozanna*, Michel Tremblay, in *Théâtre I*, Leméac et Actes de Sud, 1991.
・*Albertine en cinq temps*, Michel Tremblay, in *Théâtre I*, Leméac et Actes de Sud, 1991.

和文参考文献

・『マルチナショナリズム：ケベックとカナダ・連邦制・シティズンシップ』アラン＝G・ガニョン、ラファエル・イアコヴィーノ、丹羽卓他訳、彩流社、二〇一二年。
・『フレデリック・バック展』スタジオジブリ編集、日本テレビ放送網、二〇一一年。
・『現代カナダを知るための57章』飯野正子・竹中豊編、明石書店、二〇一〇年。
・『はじめて出会うカナダ』日本カナダ学会、有斐閣、二〇〇九年。
・『ケベックを知るための54章』小畑精和・竹中豊編、明石書店、二〇〇九年。
・『ケベックの女性文学―ジェンダー・エクリチュール・エスニシティ』山出裕子、彩流社、二〇〇九年。
・『新版史料が語るカナダ』日本カナダ学会、有斐閣、二〇〇八年。
・『地図から消えた国、アカディの記憶―「エヴァンジェリンヌ」とアカディアンの歴史』大矢タカヤス、書肆心水、二〇〇八年。
・『フランス語のはなし―もうひとつの国際共通語』ジャン＝ブノワ・ナドー、ジュリー・バーロウ、立花英裕監修、中尾ゆかり訳。
・『ケベックの生成と「新世界」―「ネイション」と「アイデンティティ」をめぐる比較史』ジェラール・ブシャール、

竹中豊監訳、彩流社、二〇〇七年。
・『アカディアンの過去と現在—知られざるフランス語系カナダ人』市川慎一、彩流社、二〇〇七年。
・『トランスカルチュラリズムと移動文学—多元社会ケベックの移民と文学』真田桂子、彩流社、二〇〇六年。
・『カナダはなぜイラク戦争に参戦しなかったのか』吉田健正、高文研、二〇〇五年。
・『ミュージアムの政治学—カナダの多文化主義と国民文化』溝上智恵子、東海大学出版、二〇〇四年。
・『誰も知らなかった賢い国カナダ』櫻田大造、講談社プラスアルファ新書、二〇〇三年。
・『多文化主義とは何か』三浦信孝・長谷川秀樹訳、白水社（文庫クセジュ）、二〇〇三年。
・『カナダを知るための60章』綾部恒雄・飯野正子編、明石書店、二〇〇三年。
・『ケベック文学研究』小畑精和、御茶ノ水書房、二〇〇三年。
・『モザイクの狂気—カナダ多文化主義の功罪』レジナルド・W・ビビー、太田徳夫・町田喜義訳、南雲堂、二〇〇一年。
・『カナダ史』木村和男編、山川出版社、一九九九年。
・『「辺境」カナダの文学—創造する翻訳空間』、平林美都子、彩流社、一九九九年。
・『カナダ　20世紀の歩み』吉田健正、彩流社、一九九九年。
・『赤毛のアンの翻訳物語』松本侑子・鈴木康之、集英社、一九九八年。
・『多文化主義・多言語主義の現在—カナダ・オーストラリア・そして日本』西川長夫他編著、人文書院、一九九七年。
・『カナダの歴史—大英帝国の忠誠な長女』木村和男他、刀水書房、一九九七年。
・『カナダの文学と社会—その風土と文化の探究』堤稔子、こびあん書房、一九九五年。
・『カナダのナショナリズム—先住民・ケベックを中心に』ラムゼイ・クック、小浪充・矢頭典枝訳、三交社、一九九四年。
・『「赤毛のアン」の挑戦』横川寿美子、宝島社、一九九四年。
・『カナダ文学の諸相』渡辺昇、開文社出版、一九九一年。
・『木を植えた男を読む』高畑勲、徳間書店、一九九〇年。
・『現代カナダ文学』浅井晃、こびあん書房、一九八五年。
・『赤毛のアンの世界—作者モンゴメリの生きた日々』モリー・ギレン、中村妙子訳、新潮文庫、一九八二年。

ウェブサイト

・カナダ大使館「カナダについて」

http://www.canadainternational.gc.ca/japan-japon/about-a_propos/index.aspx?lang=jpn&menu_id=36&view=d

・カナダ統計局

http://www.statcan.gc.ca/start-debut-eng.html

・ケベック州政府在日事務所

http://www.gouv.qc.ca/portail/quebec/international/japon

・カナダの地図

http://www.asahi-net.or.jp/~my7k-frkw/canada/canadamap.html

・日本カナダ学会

http://jacs.jp/

・日本ケベック学会

http://www.ajeqsite.org/

・日本カナダ文学会

http://www.canadianlit.jp/

カナダ略年表（本書と関連があるものに限る）

西暦	カナダ	その他の世界
紀元前二万年～紀元前一万年	ユーラシア大陸より狩猟民が地続きだったベーリング海峡を越えて北米大陸に到来。	
紀元後一〇世紀～一四世紀	ヴァイキングがニューファンドランド島などで活動。	
一五～一七世紀		大航海時代。
一四九二		コロンブス、西インド諸島に到達。
一四九七	イギリス国王の命を受けたカボットがカナダ東海岸に到達。	
一五三四	フランス国王の命を受けたジャック・カルチエがサン・ローラン河口のガスペに十字架を立てる。	
一五四三		ポルトガル人が種子島に漂着。
一五五八～一六〇三		エリザベス一世、イギリス女王在位。
一六〇五	ポール・ロワイヤル（アカディアの中心地だった）建設。	
一六〇八	サミュエル・ド・シャンプランによるケベック建設。	
一六一〇	ヘンリ・ハドソンがハドソン湾に到達。	
一六四二	メゾンヌーヴによるヴィルマリー（モンレアル）建設。	
一六四三～一七一五		ルイ一四世、フランス国王在位。
一六六三	ヌーヴェル・フランスがフランス国王直轄地となる。	
一六七〇	ハドソン湾会社創設。	
一六八九～一六九七	ウィリアム王戦争（英仏植民地戦争）。	
一七〇二～一七一三	アン女王戦争（英仏植民地戦争）。ニューファンドランド、アカディア、ハドソン湾が英領となる。	ヨーロッパではスペイン継承戦争（一七〇一～一七一四）。
一七五四～一七六〇	フレンチ・インディアン戦争（英仏植民地戦争）。	ヨーロッパでは七年戦争。
一七五五	アカディア人の大追放。	
一七五九	ケベック市陥落。	
一七六〇	モンレアル陥落。	
一七六三	パリ条約。ヌーヴェル・フランスの消滅。	
一七七四	ケベック法。	

一七七六		アメリカ独立宣言。
一七八九		フランス革命勃発。
一七九一	立憲法。アッパー・カナダ（現在のオンタリオ州）とロワー・カナダ（現在のケベック州）に分割。	
一八一二～一八一四	一八一二年戦争。第二次英米戦争とも呼ばれる。	
一八三七	アッパーとロワー両カナダで反乱。	
一八三九	ダーラム報告。	
一八四一	カナダ連合法。アッパーとロワー両カナダの統一。	
一八五三		ペリー来航。
一八六一～一八六五		アメリカ南北戦争。
一八六七	英領北アメリカ法。カナダ連邦成立。	大政奉還。江戸幕府の終焉。
一八六九	レッドリヴァー反乱。メティスのルイ・リエルによる反乱。	
一八八五	ノースウェスト反乱。リエルによる二度目の反乱。 カナダ大陸横断鉄道の完成。	
一八九九～一九〇二		南アフリカ戦争。外交権を持たないカナダは、イギリス軍として参戦させられた。
一九〇七	ヴァンクーヴァー暴動。日系人や中国系移民に対する迫害。	
一九〇八	L・M・モンゴメリー『赤毛のアン』	
一九一二	タイタニック号、ニューファンドランド沖で沈没。	
一九一六	L・エモン『マリア・シャプドレーヌ』	
一九一四～一九一八		第一次世界大戦。
一九一七	徴兵法可決。フランス系住民の反対。	ロシア革命。ロシア帝国の崩壊。
一九二九		大恐慌。
一九三一		ウェストミンスター憲章。
一九三八	ランゲ『三十アルパン』	
一九三九～一九四五		第二次世界大戦。
一九四二	日系人総移動令。日系人の強制収容。	
一九四五	G・ロワ『束の間の幸福』	ヒロシマ、ナガサキに原爆。日本の敗戦。
一九五一	F・ルクレール「春の讃歌」	
一九五八	Y・テリオー『アガグック』	

一九六〇	「静かな革命」のはじまり。	
一九六二	国籍条項による移民制限廃止。	
一九六四	M・ローレンス『石の天使』	東京オリンピック。
一九六七	モンレアル万博開催。移民ポイント制導入。	
	J・ゴドブー『やぁ、ガラルノー』	
一九六八〜一九七九	第一次P・E・トルドー内閣。多文化主義に基づく連邦主義の推進。	
一九六八	ケベック党結成。M・トランブレ『義姉妹』	
一九六九	公用語法。J・ミッチェル『青春の光と影』	ウッドストック・フェスティヴァル。
一九七〇	十月危機。	大阪万博。
一九七一	トルドー首相、下院で多文化主義宣言。	
	J・ミッチェル『ブルー』(「川」収録)	
一九七二	M・アトウッド『サバイバル』	
一九七四	ボー・ドマージュ「アラスカのアザラシの嘆き」	
一九七五	G・ヴィニョー「国の人々」	ベトナム戦争終結。
一九七六	モンレアル・オリンピック開催。	
一九七七	ケベック・フランス語憲章。	
一九七八	N・ラジッチ『モグラ男』	
一九七九	A・マイエ『荷車のペラジー』	
	テレビ・アニメ『赤毛のアン』	
一九八〇	ケベック州民投票、主権構想否決。	
	E・ロックがラ・ラ・ラ・ヒューマン・ステップスを創立。	
一九八一	J・コガワ『失われた祖国』	
一九八二	一九八二年憲法公布。	
一九八三	M・トランブレ『五人のアルベルチーヌ』	
一九八四	シルク・ドゥ・ソレイユ結成。	
一九八五	D・ラフェリエール『ニグロと疲れないでセックスする方法』	
一九八七	F・バック『木を植えた男』	

一九八八	多文化主義法制定。 日系人へ損害賠償決定。 カルガリー冬季オリンピック開催。	
一九八八～一九九二ごろ		日本でバブル景気。
一九八九		ベルリンの壁崩壊。
一九九二	シャーロット・タウン協定、国民投票で否決。 M・オンダーチェ『イギリス人の患者』 『アガグック』映画化。	北米自由貿易協定（NAFTA）締結。
一九九三～二〇〇三	J・クレチアン内閣、財政赤字を解消。	
一九九三	F・バック『大いなる河の流れ』 Y・チェン『中国人の手紙』	
一九九四	R・ルパージュ『太田川七つの流れ』	
一九九五	ケベック州民投票、主権構想僅差で否決。	
一九九六	『イングリッシュ・ペイシェント』映画化。	
一九九七	J・キャメロン監督、映画『タイタニック』 C・ディオン「マイ・ハート・ウィル・ゴー・オン」	対人地雷全面禁止条約。
一九九九	ヌナヴト準州発足。 A・シマザキ『ツバキ』	
二〇〇一		九・一一事件。
二〇〇二	A・エゴヤン『アララトの聖母』	
二〇〇三	国連の合意なきイラク戦争に不参戦。 M・アダムス『炎と氷』	
二〇〇六	S・ハーパー保守党政権の誕生。	
二〇〇八		リーマンショック。
二〇〇九	D・ラフェリエール『帰還の謎』	
二〇一〇	ヴァンクーヴァー冬季オリンピック開催。 W・ムアワッド、映画『灼熱の魂』	
二〇一一	カナダ、京都議定書離脱。	東日本大震災。

索　引　＊イタリックは図版

人名索引

あ　行

か　行

さ 行

た 行

は 行

ま 行

や 行

ら 行

事項索引

あ　行

か　行

さ　行

た　行

な　行

は　行

ま　行

や　行

著者紹介

小畑　精和（おばた　よしかず）

1952 年東京生まれ、大阪育ち。明治大学政治経済学部教授、大学院教養デザイン研究科長、体育会ラグビー部部長。大阪府立大手前高校卒業、京都大学文学部（フランス文学専攻）卒業、京都大学大学院文学研究科単位取得満期退学（フランス文学専攻）。モンレアル大学大学院フランス研究専攻（ケベック研究）単位取得満期退学。日本ケベック学会初代会長、現顧問。キッチュとレアリスムをキーワードに、現実に対して人間が抱くイメージを研究する。第 21 回アメリカ地域フランコフォン功労章をアジアから初めて受章（1998年）。著書に『「ヌーヴォー・ロマン」とレアリストの幻想』（明石書店）ほか。編著に『ケベックを知るための 54 章』（明石書店）ほか。訳書に『やぁ、ガラルノー』（彩流社）ほか。

明治大学リバティブックス

カナダ文化万華鏡
——『赤毛のアン』から
シルク・ドゥ・ソレイユへ

二〇一三年三月三〇日　初版発行

著作者　小畑精和
発行所　明治大学出版会
〒一〇一—八三〇一
東京都千代田区神田駿河台一—一
電話　〇三—三二九六—四二八二
http://www.meiji.ac.jp/press/
発売所　丸善出版株式会社
〒一〇一—〇〇五一
東京都千代田区神田神保町二—一七
電話　〇三—三五一二—三二五六
http://pub.maruzen.co.jp/
編集・制作協力　丸善プラネット株式会社

組版・印刷・製本　大日本印刷株式会社
©Yoshikazu OBATA 2013, Printed in Japan
ISBN 978-4-906811-04-5 C1398
JASRAC 出 1302064-301

明治大学リバティブックス発刊の辞

明治大学創立百三十周年を迎えたこのとき、本学の新しい知の第一歩として、明治大学出版会が産声をあげました。本学に明治二十年から昭和三十年代まで存在していた出版部門が、実に半世紀余りをへて新しい姿で誕生したものであります。この出版会はかつての出版部の再建でなく、時代を担う図書を刊行するまったく新しい理念のもとで設立いたしました。

その根幹をなすシリーズとして、明治大学リバティブックスをここに上梓いたします。明治大学の特色ある研究に基づいて、広く読まれる教養書を刊行していくものです。

本学の一世紀をはるかに超える学術研究の蓄積が、広く受け入れられ、さらなる社会連携、社会貢献を果たしていくために、質の高い叢書を発刊していく所存です。

この図書が多くの方々に読み継がれ、役立てられることを願っております。

二〇一二年三月

明治大学出版会